KAMPENWAND

VERLAG

ISBN: 978-3947738823

© 2021 Kampenwand Verlag
Raiffeisenstr. 4 · D-83377 Vachendorf
www.kampenwand-verlag.de

Versand & Vertrieb durch Nova MD GmbH
www.novamd.de · bestellung@novamd.de · +49 (0) 861 166 17 27

Text: Stefanie Schreiber
Covergestaltung und Buchdesign: Franziska Buhl, Kampenwand Verlag
Umschlagfoto: fotolia
Lektorat: Elke und Wolfgang Lensch
Korrektorat: Sándor Sima
Kapitelfotos: Paul Fröls, Stefanie Schreiber, Manfred Meyer
Druck: CUSTOM PRINTING
Wał Miedzeszynski 217, 04-987 Warszawa, Polen

Stefanie Schreiber

Mord im Watt

vor St. Peter-Ording

Der
1. Fall für
Torge Trulsen
und Charlotte
Wiesinger

Für alle Sankt-Peter-Ording-Fans,
die gleichzeitig humorvolle,
nordfriesische Kuschelkrimis mögen!

*Ein kleines Lexikon norddeutscher Begriffe
finden Sie am Ende des Buches.*

Prolog

Die Nacht senkte sich über das Watt vor St. Peter-Ording. Ein wenig Restlicht vom Tage ließ den Dunst fast wie Nebel und ein bisschen gespenstisch aussehen – doch das störte ihn nicht. Am besten konnte er seinen düsteren Gedanken entfliehen, wenn er über den freigelegten Meeresboden marschierte – vorzugsweise nachts in aller Stille und ganz allein. Er war dann eins mit der Umgebung, hörte lediglich ein paar späte Vögel, das sanfte Plätschern in den Prielen sowie das leicht schmatzende Geräusch, das jeder seiner Schritte im Schlick hinterließ.

Er spürte die leichte Brise im Gesicht, schmeckte das Salz des Meeres auf seinen Lippen. Vor einigen Stunden hatte das Wasser sich zurückgezogen. Schon bald würde es wiederkehren, die Spuren mit sich nehmen, so dass aus dem Watt erneut der makellose Boden der Nordsee wurde.

Gleiches geschah bei diesen Wanderungen sonst auch mit seiner Seele, doch heute funktionierte es nicht. Er fühlte sich angespannt; die Gedanken kreisten um den Verlust. Die Wunden, die nicht heilen wollten, ließen ihn immer wieder auf Rache sinnen. Würde ihm das endlich die ersehnte Ruhe geben und seinen Seelenfrieden zurückbringen? Die Zweifel überwogen.

Einige Möwen schrien im schwindenden Licht. Wie er den Norden mit all seinen Facetten liebte!

Die Geräusche, die Gerüche, die Farben.

Das Licht des Tages war jetzt verschwunden, doch hell leuchtete der Mond über das Watt. Vereinzelte Wolken warfen Schatten, in denen die Umgebung fast schwarz aussah. Tief sog er den Duft des Meeres in seine Lungen, unter seinen Füßen knackte eine Muschel. Sein Blick streifte kurz den Boden und nahm die vertrauten gedrehten Sandtürmchen der Wattwürmer wahr. In einer Mulde hatte sich eine Pfütze gebildet.

Ein Geräusch riss ihn aus den flüchtigen Betrachtungen seiner Umgebung. Er lauschte, ob es sich wiederholte. Angst empfand er nicht.

Stille – bis auf ein leichtes Rauschen des Windes, der hier nur selten einschlief. Nein, nichts Ungewöhnliches!

Er ließ seinen Blick schweifen und erkannte, dass er sich bereits weit vom Strand von Sankt Peter-Ording entfernt hatte. Klein schienen die imposanten Pfahlbauten im matten Mondschein. Was für eine herrliche Nacht! Wäre sie doch jetzt bei ihm. Jetzt! Mit ihr hätte er es vollends genießen können. Bitter wie Galle drängten sich die düsteren Gedanken wieder in den Vordergrund.

Sie war so stark gewesen, so optimistisch, so kämpferisch. Und hatte gesiegt – bis zu jenem verhängnisvollen Tag, der alles veränderte. Wieder hörte er ein Knacken. Er schaute sich um. Da der Mond hinter einer dicken Wolke verschwunden war, erkannte er seine Umgebung nur schemenhaft. Hatte sich dort etwas bewegt? Angestrengt versuchte er, die Dunkelheit zu durchdringen.

Als er den Schatten sah, war es bereits zu spät. Im nächsten Moment spürte er den Schlag hart auf dem Hinterkopf. Ein geradezu absurder Schmerz erfasste erst seinen Kopf, bevor er dann die Wirbelsäule hinabzog. Das kalte Wasser des Priels drang durch seine Kleidung, dann wurde alles um ihn herum schwarz.

Marina in St. Peter-Ording

Samstag, den 02. September

Irgendwann schmeiße ich dieses kleine knubbelige Kerlchen raus. Der macht mich irre! Als ob hier nicht schon genug Wahnsinn tobt.

„Das würde ich mir gut überlegen, er ist einer derjenigen, die den Laden hier am Laufen halten." Ungerührt betrachtete die alte Sekretärin Marina über ihre Lesebrille hinweg, die ihr wie immer drohte, von der Nasenspitze zu rutschen.

Erschrocken starrte Marina ihre Mitarbeiterin an.

„Torge gehört hier quasi zum Inventar, er kennt jeden Winkel - einen besseren Hausmeister können Sie nicht finden."

„Es hat sich schon wieder ein Gast über seine Unfreundlichkeit beschwert ..." Marina fühlte sich durch den Ausbruch ihrer Gedanken in der Defensive.

„Kindchen, Sie sind noch nicht lange hier. Im Juli und August drehen bei Dauerregen alle durch. Sie wollen den perfekten Urlaub am perfekten Strand. Dabei vergessen sie, dass St. Peter nicht Saint Tropez ist. Das haben wir ja nun geschafft. Jetzt Anfang September wird sich alles wieder normalisieren."

Marina hörte gar nicht mehr zu. Wenn sie mich noch einmal Kindchen nennt, schmeiße ich sie gleich mit raus. Durch den Abschluss an der Uni für Hotelmanagement als Jahrgangsbeste hatte sie es sich verdient, mit Respekt behandelt zu werden. Doch weil ihre Bewerbungen bei den namhaften großen Hotels in den Metropolen des Erdballs leider ohne Ergebnis blieben, war sie nun als Managerin in diesem Feriendorf gelandet.

Was sich auf dem Papier recht verlockend anhörte – Ferienanlage mit 150 Wohneinheiten direkt hinter den Dünen des breiten Strandes von Sankt Peter-Ording – wurde real zu einer Katastrophe. Im Sommer tobte der Wahnsinn in Gestalt von wildgewordenen Feriengästen, die überall Sand hinschleppten; im Winter tobte der Sturm, begleitet von Langeweile. Doch Marina hatte sich geschworen, mindestens drei Jahre durchzuhalten.

Auch ihr Team, das scheinbar nur aus unfähigen Landeiern zu bestehen schien, würde ihr nicht den Lebenslauf versauen.

Drei Jahre hielt sie durch! Das hatte sie sich geschworen.

„... und dann muss jemand zur Reinigung des Wellnessbereichs eingeteilt werden. Hansen hat sich krankgemeldet."

„Schon wieder?"

Greta Petersen stand nach wie vor unaufgeregt vor ihrem Schreibtisch. Sie schaute Marina an, ohne die Miene zu verziehen. Schließlich fragte sie dann doch etwas spitz: „Soll ich Torge damit beauftragen?"

Es kostete Marina alle Kraft sich zu beherrschen, sie nicht anzuschreien. Heute nervte sie einfach alles. Seit zwei Wochen Regen! Weil die Feriengäste sich langweilten, ließen sie ihre

Unzufriedenheit aneinander sowie an dem Personal aus. Sie kamen nicht nur mit Sonderwünschen, sondern auch mit absurden Beschwerden.

Marina sehnte sich nach Ruhe. Die Urlauber wussten gar nicht, wie gut sie es hatten. Statt zu genießen ...

„Ja, Frau Petersen, beauftragen Sie Torge. Der Wellnessbereich muss picobello sein. Bei diesem Mistwetter werden viele dort entspannen wollen."

„Der Wellnessbereich wird immer gut gepflegt, wenn ich mir die Bemerkung erlauben darf."

„Ja, ja ...!" Marina warf ihr einen genervten Blick zu. „Das wäre dann alles."

Greta Petersen nickte und schritt zur Tür. Während die Managerin ihrer Sekretärin hinterherblickte, schnitt sie eine Grimasse.

Verdammt! Heute war echt nicht ihr Tag. Wie gern würde sie jetzt eine rauchen – aber sie hatte im Januar aufgehört. Noch so eine blöde Idee. Die Luft war hier so frisch, die würde ein paar Zigaretten am Tag sicher kompensieren. Sie riss ihre Schreibtischschublade auf und wühlte nach der letzten halben Schachtel, die sie hier für Notfälle deponiert hatte. Dies war eindeutig ein Notfall!

Wütend starrte Marina das in dem Moment klingelnde Telefon an. Wer störte denn nun schon wieder?

In der Hoffnung, es würde schweigen, wenn sie es ignorierte, setzte sie ihre Suche fort. Endlich wurde sie fündig. Zehn Zigaretten sowie ein Feuerzeug steckten in der zerknitterten Schachtel. Unentschlossen betrachtete Marina das Objekt der Begierde. Fast acht Monate hielt sie mittlerweile durch und sie würde sich dafür hassen, wenn sie jetzt einknickte.

Das Telefon klingelte beharrlich weiter. Ein Blick auf das Display verriet ihr eine bekannte Mobilnummer: Sie gehörte der

Frau des betuchten Schönheitschirurgen, die schon seit Ostern einen der Premium-Bungalows in der ersten Wasserlinie bewohnte. Zumindest wenn das Wasser einmal da war. Immer wenn Marina Zeit für einen Strandspaziergang hatte, zog es sich gerade zurück, um eine unattraktive schlammige Fläche zu hinterlassen. Nordsee, was fanden nur alle daran?

Die Anruferin gab nicht auf. Warum rief diese verwöhnte Schnepfe nicht einfach an der Rezeption an? Ständig nervte sie Marina mit ihren Sonderwünschen. Wenn sie jetzt ranging, würde es ihr definitiv den Rest für den Tag geben.

Sie riss den Hörer vom Apparat.

„Ferienpark *Weiße Düne*, mein Name ist Marina Lessing. Guten Tag."

„Guten Tag Frau Lessing, hier ist Margarete Süßholz. Wie schön, Sie gleich zu erreichen. Ich wollte noch ein paar Details für das Wochenende besprechen, mein Mann kommt ja morgen wieder aus Hamburg."

Ja, klar! Sie verbrachte den ganzen Sommer hier und hatte in Anlehnung an *Dirty Dancing* den Spitznamen Bungalow-Prinzessin bekommen. Er kam meist am Wochenende.

„Frau Lessing, ich wünsche jeden Tag frische Blumen im Wohnbereich, am liebsten sind mir Sommerblumen in Orangetönen. Auf keinen Fall Nelken oder Chrysanthemen."

„Frau Süßholz ..."

„Mein Mann treibt ja immer viel Sport. Wir brauchen dafür extra Handtücher ..."

„Frau Süßholz", Marina wurde lauter „Ich habe ein Gespräch auf der anderen Leitung. Die Rezeption wird Sie gleich zurückrufen. Ja? Wunderbar! Wir melden uns."

Sie legte auf. Das war nicht nur unfreundlich, sondern auch unprofessionell, aber Marina konnte nicht anders. Beinahe aus ihrem Büro rennend stopfte sie die Zigaretten in ihre Tasche. Die

Petersen rief ihr noch irgendwas wegen Torge Trulsen hinterher, aber Marina hörte nicht mehr zu.

Schnell war die Raucherecke hinter dem Haupthaus erreicht. Die erste Zigarette nach so langer Zeit schmeckte fürchterlich, aber ihre Nerven beruhigten sich merklich.

Sie ließ den Blick über die Dünenlandschaft schweifen. Strandhafer und Gräser, dazu die Weite des Ordinger Strandes. Heute wirkte dieser Anblick sogar entspannend auf ihr erregtes Inneres. Vielleicht, weil das Wasser ausnahmsweise einmal dem Strand schmeichelte. Tief sog sie den Rauch in die Lungen. Ihr Blick wanderte weiter.

Stutzend entdeckte sie eine Menschenmenge, die sie nicht mit einer Urlaubsaktivität in Zusammenhang brachte. Sah eher so aus, als scharten sich die Menschen um etwas, was dort angespült worden war.

Noch einmal inhalierte sie tief, bevor sie die Zigarette auf dem Boden austrat. Als sie den Stummel aufhob, hätte sie sich am liebsten gleich eine Zweite angezündet. Da löste sich Torge Trulsen aus der Menge und kam direkt auf sie zu. Heute blieb ihr wirklich nichts erspart.

Die Gier nach einer weiteren Zigarette wurde übermächtig, doch sie nahm sich zusammen. Der Hausmeister kam mit hohem Tempo näher. Sich so schnell zu bewegen, hätte Marina ihm gar nicht zugetraut. Er wirkte eher klein, außerdem durch die untersetzte Figur etwas gedrungen. Die wirren Locken erweckten nicht den Eindruck, als würden sie allzu häufig auf einen Kamm treffen. Trotz seiner Mitte fünfzig waren sie jedoch voll und blond. Lediglich an den Schläfen zeigten sich graue Spuren, was seine Attraktivität allerdings nicht steigerte.

„Frau Lessing!" Als Torge sie entdeckte, rannte er auf sie zu. „Was machen Sie denn hier? Ich dachte, Sie hätten aufgehört zu rauchen."

Marina fühlte sich ertappt – ausgerechnet Torge erwischte sie bei ihrem Rückfall! Aber die Frage war ja wohl nicht, was sie hier tat, sondern warum er am Strand herumspazierte, statt den Wellnessbereich zu reinigen.

„Und was machen Sie hier?", konterte sie.

„Ich habe einen freien Vormittag. Mein Arbeitsbeginn ist heute erst um dreizehn Uhr ... das ist doch jetzt unwichtig ...!"

„Unwichtig?" Marina war fassungslos über seine Respektlosigkeit.

„Ja, unwichtig." Torge wurde ungeduldig. Offen unwillig schaute er sie an. „Da liegt ein Toter am Strand!"

„Ein Toter?" Marina vergaß ihren Ärger, „Ein Einheimischer oder ein Tourist?" Hoffentlich kein Bewohner der *Weißen Düne* – das würde nicht nur neue Probleme, sondern auch negative Publicity bringen.

„Weiß nicht, er liegt auf dem Bauch. Knud sichert den Tatort."

„Er sichert den Tatort? Ist er ermordet worden?"

„Sein Schädel ist übel zugerichtet, hat eins drübergezogen bekommen ... sieht nicht nach Ertrinken aus."

„Aha – und wer ist Knud?"

„Na, Kommissar Knud Petersen, der Sohn von Ihrer Greta!"

Der Blick, der Marina traf, sagte so viel wie: Du kriegst ja gar nichts mit. „Ansgar ist schon aus Husum unterwegs." Nach einer kurzen Pause fügte er hinzu: „Der Gerichtsmediziner!"

Marina nickte abwesend. Torge kannte hier offenbar jeden und war mit allen per Du. Ein waschechter Nordfriese, dem es nie einfallen würde, woanders zu leben als auf diesem platten Land, wo man morgens schon sieht, wer abends kommt. Offensichtlich hatte das dem Toten nichts genützt. Wenn er tatsächlich erschlagen worden war, hatte der Spruch versagt.

Marina schaute auf ihre Uhr. Es war fast elf.

Entschlossen steckte sie die Zigaretten in die Tasche. „Kommen Sie mit, Trulsen. Hansen hat sich wieder krankgemeldet, ich brauche Sie für die Reinigung des Wellnessbereichs. Die Gäste langweilen sich bei diesem miesen Wetter. Sie erwarten dort alles sauber und gepflegt."

„Frau Lessing, ich fange um dreizehn Uhr an. Dort ist bestimmt noch alles tippi toppi. Vormittags ist fast keiner im Wellness-Bereich. Ich gehe jetzt noch einmal an den Strand, um zu gucken, ob Knud noch etwas braucht."

Marina schluckte den erneut aufwallenden Ärger herunter. So funktionierte es nicht, aber jetzt hatte sie keinen Nerv auf eine Kraftprobe. Womöglich war sie doch ein wenig führungsschwach. Dieses Feedback hatte sie nach dem Praktikum im Management des Atlantik Hotels in Hamburg bekommen, aber nicht für bare Münze genommen. Mit der alten Schachtel - ihrer Chefin - war sie vom ersten Tag an nicht klargekommen. Marina hielt ihren Führungsstil für genauso antiquiert wie ihre Klamotten sowie den grauen Dutt, der bei jeder ihrer Kopfbewegungen wild herumtanzte. Alle hatten sich ihrem Kommando gefügt – alle außer Marina. Ihr Zeugnis war dementsprechend ausgefallen. Deshalb war ihre einzige Option dieser Job bei den Landeiern und nicht einmal die hatte sie im Griff. Was für ein Scheißtag! Wäre sie doch bloß im Bett geblieben.

Nachdem sie Trulsen wortlos stehen gelassen hatte, schlug sie die Richtung ihres Büros ein. Fast konnte sie spüren, wie er hinter ihrem Rücken seine rechte Augenbraue hochzog, was ihm diesen überlegenen Gesichtsausdruck verlieh.

Sie wagte es nicht, sich noch einmal umzudrehen.

Torge in St. Peter-Ording

Samstag, den 02. September

Der zufriedene Ausdruck verschwand so schnell aus Torges Gesicht, wie er gekommen war. Sobald er sich umdrehte, fiel sein Blick wieder auf den Strand mit der wachsenden Menschenmenge. Er musste jetzt Knud unterstützen. Bevor er zum Fundort des Toten zurückkehrte, holte er einige Metallstäbe, einen schweren Hammer sowie eine Rolle Absperrband aus seinem Geräteraum.

Trotz der sorgenvollen Frage, ob es sich um einen Einheimischen handelte, der dort mit eingeschlagenem Schädel am Strand lag, kehrten seine Gedanken unwillkürlich noch einmal zu der eben erlebten Szene zurück.

Eins zu null für ihn. Er würde die überhebliche Tussi aus der Stadt schon zurechtstutzen. Das war hier seit fünfunddreißig

Jahren sein Revier! Na ja, so lange gab es das Feriendorf *Weiße Düne* noch nicht. Aber sein Revier war es trotzdem. Er hatte schon einige Manager kommen und wieder verschwinden sehen - in letzter Zeit handelte es sich zunehmend um Managerinnen. Sie blieben zwei oder drei Jahre, um sich zu profilieren, dann waren sie wieder weg. So viel wusste er auch ohne Studium. Diese arroganten Weiber aus der Stadt. Gerade einmal zwanzig und´n Keks, aber sie maßten sich an, ihm zu sagen, wo es langging. Nee, so nicht!

Er hob den Blick. Die Menschentraube um den Toten hatte sich mindestens verdoppelt. Von Ansgar keine Spur – Knud wartete sicherlich schon ungeduldig auf Unterstützung. Er beschleunigte seinen Schritt und schob die Gedanken an die Geschäftsführung erst einmal beiseite. Firlefanz, jetzt war echtes Arbeiten gefragt.

„Gut, dass du wieder da bist. So langsam verlier´ ich die Kontrolle über die Touris. Heute scheint das Wetter nicht schlecht genug zu sein, um hier draußen herumzulungern." Knud war offensichtlich froh über sein Auftauchen.

„Ist doch immer das Gleiche. Lass uns die Stäbe in den Boden schlagen, dann können wir mit dem Band einen größeren Bereich absperren." Torge hielt demonstrativ das rotweiße Kunststoffband in die Luft. Sofort fing das lose Ende an, im Wind zu flattern. „Wo bleibt Ansgar?"

„Auf der 202 ist ein schwerer Unfall passiert, er hat erste Hilfe geleistet und auf den Rettungswagen gewartet", informierte der Kommissar seinen Kumpel.

„Erste Hilfe von einem Rechtsmediziner? Er hat doch hier gerade einen Kunden."

Knud zog eine Grimasse. „Mach keine Witze, wenn du neben einem Toten stehst. Das bringt Unglück!"

„Im Ernst? Was bei dir so alles Unglück bringt. Dafür bist du eigentlich eine ganz heitere Natur."

„Jaja, lästere du mal. Halt jetzt lieber den Stab fest, damit wir zu Potte kommen."

„Warum bist du eigentlich allein, sonst seid Ihr doch immer gemeinsam unterwegs? Was ist mit Fiete los?"

Knuds Blick verfinsterte sich. „Fiete geht es gar nicht gut. Er hat´s wieder im Rücken. Ist gerade zum Arzt. Wer hätte hier mit so einem Verbrechen gerechnet? Jetzt bekommen wir bestimmt endlich die freie Stelle besetzt ..."

„Sonst darfst du allein einen Mord aufklären."

„Ich hab ja noch dich. Du bekommst ja bei den Touris sowieso viel mehr mit als ich. Mit dir schnacken sie doch alle immer gern."

„Na ja, alle nicht gerade. Gibt immer die feinen Pinkel, die glauben, sie seien was Besseres", kommentierte Torge.

„Es sich aber auf Sylt nicht leisten können."

„Ja, genau die. Die edle Fischbude Gosch gibt es ja nun auch hier in St. Peter."

Schweigend arbeiteten sie weiter, bis die Absperrung stand. In dem Moment, in dem sie die Enden des Bandes verknoteten, kam der schnittige weiße Wagen des Rechtsmediziners Ansgar Johannsen in Sicht und hielt auf dem Strandparkplatz. Ein attraktiver Mittvierziger stieg aus, warf seine Sportschuhe ins Auto zurück und schlüpfte in die Gummistiefel, die er vorher aus dem Kofferraum geholt hatte. Bepackt mit einer großen schwarzen Tasche, bewegte er sich in gerader Haltung sowie schnellen Schrittes auf die abgesperrte Fläche inmitten der Menschentraube zu.

Knud grinste: „Moin Doc, du siehst aber heute schnieke aus."

„Moin Knud, wisst Ihr schon, wer der Tote ist? Einer von hier?"

„Nee, wir haben ihn nicht bewegt. Für alle Fälle – auch wenn das Wasser bestimmt die Spuren schon verfälscht oder fortgespült hat."

Johannsen nickte, öffnete den Koffer, um ein Paar Gummihandschuhe herauszunehmen, die er routinemäßig überstreifte, während er sich schon über das Opfer beugte. Nachdem er die Wunde untersucht und fotografiert hatte, drehte er den Körper schließlich um.

Sobald er einen Blick auf das Gesicht des Toten geworfen hatte, wurde er bleich.

„Verdammt, das ist Michael Schwertfeger!"

„Michael Schwertfeger?" Torge und Knud fragten wie aus einem Mund. Betroffen betrachteten sie den Leichnam. Tatsächlich einer von ihnen. Ein Zugereister, aber einer der die Nordsee mit ihrem Watt liebte und die Menschen hier mit Respekt behandelte. Das machte sogar Torge ratlos.

„Warum sollte einer den Leiter der Schutzstation Wattenmeer ins Jenseits befördern? Michael konnte keiner Fliege was zuleide tun. Das kann doch einfach nicht wahr sein!"

„Ja, ..." teilte Knud seine Gedanken dazu, „entweder war er auf seiner Station in Westerhever oder im Watt unterwegs. Merkwürdig!"

„Er unternahm auch regelmäßig Wattwanderungen mit Touristen, die wurden von der *Weißen Düne* organisiert. Bestimmt einmal pro Woche hat er die Urlauber bei uns abgeholt und ist dann los", informierte Torge seinen Freund.

„Kein Grund ihn umzubringen", stellte Knud nüchtern fest.

„Tja, das herauszufinden ist nun deine Aufgabe."

„Männer, Ihr seid mir viel zu sabbelig. Michael war ein feiner Kerl. Wir haben vorgestern noch zusammen ein Bier getrunken. Er war ja immer ein bisschen in sich gekehrt, hat aber nicht den Eindruck erweckt, als wäre er bedroht worden. Lasst uns mal 'nen Moment schweigen. Dann kann ich auch besser meine Arbeit machen. Sind sonst noch irgendwelche Gegenstände gefunden worden?"

Beide Gefragten schüttelten den Kopf.

„Ich glaube nicht", übernahm Knud das Antworten „aber ich war mit der Absperrung vollauf beschäftigt. Wir können uns ja noch einmal umschauen."

„Ja, macht das! Ich komme hier klar. Danke für die Sicherung des Fundortes sowie des Toten." Ansgar konzentriere sich auf seine Arbeit.

Charlie in Hamburg

Samstag, den 02. September

Sankt Peter-Ording?! Chef, das kannst du nicht machen! Ich bin eine Stadtpflanze. Du willst mich aufs platte Land an die Nordsee versetzen? Und was soll ich da? Die Touristen davon abhalten, die Schafe zu piesacken? Ich bin Kommissarin! Ein Mitglied der Mordkommission. Ich habe jahrelang großartige Arbeit geleistet. Das kannst du mir nicht antun!"

Charlotte Wiesinger redete sich so in Rage, dass ihre dunklen Locken in alle Richtungen tanzten. Von dem Stuhl aufgesprungen rannte sie aufgeregt vor dem Schreibtisch ihres Vorgesetzten hin und her. Ihr herzförmiges gebräuntes Gesicht war puterrot angelaufen, aus den dunkelbraunen Augen schossen Blitze. Um ihre Empörung zu unterstreichen, fuchtelte sie mit den Armen herum, als sie ihre Rede fortsetzte: „Es war nur ein Fehler - ein einziger Fehler in zehn Jahren. Ich kann jetzt nicht weg aus Hamburg ... bitte tu mir das nicht an!" Als sie abrupt stehenblieb, guckte sie Hauptkommissar Matthias Bartsch direkt in die Augen.

„Charlie, bitte reg dich nicht so auf. Ich bin auf deiner ..."

„Ich soll mich nicht aufregen? Mein ganzes Leben bricht gerade zusammen! Und du sagst, ich soll mich nicht aufregen! Das kann ja wohl nicht dein Ernst sein!" Charlie setzte ihren Marsch durch das Büro weiter fort. Trotz ihrer schlanken Figur bei einer Körpergröße von lediglich 1,58m erzeugte sie Energie wie ein Wirbelsturm. Sie tobte weiter: „Weißt du, wie viele Überstunden ich in den letzten Jahren angesammelt habe? Wie viele Abende ich für den Job hier geopfert habe? Glaubst du, das hat meiner Beziehung gutgetan?"

Wieder blieb sie abrupt stehen, schaute aber dieses Mal zu Boden. So schnell wie der Ausbruch begonnen hatte, endete er nun. Über den Rauswurf ihres Verlobten Andreas vor zwei Monaten, hatte sie im Revier bisher mit niemanden geredet. Ihre Hochzeit war längst für den Mai im nächsten Jahr geplant, als sie an jenem Tag einmal früh nach Hause kam.

Zu früh.

Und ihn mit einer anderen erwischte. Der Klassiker. Es lief alles ab wie in einem miserablen Film. Es hätte nichts zu bedeuten, es sei nur Sex gewesen. Er betrunken und einsam. Sie dafür so biegsam – eine Yoga-Trainerin. Sie war nicht einmal hübsch gewesen. Das hatte Charlie umso mehr verletzt.

Sie war erstmal abgerauscht, hatte sich bei ihrer Freundin ausgeheult. Am nächsten Tag stellte sie ihm die Koffer vor die Tür.

Er war auf den Hund gekommen – so viel zum Thema Yoga.

Aber sie hatte gelitten. Mit einem solchen Verhalten hätte sie bei Andreas nie gerechnet. Wahrscheinlich war sie deshalb an dem verhängnisvollen Tag im letzten Monat unkonzentriert gewesen. Zu schnell zog sie ihre Waffe.

Und schoss.

Weil sie eine präzise Schützin war, traf sie ihn mitten ins Herz. Hinterher stellte sich heraus: Er war unbewaffnet!

Da nützte es nichts, dass er außerdem ein absolutes Schwein war, Abschaum der Gesellschaft, der blutjunge Mädchen aus Osteuropa köderte, mit Heroin versorgte und darüber hinaus auf den Strich schickte. Er war dafür bekannt, immer eine Pistole bei sich zu führen und keine Skrupel zu haben, sie zu benutzen.

An diesem Tag war alles anders. Das wurde ihr zum Verhängnis.

Ein Kollege sagte vor der Untersuchungskommission aus. Die Situation sei nicht kritisch gewesen. Lächerlich!

Vielen Dank, Kollege!

Als Charlie sich wortlos wieder auf den Besucherstuhl vor dem ordentlichen Schreibtisch setzte, ließ sie abwesend den Blick darüber schweifen. Wie man im Polizeidienst so akribisch Ordnung hielt, war ihr schon immer schleierhaft gewesen. Ihr Schreibtisch war gewöhnlich das pure Chaos, die Farbe der Tischplatte meistens nicht zu erkennen. Sie schaute ihn an.

„Was ist die Alternative?"

Matthias hatte sie immer unterstützt. Es musste einen Ausweg geben. Er nahm den Blickkontakt auf, schien abzuwägen, wie er das Gespräch fortsetzen sollte, ohne Anlass zu geben, den Sturm noch einmal durch sein Büro wirbeln zu lassen.

„Charlie, ich bin auf deiner Seite! St. Peter ist deine Chance einer Suspendierung zu entgehen. Außerdem sollst du dort keine Schafe hüten. Heute Morgen ist ein Toter an den Strand gespült worden. Alles weist auf ein Gewaltverbrechen hin. Die Polizei vor Ort hat Unterstützung angefordert, weil sie nicht nur unterbesetzt, sondern auch nicht entsprechend ausgebildet sind – geschweige denn über die Erfahrung verfügen."

„Ein Mord?" Charlies Interesse war sofort geweckt.

„Ja, ein Mord."

„Würde ich die Ermittlungen leiten?"

„Ja, so sieht es aus. Ist die schöne kleine Stadt an der Nordsee, die jedes Jahr Tausende Urlauber an ihren außerordentlich breiten Strand lockt, vielleicht doch nicht so unattraktiv?"

Charlie zog eine Grimasse. „Verarsch mich nicht, sonst muss ich wieder wütend werden. Vielleicht geht dann etwas in deinem schönen Büro zu Bruch."

„Ah, ich sehe, du hast schon wieder Oberwasser. Was ein Mord doch alles bewirken kann."

Charlie ignorierte sein Gefrotzel. „Hast du bereits mehr Informationen für mich?"

„Du nimmst die Versetzung bis auf Weiteres also an?" Matthias hakte lieber noch einmal nach, bevor sie einen Rückzieher machte.

„Bis auf Weiteres klingt irgendwie bedrohlich, aber scheinbar habe ich ja sowieso keine Wahl. Vielleicht ist ein Ortswechsel im Moment gar nicht so schlecht. Berlin oder Frankfurt wären mir allerdings lieber gewesen."

„Tja, nicht alle Wünsche gehen in Erfüllung! Sieh es einmal positiv: An der Küste bist du die Queen der Mordkommission, in einer anderen Großstadt wärst du lediglich die Neue."

„Jaja, das stimmt so auch nicht. Ich bin eine wirklich gute Ermittlerin. Aber lass uns zum Punkt kommen. Hast du schon weitere Fakten?" Charlie wurde ungeduldig, den Ärger über die Versetzung hatte sie schon fast vergessen.

„Es ist ein bisschen ungewöhnlich. Der Leiter der Schutzstation Wattenmeer wurde nach ersten Erkenntnissen gestern Nacht bei einer Wanderung ins Watt erschlagen. Er ist erst vor einem Jahr nach Eiderstedt gekommen und hat sehr zurückgezogen gelebt. Ein Naturfreak ohne offensichtliche Konflikte oder Feinde. Fahr also nach Hause, pack ein paar Klamotten und ab auf die Halbinsel."

„Danke, Chef. Ich werde dich nicht blamieren – und wenn ich den Fall löse ... kann ich dann wieder nach Hamburg kommen?"

„Das sehen wir später. Erst einmal muss Gras über die Angelegenheit wachsen. Tu einfach dein Bestes. Vielleicht gefällt es dir dort am Ende so gut, dass du gar nicht mehr zurückwillst."

Charlie wiegte skeptisch den Kopf. Wieder kam Bewegung in ihre lockige Mähne.

„Komm, das war nicht so ernst gemeint. Jetzt ist es die beste Alternative. Quasi ein Glücksfall – auch wenn sich das ein bisschen respektlos anhört. Immerhin ist der arme Kerl tot."

Sie nickte. „Gut, ich gehe dann packen. Berichte ich dir?"

„Ja, melde dich ab und zu. Halte mich auf dem Laufenden."

„Geht klar."

Mit einem konzentrierten Nicken war sie aus der Tür.

Alexander in Lindau

13. Mai, sieben Jahre früher

Zum gefühlt hundertsten Mal schaute Alexander Blumenthal auf die Uhr an der gegenüberliegenden Wand, doch die Zeiger schlichen über das weiße Ziffernblatt. Das Kribbeln in seiner Magengegend war eindeutig eine ganze Horde Schmetterlinge, die schon mit dem Feiern des fünften Hochzeitstages begonnen hatten. Er fühlte sich verliebt wie am ersten Tag. Wenn er an das Essen dachte, welches er als Überraschung für sie plante, bekam er trotz sorgfältiger Vorbereitung feuchte Hände und Hitzewallungen. Heimlich war Alexander zu dem Kochkurs gegangen, der an sechs Abenden stattfand, um ihn in die Zubereitung von französischen Köstlichkeiten einzuweihen. Dabei schützte er sechs Mal Überstunden vor und fühlte sich schlecht dabei, obwohl er es für sie tat.

Heimlichkeiten und Lügen waren einfach nicht seine Welt, passten weder zu ihm noch zu der Ehe, die sie führten. Lisa-Marie war das Beste, das ihm je passiert war. Aus diesem Grund plante er für den heutigen Tag ein Drei-Gänge-Menü, in der Hoffnung auf eine gelungene Überraschung. Die Lebensmittel ebenso wie die Blumen waren bestellt und warteten auf Abholung. Wenn es doch nur endlich drei wurde, er konnte es nicht mehr abwarten.

Ein weiterer Blick zur Uhr: Noch zehn Minuten! Ungeduldig räumte er seinen Schreibtisch auf, fuhr den Rechner herunter, stellte schließlich sein Telefon auf seine Kollegin um. Jetzt bloß keine Anrufe mehr! Alles war perfekt vorbereitet. Ihr fünfter Hochzeitstag!

Unwillkürlich dachte er an den Moment zurück, als er am Altar auf sie gewartet hatte. Das Kribbeln im Bauch war heute noch genauso intensiv wie an diesem unvergesslichen Tag. Damals konnte er sein Glück nicht fassen. Die Jahre davor waren kompliziert gewesen – bis zu dem Tag als Lisa-Marie in sein Leben tanzte. Und ihn mitriss. Er verliebte sich im ersten Augenblick und ließ sie nicht mehr los. Ihre Fröhlichkeit steckte ihn an, machte alles einfach. Sie beschlossen bereits ein halbes Jahr später zu heiraten und setzten kurzfristig einen Termin fest.

Sie sah so wunderschön in ihrem langen, weißen, mit Perlen bestickten Kleid aus. Ihr rotes lockiges Haar trug sie offen. Statt eines Schleiers wählte sie einen Blütenkranz. Als ihr Vater sie zum Altar führte, schwoll sein Herz über vor Glück. Mit Tränen der Rührung in den Augen nahm er sie in Empfang. Sie gaben sich individuelle Ehegelübde, versprachen sich Liebe, Treue und aufeinander aufzupassen - außerdem nie in langweiliger Routine zu versinken. Und blieben einfach glücklich.

Mit ihr an seiner Seite schaffte er alles, was er sich vornahm. Sie zog von Hamburg zu ihm in die Berge, fand einen Job und lebte sich ein. Er forcierte seine Karriere, während sie ein Nest baute.

Es gab nur einen einzigen Wermutstropfen: So sehr sie sich eine Familie wünschten, sie wurde nicht schwanger. Nach zwei Jahren ließen sie sich untersuchen. Die Diagnose war niederschmetternd: Er konnte keine Kinder zeugen. Die Alternativen wie künstliche Befruchtung oder Adoption diskutierten sie nächtelang und entschieden sich schließlich dagegen. Danach war das Thema gestorben, sie konzentrierten sich auf ihre Zweisamkeit, unternahmen Reisen in exotische Länder, von denen sie kitschige Souvenirs mitbrachten. Es gelang ihnen, das Glück festzuhalten. Eine Zeitlang kämpfte er mit der unterschwelligen Angst, verlassen zu werden. Doch diese Befürchtung war unbegründet, dafür liebte er sie umso mehr.

Die Überlegung, den heutigen Tag größer zu feiern, verwarfen sie nach kurzem Hin und Her. Es war ihr Tag. Seine Eltern lebten nicht mehr, ihre in Hamburg. Mit einigen engen Freunden planten sie für das Wochenende ein Essen in einem noblen Steakrestaurant in Friedrichshafen, aber heute gab es nur sie beide.

Erschrocken blickte Alexander auf die Uhr: Zehn nach drei. Nun aber los! Endlich! Er musste sich beherrschen, um nicht aus seinem Büro zu rennen.

Schnell fuhr er in die Innenstadt. Beim Delikatessengeschäft fand er keinen Parkplatz, schaltete einfach die Warnblinkleuchten ein und ließ den Wagen auf der rechten Spur stehen. Er brauchte ja nicht lange. Seine Lieblingsverkäuferin, die ihn bereits entdeckt hatte, winkte ihm zu. Lächelnd betrat er den Laden.

„Grüß Gott, Herr Blumenthal. Ich gratuliere herzlich zu Ihrem Hochzeitstag! Die Freude ist Ihnen anzusehen. Ich wünsche Ihnen beiden alles Gute für die nächsten fünf Jahre, ach was sag ich, für den Rest Ihres Lebens. Aber erstmal für heute viel Spaß sowie Erfolg beim Kochen als auch beim Feiern."

„Ich danke Ihnen. Sind meine Taschen schon fertig gepackt? Ich habe es eilig."

„Alles vorbereitet." Schwungvoll reichte sie Alexander zwei große Leinenbeutel über den Tresen.

„Großartig! Nochmals vielen Dank. Ich werde beim nächsten Mal berichten." Lächelnd setzte er seinen Weg fort, um die Blumen abzuholen.

Er liebte diese Kleinstadt. Lauter freundliche Menschen, die sowohl den See als auch die Berge mochten und nett miteinander umgingen.

Auch der Strauß Blumen – zehn rote sowie zehn weiße langstielige Rosen - wartete schon auf ihn. Fünf Minuten später saß er wieder im Wagen. Schnell fuhr er nach Hause. Das Kribbeln in seiner Magengegend wurde intensiver, auch wenn ihm die Albernheit dieses Gefühls bewusst war, denn die offizielle Version lautete: Gemeinsames Essen in ihrem Lieblingsrestaurant. Treffen in der Wohnung um achtzehn Uhr.

Sein Plan umfasste zweieinhalb Stunden Vorbereitungszeit, es sei denn, Lisa kam ebenfalls früher nach Hause. Obwohl er es gar nicht abwarten konnte, sie in seine Arme zu schließen, hoffte er heute auf ihr nicht zu pünktliches Kommen.

Er war durch den Wind. Wenn er sich nicht langsam ein wenig beruhigte, würde er sich mit einem vermasselten Menü furchtbar blamieren. Dann bräuchte er doch die Reservierung im Restaurant, die es in Wirklichkeit ja nicht gab. Er blieb im Treppenhaus kurz stehen, um tief Luft zu holen. Nach drei Atemzügen spürte er, wie sich sein Herzschlag wieder normalisierte. Schon besser. Dann konnte er sich nicht mehr zurückhalten. Immer zwei Stufen auf einmal nehmend erreichte er in Windeseile den dritten Stock. Aus dem lichtdurchfluteten geräumigen Wohnzimmer hatten sie einen herrlichen Blick über den Bodensee. Es war das Highlight der Wohnung, dort würde er den Tisch festlich decken – mit Kerzen, echten Servietten sowie den Kristallgläsern von seiner Großmutter, aus denen sie sonst nie tranken.

Voller Vorfreude öffnete er die Tür und stutzte bereits am Eingang. Hatte Lisa nicht heute Morgen diese Schuhe getragen? Ein Verdacht beschlich ihn. Plante sie etwa die gleiche Überraschung wie er? Das war ihr zuzutrauen, es wäre geradezu typisch für sie beide. Obwohl das für sie sprach und er sich darüber freuen sollte, spürte er eine leichte Enttäuschung. Sein Aufwand, samt der ungewohnten Notlügen, war nicht unerheblich gewesen.

War das alles umsonst? Wie gerne wollte er sie bekochen, den Tisch decken, eine festliche Atmosphäre schaffen, bevor sie die Wohnung betrat. Er hatte es sich immer wieder ausgemalt, ihren Gesichtsausdruck, ihr Lächeln, erst Überraschung dann Freude.

Da hing ihr Schlüsselbund. Sie war bereits da! Alexander versuchte seine Enttäuschung beiseite zu schieben.

Na ja, also gemeinsames Kochen. Vermutlich hatte sie auch eingekauft, dann würden es wohl sechs Gänge werden. Darüber musste er nun doch schmunzeln.

Er stellte die Taschen im Flur ab, um das Papier von dem Blumenstrauß zu nehmen. Lisa liebte weiße Blumen. Für ihn mussten es an diesem Tag einfach rote Rosen sein. Das Lächeln erschien automatisch auf seinen Lippen, während er zum Wohnzimmer ging. Es erstarb unmittelbar, als er den Raum betrat und Lisa dort am Tisch sitzen sah.

Charlie in St. Peter-Ording

Samstag, den 02. September

Als Charlie Eiderstedt erreichte, färbte die untergehende Sonne die gesamte Umgebung in ein sanftes orangefarbiges Licht. Einige Möwen schrien über der Halbinsel, auf der langsam wieder Ruhe einkehrte. Doch für das Naturschauspiel hatte die Kommissarin nur einen flüchtigen Blick. Viel mehr nahm sie das platte Land mit Kühen sowie Schafen, die spärliche Besiedelung mit wenigen Dörfern und die landwirtschaftlichen Fahrzeuge wahr, die die Fahrbahnen verschmutzten. Dadurch wurde der Verkehr selbst auf der Bundesstraße auf ein Tempo gezwungen, das an den Nerven der Kommissarin zerrte und sie ungeduldig auf dem Lenkrad herumtrommeln ließ. Keine Chance zu überholen. Der Gegenverkehr bestand aus Tagespendlern und Ausflüglern, die entspannt nach Hause fuhren.

Charlies Aufregung über den unerwartet zu klärenden Mordfall war wieder verpufft. Sowohl die Landschaft als auch das Gezuckel hinter dem Trecker, von dessen Anhänger ständig irgendwelche undefinierbaren Brocken fielen, die ein Überholmanöver bereits mehrmals vereitelt hatten, verschlechterten ihre Laune mit jedem Kilometer, den sie sich von Hamburg entfernte.

Sie verfluchte dieses Jahr und ihre gesamte Situation. Vielleicht hätte sie sich doch besser suspendieren lassen und auf eine lange Reise gehen sollen. Tagsüber in der Sonne der Karibik mit Cocktails am Strand faulenzen und abends bei Sambaklängen in die Nacht tanzen, um dann vielleicht ein prickelndes Abenteuer zu erleben.

Ein dumpfer Schlag brachte die Kommissarin aus ihrer Träumerei zurück auf die Landstraße von Schleswig-Holstein. Sie zuckte zusammen. Verdammt, sie war zu dicht aufgefahren, so dass einer dieser Klumpen auf ihre Motorhaube geknallt war. Sie musste sich zusammenreißen. Jetzt war sie hier. Über einen Rückzieher brauchte sie nicht mehr nachzudenken.

Endlich bog der Traktor ab. Einmal tief durchatmend gab Charlie Gas. Die trüben Gedanken brachten sie nicht weiter, besser sie konzentrierte sich auf die Aufgabe, die vor ihr lag. Wenn sie ihren Job hier schnell in der gewohnten Qualität erledigte, konnte sie bestimmt bald wieder in ihren Dienst zurückkehren. Das musste einfach klappen, sonst waren all die Opfer der letzten Jahre sinnlos.

Bei dem Feriendorf angekommen fand Charlie sofort einen Parkplatz in der Nähe des Eingangs. Auf dem Weg in die Empfangshalle rief sie sich noch einmal die kargen Informationen über die beiden Beamten hier vor Ort ins Gedächtnis, die Matthias ihr kurz vor ihrer Abfahrt gemailt hatte. Knud Petersen und

Fiete Nissen arbeiteten bereits seit zehn Jahren zusammen. Der 40-jährige Petersen war auf Eiderstedt ausgebildet worden. Er hatte die Halbinsel beruflich nie verlassen. Der 62-jährige Nissen war auf Föhr Inselpolizist gewesen bis er sich vor einem Jahrzehnt nach St. Peter-Ording versetzen ließ – angeblich auf Wunsch seiner Frau. Stand das in der Akte? Ungeduldig wischte Charlie den Gedanken beiseite, um sich auf das zu konzentrieren, was jetzt vor ihr lag.

Bei dem kurzen Telefonat mit dem jüngeren Petersen hatte Charlie als Treffpunkt die *Weiße Düne* vereinbart, damit sie noch heute im restlichen Licht des Tages den Fundort der Leiche aufsuchen konnten. Viel war dort nicht mehr zu sehen. Der Tote war bereits in die Rechtsmedizin nach Husum gebracht worden. Die Flut hatte mögliche Spuren mit sich genommen. Trotzdem wollte Charlie sich einen eigenen Eindruck verschaffen.

Mit schnellem Schritt den Rezeptionsbereich betretend, schaute sie sich suchend nach zwei Männern in Uniform um. Waren sie etwa noch nicht hier? Zeit genug hatten sie ja nun gehabt!

Charlie spürte leichte Ungeduld aufsteigen. Das konnte doch nicht so schwer sein, sich an Termine zu halten! Kurz war sie versucht, einfach ohne die Polizisten an den Strand zu gehen, doch das signalisierte natürlich keine Kooperationsbereitschaft. Sicherlich war es schlauer, erst einmal zu schauen, wie die Stimmung war, wie sie aufgenommen wurde. Gleich den ersten Eindruck zu vermasseln, war kein guter Plan.

Also reihte sie sich in die kurze Schlange der wartenden Gäste an der Anmeldung ein. Sie ließ ihren Blick durch den Eingangsbereich des Feriendorfes schweifen, um Atmosphäre aufzunehmen. Fabelhaft gelaunte Urlauber flanierten durch die Halle sowie an den Souvenirshops vorbei, die den üblichen überflüssigen Tinnef für Touristen feilboten.

„Moin! Willkommen in der *Weißen Düne*. Was kann ich für Sie tun?"

In ihre Betrachtungen versunken hatte Charlie nicht bemerkt, als sich die Schlange weiterbewegte. Die freundliche Mitarbeiterin an der Rezeption holte sie aus ihren Gedanken.

„Guten Tag, Kommissarin Wiesinger aus Hamburg. Ich bin mit den Beamten Petersen und Nissen verabredet. Können Sie mir sagen, wo ich die beiden finde? Eigentlich wollten wir uns hier treffen."

„Gesehen habe ich heute nur Knud Petersen. Er war vorhin mit Torge zusammen. Moment mal, ich frage eben nach." Charlie nickte dankend, als die junge Frau zum Telefonhörer griff, um eine Nummer zu wählen. Bereits nach einem kurzen Gespräch gab sie Auskunft.

„Frau Wiesinger, Sie finden den Kollegen Petersen im Bungalow 22."

„Im Bungalow 22?"

„Ja." Sie zog einen Plan in A3 unter dem Tresen hervor. „Ich erkläre Ihnen, wie Sie ihn finden. Wir sind hier ..." Sie malte einen ersten Kringel auf das Papier. „Der Bungalow befindet sich in der dritten Reihe, vom Wasser aus gesehen." Ein zweiter Kringel wurde platziert. „Sie sehen, es ist nicht weit. Am besten gehen Sie an dem Punkt nach links und folgen diesem Weg." Die freundliche Rezeptionistin zeichnete schwungvoll einige Verbindungslinien auf das Blatt, um es schließlich lächelnd Charlie zu reichen.

Diese bedankte sich und versuchte es ebenfalls mit einem Lächeln, obwohl sie eher genervt war, weil sie sich fragte, was Petersen in dem Bungalow 22 zu tun hatte, statt hier auf sie zu warten.

Sie nickte zum Abschied, um anschließend dem beschriebenen Weg zu folgen. Ohne Probleme fand sie das kleine

Haus. Da die Tür sperrangelweit offen stand, trat sie einfach ein. Neugierig sah sie sich um. Das geräumige Wohn-Esszimmer beherbergte eine Küchenzeile. Dort befanden sich zwei Männer. Einer lag auf dem Rücken. Sein Oberkörper verschwand in einem Unterschrank. Der andere beugte sich über eine riesige Werkzeugkiste und kramte darin herum. „Was ist denn nun? Mach hinne, es tropft mir ins Gesicht. Sie ist rot! Es kann doch nicht so schwer sein, sie zu finden." „Bist du sicher, dass du sie eingepackt hast?" Weiteres Kramen. „Torge, hier ist sie nicht."

Mit einem verärgerten Grunzen schob sich der Angesprochene aus dem Spülschrank, rappelte sich auf, um sich ebenfalls über die Kiste zu beugen. Mit den Worten „Lass mich mal gucken..." setzten sie die Suche gemeinsam fort. Keiner von beiden bemerkte Charlie, die mitten im Raum stehen geblieben war, um die Szene halb amüsiert, halb fassungslos zu beobachten. Ihr Polizeikollege reparierte hier einen Abfluss oder versuchte dabei zu assistieren? Und das, obwohl ein Mord passiert war, der auf Aufklärung wartete!

Als ihre Fassungslosigkeit die Oberhand gewann, trat Charlie geräuschvoll einige Schritte näher. Die Männer bemerkten sie trotzdem nicht. Zu laut war das Scheppern der Werkzeuge in der Metallkiste.

Gern hätte sie die Zeit genutzt, um mindestens Knud Petersen schon einmal eingehend zu betrachten und einen ersten Eindruck zu gewinnen. Da er aber immer noch nach besagtem roten Gegenstand suchte, sah sie lediglich seinen Rücken. Ansonsten konnte sie nicht viel erkennen. So langsam zerrte die Situation an ihren Nerven. Das Tageslicht schwand zusehends und sie wollte unbedingt noch an den Strand. Wieder wurde der Wunsch allein zu gehen, übermächtig. Zum wiederholten

Male an diesem Tag nahm sie sich zurück, entschied jedoch, der Szene ein Ende zu bereiten.

„Guten Tag, die Herren! Kommissarin Wiesinger aus Hamburg. Ich suche den Beamten Petersen. Man sagte mir, ich würde ihn hier finden." Um den Lärm zu übertönen, hatte Charlie die Stimme gehoben. Sie brüllte jetzt geradezu durch den Raum.

Erschrocken unterbrachen die Männer ihre Suche und richteten sich auf, um sich zu ihr umzudrehen. „Was?"

„Kommissarin Wiesinger. Ich bin mit einem Knud Petersen verabredet – zur Fundortbegehung. Sind Sie das?"

Charlie wandte sich an den Jüngeren der beiden. In ihm vermutete sie den Gesuchten. Er sah aus, wie sie sich einen Polizisten an der Nordseeküste vorgestellt hatte. Blond und braun gebrannt verbrachte er wohl nicht den Großteil seiner Zeit hinter einem Computerbildschirm oder in einem Besprechungsraum. Sie schätzte ihn auf 1,80m, er war breitschultrig und relativ schlank. Schien gut in Form zu sein. Statt der erwarteten Uniform trug er allerdings Zivil.

„Knud Petersen. Ja, das bin ich."

„Großartig. Ich hatte Sie in der Eingangshalle vermutet – nicht als Reparaturservice in einem Ferienbungalow."

Sie konnte sich die Spitze nicht verkneifen, doch Petersen blieb gelassen.

„Torge brauchte meine Hilfe. Er hat mich heute Vormittag bei der Sicherung des Fundortes unterstützt. So handhaben wir das hier. Ich hatte Sie eigentlich früher erwartet. Von Hamburg fährt man doch nur neunzig Minuten, oder?" Sein unschuldiger Blick widersprach der Retourkutsche.

Touché! Sie hätte tatsächlich bereits vor zwei Stunden hier sein können, aber sie würde bestimmt nicht über die Gründe diskutieren, geschweige denn sich rechtfertigen. Trotzdem stieg ihr Respekt. Er schien nicht nur ein dummer Dorfpolizist zu sein. Umso besser – dann konnte sie auf wirkliche Unterstützung hoffen.

„Wir sollten uns jetzt zum Strand begeben. Obwohl es schon fast dunkel ist, möchte ich mir unbedingt noch heute ein Bild von dem Fundort des Toten machen", wechselte Charlie ausweichend das Thema.

„Da gibt es nichts mehr zu sehen. Der Leichnam ist in die Gerichtsmedizin nach Husum gebracht worden. Wir haben den Strand nach Spuren abgesucht und waren heute Nachmittag außerdem im Watt unterwegs. Da war nichts Ungewöhnliches zu finden."

„Wir? Meinen Sie Ihren Kollegen Nissen? Wo ist er überhaupt?"

„Sagen Sie ruhig Knud – das tun alle. Wir sind hier nicht so förmlich. Nein, mit Torge", beantwortete er die ursprüngliche Frage. „Er hat den Toten gefunden. War einer von uns. Zwar nicht hier geboren, aber er liebte nicht nur das Meer, sondern auch das Watt. War sehr geschätzt."

Sie nickte. Das entsprach den Infos, die sie von Matthias erhalten hatte. „Und wer ist Torge?"

Petersen deutete auf den Spülschrank, in dem der andere Mann wieder abgetaucht war. Gerade waren unwillige Laute zu vernehmen.

„Knud, reich´ mir noch einmal die Rolle mit dem Hanf. Ich muss das jetzt provisorisch dicht bekommen. Dann können wir los."

Offenbar hatte er im Schrank ihr Gespräch verfolgt. Knud kramte schon wieder in der Werkzeugkiste, während Charlies Nerven vibrierten. Sie beherrschte sich nur noch mit größter Mühe.

„Sie nehmen den Klempner des Feriendorfes mit auf Spurensuche? Und wo ist Ihr Partner?"

„Torge ist hier nicht nur Klempner, er ist der Hausmeister. Auf Eiderstedt kennt er jeden Winkel. Fiete hat´s im Rücken. Der wird wohl erst wieder in der nächsten Woche auf´m Damm sein. Torge hat mich bei der Absperrung des Fundortes unterstützt und kann vielleicht etwas zu den Ermittlungen beitragen."

Fiete, Torge ... das hörte sich an, als würde es sich hier um einen harmlosen Klönschnack unter Freunden handeln, statt um eine Mordermittlung. Zeugen, die den Fundort sicherten, während sie Räuber und Gendarm spielten. Obwohl sie immer noch nicht alle Informationen über die Geschehnisse des Tages hatte, bekam sie schon Wiederholungen zu hören. Es wurde Zeit, die Führung zu übernehmen, zu organisieren und strukturieren.

„So, das wird erst mal halten."

Der Hausmeister schob sich wieder aus dem Schrank und kam schnell auf die Füße. Bevor er ihr die Hand reichte, wischte er sie an einem schmuddeligen Lappen ab.

„Torge Trulsen. Stets zu Ihren Diensten", bemerkte er grienend.

Torge Trulsen? War das ein Scherz? Klang wie ein Künstlername. Machte der abends auch das Animationsprogramm? Sie schätzte ihn auf Mitte fünfzig. Sein blondes Haar war an den Schläfen bereits grau durchzogen. Es kringelte sich in wilden kurzen Locken, vom Sturm zerzaust und vermutlich mit keinem Kamm zu bändigen. Bei seiner relativ kleinen Statur wirkte er untersetzt. Dies schien sein Selbstbewusstsein jedoch nicht im Mindesten zu beeinträchtigen. Seine Körperhaltung sagte: Frag mich! Ich gehöre hierher und weiß Bescheid.

Das konnte interessant werden. Vielleicht auch anstrengend.

„Das wird wohl nicht notwendig sein." Die dargebotene Hand ignorierend wendete sie sich wieder an Knud: „Gehen wir. Es ist schon fast dunkel."

Dieser blieb gelassen.

„Ich habe eine gute Lampe. Es ist relativ gleichgültig, wann wir dort sind. Torge nehmen wir mit. Keiner kennt sich in dieser Gegend so gut aus wie er. Das kann hilfreich sein."

„Herr Petersen ..."

„Knud!"

„Herr Trulsen ist Zivilist, außerdem ein Zeuge im weitesten Sinne. Es ist nicht angemessen, ihn in die Ermittlungen einzubinden. Wir gehen ohne ihn an den Fundort. Seine Aussage nehmen wir morgen auf dem Revier auf."

Knud guckte, als hätte sie ihn aufgefordert, jetzt Schnee zu schieben.

„Frau Kommissarin Wiesinger", sagte er langsam, dabei jede Silbe betonend. „Es gibt keine Aussage aufzunehmen. Ich habe mit Torge schon alles durchgeschnackt. Er war ja nicht Zeuge des Mordes, sondern hat nur den Toten gefunden. Machen Sie sich ein bisschen locker. Wir gehen jetzt zusammen zum Strand. Dann sehen wir morgen weiter. Es gibt viel zu tun."

Ja, und deshalb reparierte er einen Abfluss mit seinem Hausmeisterkumpel. Noch einmal trauerte sie der Alternative zu diesem Nordseenest hinterher. Hätte sie doch bloß die Suspendierung akzeptiert, um in die Karibik zu fliegen!

„Kommen Sie, es ist gleich dunkel", sagte er mit leicht ironischem Unterton.

Charlie ignorierte den karibischen Traum und warf einen kurzen Blick auf die beiden Männer. Für den Moment gab sie den Machtkampf auf. Mit knappem Nicken stimmte sie zu.

„Gehen wir."

Margarete in St. Peter-Ording

Samstag, den 02. September

S eit drei Jahren verbrachte Margarete Süßholz den Sommer
nun bereits in Sankt Peter-Ording. Gesegnet mit einem alten
Familienvermögen, das sie bis zu ihrem 50. Geburtstag reichlich vermehrt hatte, wäre sie ohne Weiteres in der Lage gewesen, sich auch Sylt oder Saint Tropez zu leisten. Doch der
Snobismus dort ging ihr genauso auf die Nerven wie ihr Ehe-
mann, der, seit er sich mit Kunstfehlern die Karriere verpfuscht
hatte, immer mehr von ihrem Geld lebte. Jegliche Unfähig-
keit sowie Verschwendung war ihr zuwider – leider kultivierte Maximilian mittlerweile beides. Es tat ihr fast ein bisschen
leid, ihre schlechte Laune an Marina Lessing auszulassen, aber
die neue kleine Hotelmanagerin forderte sie einfach heraus.
Eine totale Fehlbesetzung auf der Position der Leitung dieses

Ferienparks. Blond wie ein Engel, das Gesicht zu niedlich, um wirklich schön zu sein. Dazu ein unschuldiger Blick aus runden blauen Augen, umrahmt von makelloser glatter Haut – selbst Maximilian, der ach so berühmte Schönheitschirurg aus Hamburg, mit seiner nicht mehr ganz so angesehenen Praxis an der Alster, wäre bei dieser Frau arbeitslos. Doch wo hatte sie bloß Management studiert? Ohne jegliche Führungsqualitäten war Marina Lessing nicht in der Lage, sich gegen Mitarbeiter oder Gäste mit sinnlosen Sonderwünschen durchzusetzen. Da nützte auch die strenge Frisur nichts, die sie sich zu Beginn der Hochsaison Anfang Juli zugelegt hatte. Die langen Haare waren zu einem straffen Knoten zusammengezurrt, bei dessen Anblick Margarete einen Anflug von Kopfschmerzen verspürte.

Jedes Mal, wenn sie sich besonders über Max geärgert hatte, rief sie nun die Lessing an, um sie herauszufordern. Sie konnte schon nicht mehr anders, obwohl ihr bewusst war, dass sie ihre Tiefpunkte nicht überwand, indem sie ihre Unzufriedenheit an der jungen Frau ausließ. Margarete hätte sie gern unter ihre Fittiche genommen, um sie in Personalführung zu coachen. Das würde ihre aufkeimende Depression bestimmt nachhaltiger lindern als ihr zickiges Verhalten.

Heute war Marina richtig ungehalten geworden. Ein Fortschritt, aber noch nicht der Durchbruch. Seit Mai nervte Margarete die Managerin mit den immer gleichen Wünschen. Warum ließ sie sich das gefallen? Die Anlage war wunderschön gelegen. Selbst die kostspieligen Premium-Bungalows mit freier Sicht auf die Dünen waren immer ausgebucht. Kein Grund sich derart terrorisieren zu lassen.

Max hatte sie heute Morgen angerufen und ihr mitgeteilt, er würde frühestens am Samstagabend kommen, eventuell dieses Wochenende gar nicht. Hier eine Party, da ein Golfturnier

– alles, um die Reichen sowie nicht ganz so Schönen zu umgarnen und in seine Praxis zu locken.

So die offizielle Version.

Als ob sie darauf noch reinfallen würde! War er wieder schwach geworden? Schon lange hatte sie von der Blonden gewusst, mit der er sich entspannte, wenn ihm wieder einmal alles zu viel wurde. Wenn er seinen sinkenden Stern in Champagner ertränkte, der von ihrem Vermögen bezahlt wurde. Früher hatte er nicht nur Anstand, sondern auch Ehre besessen. Nie wäre er ihr untreu geworden. Er hatte sie geliebt und auf Händen getragen. Ihr Altersunterschied von zehn Jahren, hatte ihn inspiriert.

Seine Praxis war bereits etabliert, als sie sich auf einer Party kennenlernten, und in der ersten Zeit hatte er keinen Cent von ihr angenommen – im Gegenteil.

Dann kam es vor vier Jahren zu den verhängnisvollen Operationen. Max konnte ihr nie richtig erzählen, was alles schiefgelaufen war und warum. Vielleicht wusste er es selbst nicht. Die Presse berichtete so laut wie schmutzig über den Kunstfehlerprozess. Max verlor nicht nur die gerichtliche Auseinandersetzung, sondern auch sein Selbstbewusstsein und seine Selbstachtung. Nur mit Mühe hielt er die Fassade in der Öffentlichkeit aufrecht, sein makelloser Ruf bekam Kratzer.

Sie selbst war durch ihren Burnout, der ihr im Jahr davor alle Energie und Lebensfreude geraubt hatte, nicht in der Lage gewesen, ihm Kraft gebend so zur Seite zu stehen, wie er es verdiente. Seine Vorwürfe warfen sie immer wieder zurück, was ihren Genesungsprozess in die Länge zog. Sie konnte nicht anders, als die Stadt zu verlassen und sich hier in der Natur zurückziehen, in der Hoffnung, die Kraft würde langsam zurückkehren.

Als sie durch einen dummen Zufall von der Blondine erfuhr, befürchtete sie das Ende ihrer Ehe. Am meisten traf sie, dass Max sich überhaupt auf so etwas einließ. Nicht nur blond, sondern auch blutjung. Mit langen Beinen und einer enormen Oberweite, ein ganz gewöhnlicher Albtraum. Was war bloß aus dem schillernden Mediziner geworden, der sie mit Esprit, Witz und Charme begeistert hatte?

In einem heftigen Streit vor schätzungsweise vier oder fünf Wochen hatte sie ihm ihre ganze Verbitterung an den Kopf geschleudert. Seine Reaktion war überraschend gewesen.

Sie rechnete fest mit seinem Abstreiten der Affäre, vielleicht sogar der Unterstellung, sie sähe überall Gespenster. Doch das Gegenteil passierte. Er wurde mitten in dem Geschrei ganz leise. Scheinbar beschämt gab er alles zu. Er bat sie um Verzeihung, versicherte ihr, dass er ohne sie nicht leben könnte und schwor ihr, die Liaison zu beenden. Seitdem bemühte er sich redlich, brachte Blumen sowie kleine Geschenke mit. War jedes Wochenende hier bei ihr gewesen. Dabei hatten sie es fast bis zu einem harmonischen Zusammensein gebracht.

Bis er bei dem Anruf heute Morgen sein Kommen in Frage stellte.

Torge in St. Peter-Ording

Samstag, den 02. September

Schwungvoll die Werkzeugkiste schließend beeilte sich Torge, zur Tür zu kommen. Er hatte während der Reparaturarbeiten das Gespräch zwischen Knud und der Kommissarin genau verfolgt. Nun war er wild entschlossen, bei der Begehung des Fundortes dabei zu sein.

Die Kommissarin aus Hamburg schien recht tough zu sein. Um keinen Preis wollte er seine Beteiligung an dem Fall aufgeben. Polizeiarbeit faszinierte ihn schon lange, auch wenn hier noch nichts Spannendes passiert war. Knuds bisherige Fälle beschränkten sich auf Diebstahl, Ruhestörung sowie Verkehrsdelikte – nicht selten von Touristen. Nun gab es ein richtiges Verbrechen und er war es Michael Schwertfeger schuldig, seinen Teil zu der Aufklärung des Mordes beizutragen. Es würde ihn nicht wundern, wenn der Mörder nicht aus dieser Gegend kam. Wer von den Einheimischen sollte den Leiter der Schutzstation in Westerhever umbringen? Und wie beunruhigend war der Gedanke, einen Mörder in ihrer Mitte zu haben. Das konnte einfach nicht sein.

Knud und die Wiesinger verließen gerade den Bungalow. Torge beeilte sich, ihnen zu folgen, um die Führung zu dem Teil des Strandes zu übernehmen, an dem er den Toten gefunden hatte. War das wirklich erst heute Morgen gewesen? Die Kommissarin gefiel Torge auf Anhieb. Sie wirkte nicht nur sympathisch, sondern strahlte Energie und Selbstbewusstsein aus. Er musste sie einfach überzeugen, dass er in der Lage war, die Ermittlungen zu bereichern. Fiete würde bestimmt nächste Woche noch nicht wieder im Dienst erscheinen. Außerdem kam er seit Monaten nicht mehr von seinem Schreibtisch weg. Ein Mordfall mit Befragungen nicht nur in der *Weißen Düne*, sondern auf der gesamten Halbinsel, würde er nicht schaffen. Knud brauchte auf jeden Fall Unterstützung! Die Frau – so gut sie auch in ihrem Job sein mochte – kannte sich hier nicht aus. Auf keinen Fall kam sie so schnell an alle Informationen heran wie er.

Als sie die Rezeption erreichten, verschwand Torge kurz hinter dem Tresen im Personalraum, um auszustempeln. Mittlerweile fast 21 Uhr erhellte lediglich ein Rest des Tageslichtes den Strand, als sie diesen kurz darauf erreichten. Der fast volle Mond hatte sich über die Kante des Horizontes geschoben und spiegelte sich auf dem Wasser der Nordsee, welches sich dem Strand von St. Peter-Ording immer weiter näherte. Torge beobachtete Knuds neue Kollegin genau. Es war für seinen Plan bestimmt hilfreich, sie so schnell wie möglich gut einschätzen zu können. Einen Moment lang starrte sie versunken auf das

Naturschauspiel, das jedes Jahr Tausende an den langen, breiten Strand lockte.

Endlich hatte es aufgehört zu regnen. Es war still geworden. Die Tagestouristen befanden sich auf dem Heimweg, die Urlauber hatten sich in ihre Quartiere zurückgezogen. Nur ein paar einsame Spaziergänger waren unterwegs. Im hellen Mondlicht kamen sie sogar ohne eine Lampe aus.

Torge sah, wie die Kommissarin sich von dem Anblick des auflaufenden Wassers losriss, um sich an Knud zu wenden. Obwohl sie wusste, wer den Toten gefunden hatte, ignorierte sie Torge konsequent und stellte ihre Fragen ausschließlich dem Kollegen.

„Wo genau haben Sie Schwertfeger denn nun gefunden? Ist es noch weit?"

Der Hausmeister spürte ihre Ungeduld. Trotzdem überließ er erst einmal Knud das Antworten. Er wollte sie weder reizen noch gegen sich aufbringen. Schon entstand ein Plan, sie von dem Nutzen seiner Mitwirkung zu überzeugen.

„Es ist gleich da vorne. Wir haben einen der Absperrstäbe mit dem rot-weißen Band stehen gelassen, damit wir die Stelle leicht wiederfinden können. Sehen Sie, da ist es schon."

Kommissarin Wiesinger folgte mit ihrem Blick Knuds ausgestrecktem Arm. Ihr Schritt beschleunigte sich. Torge bewunderte das Tempo, das sie mit ihren kurzen Beinen bewältigte. Außerdem war sie mit Jeans, Turnschuhen sowie einem wetterfesten Anorak bestens für den Ausflug gekleidet.

An dem Stab angekommen, stoppte sie ihren forschen Schritt, um sich umzusehen. Die Wasserkante befand sich circa zwei Meter entfernt.

„Haben wir immer noch auflaufendes Wasser?"

„Ja, der Höhepunkt wird gegen 23 Uhr erreicht sein. Dann ist auch diese Stelle hier überspült."

„Können Sie mir bitte die Lampe geben? Wo genau hat der Tote gelegen?"

Wieder richtete sie die Frage an Knud, doch dieses Mal antwortete er nicht, sondern wandte sich an Torge. Als er den Blick auffing, ergriff er das Wort.

„Ich war heute Morgen gegen 10 Uhr hier am Strand unterwegs ..."

„Warum?" Die Hamburgerin unterbrach ihn sofort.

„Ich habe einen Spaziergang gemacht", kam die prompte Antwort.

„Sie haben einen Spaziergang gemacht?" Es lag so viel Ungläubigkeit in der Frage der Kommissarin, dass Torge sich nun doch zu ärgern begann.

„Ich war am Strand. Warum ist ja letzten Endes egal. Das Hochwasser hat den Leichnam von Michael Schwertfeger aus dem Watt mitgebracht. Er hat letzte Nacht dort eine Wanderung unternommen. Vermutlich allein. Das scheint er häufiger gemacht zu haben. Außerdem war er auch Naturführer für die *Weiße Düne*. Ein- bis zweimal pro Woche ist er mit Urlaubern unterwegs gewesen. Zumindest im Sommer."

Noch einmal nickte Wiesinger abwesend. Offensichtlich war sie mit ihren Gedanken woanders. „Haben Sie seine Wertsachen sichergestellt? Handy, Brieftasche?"

Nun schaltete Knud sich wieder ein. „Nein, er hatte nichts dabei, nicht einmal einen Schlüssel."

„Für einen Raubmord ein eher ungewöhnlicher Ort."

Torge hatte den Eindruck, sie spräche mehr mit sich selbst als mit ihren Begleitern.

„Gab es hier in der Vergangenheit bereits einen ähnlichen Fall?"

„Hier in SPO nicht. Das wüsste ich. Vielleicht auf Sylt. Ich kann morgen mal eine Anfrage an die Kollegen der Küste senden."

„Ja, machen Sie das gleich morgen früh. Und der Strand ist sorgfältig abgesucht worden?"

Torge schluckte seinen Ärger hinunter. Die Kommissarin begann zu arbeiten und er war dabei. „Wir haben heute Morgen alles abgesucht, also geschaut, was das Wasser ans Ufer gespült hat, aber wir haben nichts gefunden. Der Strand war allerdings voll mit Schaulustigen. Also hat es ein bisschen gedauert, bis die Absperrung stand. Möglicherweise hat jemand ein Fundstück als Souvenir mitgenommen."

„Habseligkeiten eines Toten als Erinnerung an den Nordsee-Urlaub?"

Die Männer zuckten als Antwort nur mit den Schultern. „Und als das Wasser wieder abgelaufen war, haben Sie erneut im Watt gesucht?"

Das bestätigten beide. Wiesinger hatte mittlerweile die Lampe eingeschaltet und ging an der Wasserkante den Strand entlang. Den Kopf geneigt blickte sie forschend auf den Boden, vermutlich hoffte sie, noch irgendetwas zu finden, was die Männer übersehen oder nicht als relevant erachtet hatten. Eine Spur, die der Täter hinterlassen hatte und die das Meer nun wieder freigab. Nach Torges Wissen bezüglich Ermittlungsarbeit waren die Gegebenheiten mehr als unbefriedigend. Vermutlich knapp vierundzwanzig Stunden waren seit der Tat vergangen. Morgen früh würde die Kommissarin sicherlich mit dem Rechtsmediziner Kontakt aufnehmen.

Torge beobachtete, wie sie den Strand in beide Richtungen erkundete. Manchmal bückte sie sich und begutachtete etwas aus der Nähe. Doch alles, was sie aufhob, ließ sie kurz danach wieder fallen. Zu gerne hätte er in ihren Kopf geschaut, um ihre Gedanken zu lesen. Wie konnte er sie dazu bringen, ihre Überlegungen mit ihm zu teilen? Dazu hatte er noch keine Idee. Vermutlich würde der Informationsstrom nur über Knud bei ihm ankommen; es sei denn, er war in der Lage, etwas herauszubekommen, was der Kommissarin nützlich war. Er musste schneller sein als sie.

„Okay, hier gibt es heute nichts mehr zu sehen. Wir können jetzt zurück in die Ferienanlage gehen." Sie schaute auf die Uhr. „Es ist bereits nach halb zehn. Ist die Managerin der *Weißen Düne* zu dieser Zeit noch im Büro?"

„Finden wir es heraus. Ist gut möglich, dass sie an so einem Tag nicht pünktlich Feierabend macht. Immerhin war der Tote ja durch die Wattwanderungen mit dem Feriendorf verbunden. Ob sie viel über Michael Schwertfeger gewusst hat, weiß ich nicht. Viel hat scheinbar niemand über ihn gewusst. Er hat sehr zurückgezogen gelebt und auch nicht viel geredet. Besonders nicht über sich selbst. Morgen sollten wir auf jeden Fall zur Schutzstation fahren, um seine beiden Mitarbeiter zu befragen. Sie waren sehr schockiert, als sie von seinem Tod erfuhren. Immerhin arbeiteten sie schon über ein Jahr zusammen." Für Knud war das eine ausgesprochen lange Rede, doch er freute sich offensichtlich, auch einige Informationen beisteuern zu können.

Wie zum Einverständnis nickend marschierte die Kommissarin daraufhin los. Torge fragte sich unwillkürlich, was sie außerdem für den Abend plante. Womit setzte sie ihre Ermittlungen jetzt fort?

Marina in St. Peter-Ording

Samstag, den 02. September

Wenn Marina Lessing gewusst hätte, wie mies der Tag werden würde, wäre sie vermutlich gar nicht aufgestanden. Schon heute Morgen beim Frühstück hatte sie ein ungutes Gefühl gehabt. Ihr Kopf schmerzte, doch das war natürlich kein Grund, nicht ins Büro zu gehen. Sie war immer noch fassungslos über den Mord an ihrem Strand. Da es sich dabei ausgerechnet um Michael Schwertfeger handelte, war schockierend. Die junge Managerin hatte hier noch keine Freundschaften geschlossen. Das Gefühl, nicht akzeptiert zu werden, begleitete sie bei den meisten ihrer Zusammentreffen. Der Leiter der Schutzstation, der aus Liebe zum Meer auch die Urlauber der *Weißen Düne* durch das Watt führte, war ihr hingegen immer mit Respekt und Freundlichkeit begegnet. Obwohl sie mittlerweile nicht mehr als die Absprachen über die Wattwanderungen gemeinsam hatten und sich darüber hinaus nicht sahen, spürte sie einen irrationalen Verlust.

Was für ein absoluter Scheißtag!

Der Blick zur Uhr bestätigte ihr das Zeitgefühl: 21.30 Uhr. Es war Zeit, Feierabend zu machen. Greta Petersen hatte sie längst nach Hause geschickt. Durch den stechenden Schmerz in ihrer linken Schläfe ließ ihre Konzentration zu wünschen übrig. Gerade als sie beschloss, ihren Computer herunterzufahren, klopfte es an der Tür.

Ohne abzuwarten, wurde die Tür aufgerissen. Eine kleine Frau mit wilden braunen Locken betrat den Raum, dicht gefolgt von Knud Petersen. Bevor Marina sich ärgern konnte, den Arbeitsplatz nicht zehn Minuten früher verlassen zu haben, stand die Frau direkt vor ihrem Schreibtisch, um ihr die Hand zu reichen.

„Kommissarin Charlotte Wiesinger aus Hamburg. Ich denke, ich bin Ihnen bereits angekündigt worden. Sie sind die Managerin der Ferienanlage?"

„Marina Lessing. Ja, Ihr Vorgesetzter hat mir eine Mail geschickt und angefragt, ob wir einen Bungalow für Sie frei haben. Leider kann ich Ihnen nur einen sehr Kleinen in der dritten Wasserlinie zu Verfügung stellen. Wir sind immer noch gut gebucht."

„Ja ja, damit komme ich schon klar."

„Wollen Sie das Domizil erst einmal beziehen? Dann können wir uns morgen früh treffen. Vielleicht kann ich Sie mit Informationen unterstützen. Ich habe Michael Schwertfeger sehr geschätzt und es kommt mir unwirklich vor, ihn als Opfer eines Verbrechens zu sehen."

Marina musterte die Frau, um einen Eindruck zu erhalten. Sie schätzte sie ungefähr zehn Jahre älter, als sie selbst war. Die Kommissarin war klein. Ihre wilden Locken tanzten, wenn sie beim Zuhören entweder nickte oder den Kopf schüttelte. Sie hoffte, die ungebetene Besucherin schnell wieder loszuwerden. Für heute reichte es wirklich. Sie brauchte jetzt dringend eine heiße Wanne und ein Glas Wein – vielleicht auch zwei - um sich zu entspannen. Die Befürchtung einer langen Nacht, die ihr bevorstand, wenn sie nicht schleunigst verschwand, wurde plötzlich übermächtig.

Schon kam die Ansage der Kommissarin: „Ja, offensichtlich sind hier alle schockiert über Schwertfegers Tod. Umso wichtiger sind schnelle Informationen. Der Mord ist vermutlich bereits länger als zwanzig Stunden her und es wird Zeit, die Ermittlungen aufzunehmen. Sie kannten den Toten. Was können Sie mir über ihn berichten?"

Marina warf einen Blick zu Petersen. Der schien sich mit der Rolle in der zweiten Reihe ganz wohl zu fühlen. Von ihm war offensichtlich keine Unterstützung bezüglich der Vertagung auf den nächsten Tag zu erwarten. Seufzend fügte sie sich in ihr Schicksal.

Wie schon gesagt: Was für ein Scheißtag!

„Was wollen Sie denn wissen? Ich kann Ihnen nicht viel über Michael Schwertfeger sagen. Er hat hier in erster Linie die Schutzstation in Westerhever geleitet und sich sehr für den Umwelt- sowie Tierschutz eingesetzt. Er liebte das Meer so sehr, dass er Spaß daran hatte, es anderen Menschen nahezubringen. Na ja, genau genommen ist Spaß ein zu fröhlicher Ausdruck. Befriedigung oder Zufriedenheit würden den Punkt wohl eher treffen. Er war nicht nur stets freundlich, sondern auch reserviert. Ein Einzelgänger. Hatte weder ausgeprägt gute, aber auch nie schlechte Laune. Er war eben immer sehr zurückhaltend. Manchmal wirkte er ein wenig traurig – insbesondere, wenn er sich unbeobachtet fühlte."

Die Kommissarin schien ihr mit wachsendem Interesse zuzuhören. Ihr Gesichtsausdruck war schwer zu deuten.

„Sie haben ihn ja sehr ausführlich analysiert. Fühlten Sie sich zu ihm hingezogen?", fragte sie, begleitet von einem prüfenden Blick.

Marina fühlte, wie sie errötete. Die Direktheit der Kommissarin gefiel ihr ganz und gar nicht. Was bildete die sich ein? Kam hier abends um halb zehn in ihr Büro gestürmt und forderte Kooperation. Immerhin war Schwertfeger ja nicht einmal ein fester Mitarbeiter gewesen. Im Grunde hatte sie keinerlei Veranlassung, die Polizei bei ihren Ermittlungen zu unterstützen.

Ein weiterer Blick zu Petersen zeigte ihr, dass sein Interesse ebenfalls geweckt war.

„Nein ... nein!" Ihr Gestotter verschlimmerte die Lage. In diesem Bewusstsein wäre sie am liebsten aus dem Raum gestürzt, um sich die nächste Zigarette anzuzünden. Je länger Marinas Schweigen dauerte, desto interessierter schaute das ungleiche Duo sie an.

Sie musste sich zusammennehmen. Die nächsten Fragen möglichst etwas souveräner beantworten und dann endlich nach Hause. Sich straffend versuchte sie eine professionelle Miene aufzusetzen.

„Nein, ich fühlte mich nicht zu ihm hingezogen. Ich kannte ihn ja kaum. Wir haben meist einmal im Monat zusammengesessen, um die Wanderungen zu planen. Natürlich haben wir auch ein paar persönliche Worte gewechselt. Aber mehr war da nicht. Mehr weiß ich auch nicht über ihn. Wahrscheinlich können seine Mitarbeiter in der Schutzstation Ihnen viel umfangreichere Auskunft geben."

Damit gab sich die Polizistin zufrieden. Marina hoffte, sie würde das Thema nicht vertiefen. Auch ihr hiesiger Kollege nickte zustimmend.

„Gut! Wann hat die letzte Wanderung unter seiner Führung für Ihre Gäste stattgefunden?", schoss die Wiesinger die nächste Frage ab.

„Das weiß ich nicht aus dem Kopf, das müsste ich nachschauen." Marina fühlte sich nicht wohl in ihrer Haut.

„Ja, dann tun Sie das. Wir brauchen eine Liste der Teilnehmer. Am besten für ... wie lange bleiben Ihre Gäste durchschnittlich hier, oder noch besser maximal?"

„Warum?"

Die Gegenfrage schien die Kommissarin etwas zu irritieren. Offensichtlich war die kleine Frau gewöhnt, ihre Bitten oder Befehle ohne große Widerworte ausgeführt zu sehen.

„Warum? Weil ich hier in einem Mordfall ermittle und diese Informationen benötige." Ihr Ton wurde sowohl schärfer als auch fordernder.

„Die meisten bleiben im Sommer sieben oder vierzehn Tage", gab Marina nach. „Im Juli und August müssen unsere Gäste ganze Wochen buchen. Heute sind viele abgereist. Samstag ist Bettenwechsel. Jetzt ab September wird es flexibler."

„Heute sind viele abgereist?", hakte Charlie nach.

„Ja."

„Das ist ungünstig. Ich brauche also die Daten aller Wattwanderungen aus den Monaten Juli und August. Außerdem die Liste der Gäste verbunden mit der Info, in welchem Bungalow sie wohnen, beziehungsweise gewohnt haben – erst mal nur für August bis in den September hinein. Sagen wir, bis Ende der Woche."

„Das ist nicht möglich." Marina ging auf Konfrontation.

„Wie bitte?"

„Das fällt alles in den Bereich Datenschutz. Keiner meiner Gäste steht unter Mordverdacht. Sie können nicht einfach hier hereinspazieren und all diese Angaben fordern." Marina war sich sicher, mit dieser Einschätzung richtig zu liegen. Die forsche Kommissarin stellte die Krönung des anstrengenden Tages dar. „Sie benötigen dafür einen Durchsuchungsbefehl", ergänzte sie, nicht ohne einen kurzen Seitenblick auf Petersen zu werfen, doch seine Miene verriet nicht, ob sie auf dem Holzweg war.

„Das ist ja wohl nicht Ihr Ernst, oder? Sie sind dazu verpflichtet, die Polizei zu unterstützen. Was soll es bringen, wenn wir eine Nacht verlieren, während Sie meine Zeit verschwenden. Wollen Sie mich wirklich zwingen, morgen den Beschluss zu besorgen?"

Marina war klar, dass es sich um ein Kräftemessen handelte. Dieses Mal würde sie nicht klein beigeben! Die Kommissarin war ihr völlig egal. Michael wurde nicht wieder lebendig - auch nicht, wenn die Arbeit der forschen Frau schneller voranging. Die Jungmanagerin hatte es satt, ständig nach der Pfeife anderer zu tanzen. Insgesamt, aber heute ganz besonders.

„Wir sind zum Datenschutz unserer Gäste verpflichtet. Ich mache meinen Job. Machen Sie Ihren. Da ich bereits seit Stunden Feierabend habe, werde ich jetzt nach Hause gehen. Wenn Sie morgen einen richterlichen Beschluss bringen, bekommen Sie Ihre Listen. Bitte verlassen Sie nun mein Büro."

In dem Versuch den grimmigen Blick der Kommissarin zu ignorieren, wandte sie sich ihrem Computer zu, um die Programme zu beenden und den Rechner herunterzufahren. Als sie wieder aufblickte, hatten die Polizeibeamten den Raum verlassen. Die gewünschte Genugtuung, die Kraftprobe gewonnen zu haben, blieb aus. Erschöpft fuhr sie den kurzen Weg nach Hause.

Charlie in St. Peter-Ording

Samstag, den 02. September

Äußerlich war Charlie ruhig geblieben, als sie wortlos das Büro der Feriendorf-Managerin verließ, aber innerlich kochte sie. Mit großer Selbstbeherrschung freundlich lächelnd holte sie ihren Schlüssel an der Rezeption ab. Zum zweiten Mal an diesem Tag bekam sie einen Lageplan mit einer Wegbeschreibung. Doch der Bungalow interessierte sie noch nicht.

Knud Petersen hatte sich im Hintergrund gehalten, um auf sie zu warten. Anscheinend wollte er sich für den nächsten Tag abstimmen. Auch darauf hatte Charlie jetzt keine Lust mehr. Am besten delegierte sie ein paar Aufgaben an ihn, bevor sie ihren PC aus dem Auto holte. Dann konnte sie ihre Internetrecherche beginnen, wobei sie so viel wie möglich über Petersen, Marina Lessing sowie den Ruf der *Weißen Düne* herausbekommen wollte. Über den schrägen neugierigen Hausmeister Torge Trulsen gab es vermutlich keine Infos im Netz, aber vielleicht war er auf Facebook aktiv. Die meisten Menschen waren so herrlich auskunftsfreudig, ohne sich einen Kopf zu machen, was Fremde dadurch alles über sie erfuhren.

Petersen holte sie aus ihren Gedanken. „Womit wollen wir denn morgen in den Tag starten?"

„Besorgen Sie bitte als Erstes den Beschluss, damit wir Zugriff auf die Daten der Feriengäste bekommen. Das wird eine Menge Fleißarbeit. Je früher wir damit beginnen, desto besser. Wir sollten vorrangig in Erfahrung bringen, welche der an den Wanderungen beteiligten Gäste immer noch hier sind, aber bald abreisen. Lassen Sie eine Anfrage durch den Computer laufen, ob es bereits derartige Todesfälle an den umliegenden Küsten gegeben hat. Außerdem fahren wir auf jeden Fall nach Westerhever, um die Mitarbeiter zu befragen. Die wissen im Zweifel am meisten über ihren Chef. War er eigentlich verheiratet oder in einer festen Beziehung?"

„Nein. Es gab keine Partnerin in seinem Leben. Ob er sich ab und zu mit Frauen getroffen hat ..." Petersen zuckte mit den Schultern. „Keine Ahnung. Erzählt hat er nix, aber was heißt das schon?"

„Gut. Vielleicht wissen seine Mitarbeiter etwas. Oder die Nachbarn. Wo hat er denn gewohnt?", wollte die Kommissarin weiter wissen.

„Auch in Westerhever. Die Schutzstation ist in den Häusern beim Leuchtturm untergebracht. Michael hat sich im Turm niedergelassen. Das war bisher nicht üblich, aber er hat es zur Bedingung seiner Einstellung gemacht. Er hatte also keine Nachbarn. Der Turm steht allein auf weiter Flur. Aber das werden Sie morgen sehen."

„Sie wissen ja doch einiges über ihn. Wo hat er denn vorher gearbeitet?"

„Ich glaube, er war in Cuxhaven, bevor er nach Eiderstedt kam, aber er hat nie viel von der Vergangenheit erzählt. Und wenn einer nicht schnacken will, dann hat er seine Gründe. Dann muss er auch nicht schnacken. Meiner Meinung nach wird sowieso zu viel geredet auf dieser Welt. Besonders zu viel dumm Tüch."

Charlie nahm Petersens philosophische Ausführungen nur am Rande wahr. Sie plante bereits den nächsten Tag.

„Kommen Sie morgen hierher, nachdem Sie den Beschluss besorgt haben. Wo sitzt der zuständige Richter?", fragte die Hamburgerin weiter.

„In Husum."

„Erledigen Sie es telefonisch. Er soll das Papier faxen. Umso früher können wir mit den Listen starten. Wenn es dauert, bis sie zusammengestellt sind, nutzen wir die Zeit, um zu dem Leuchtturm zu fahren."

Charlie hatte den Eindruck, dass der Polizist froh war, als er sich auf den Heimweg machen konnte. So lange Arbeitstage war er vermutlich nicht gewohnt.

Sie dagegen fühlte sich zu aufgekratzt, um jetzt zu schlafen. Zu viele Fragen warteten darauf, beantwortet zu werden. Außerdem störte sie das unkooperative Verhalten dieser kleinen Managerin. Irgendetwas stimmte nicht mit ihr. Es schien ganz so, als sei sie in Michael Schwertfeger verliebt gewesen. Warum verweigerte sie die Informationen, die bei der Aufklärung des Verbrechens hilfreich waren? Hatte sie etwas zu verbergen oder war sie einfach auf Krawall gebürstet? Dummheit konnte es eigentlich nicht sein, denn immerhin hatte sie sich diesen Job geangelt. Vielleicht lag die Aggression in einer notorischen

Überforderung begründet. Charlie war nach dem ersten flüchtigen Eindruck noch nicht in der Lage, sie richtig einzuschätzen. Doch das traf letztlich auf alle Beteiligten zu. Ihr neuer Kollege Knud Petersen wirkte ein wenig unbedarft und harmlos, aber vielleicht tat sie ihm auch Unrecht damit. Das würde sich in den nächsten Tagen zeigen. Bisher war er sehr ruhig und zurückhaltend aufgetreten. Das führte leicht zur Unterschätzung. Blieb der schrullige Hausmeister: Torge Trulsen.

Sie musste zugeben, dass dieser Name sie seltsam faszinierte. Wo war er eigentlich abgeblieben? Erst wollte er am Strand unbedingt dabei sein. Als es interessant wurde, war er plötzlich verschwunden. Na ja, vermutlich hätte seine Chefin ihn bei dem Gespräch nicht geduldet – auch wenn er bereits Feierabend gemacht hatte. Sie war gespannt, ob sie über ihn etwas herausfinden würde.

Nachdem sie das Gepäck aus dem Auto geholt hatte, machte sie sich auf die Suche nach ihrem Bungalow. Wie sich zeigte, war die Beschreibung der Rezeptionistin präzise, wodurch sie das Domizil auf Anhieb fand. Im Grunde war ihr die Unterbringung nicht besonders wichtig, da die Ferienanlage jedoch Teil des Falles war, begutachtete sie die Details. Beim Eintreten stand sie unmittelbar in dem kombinierten Wohn-Essraum, der scheinbar den größten Teil des kleinen Hauses einnahm. Er wurde durch eine Küchenzeile ergänzt, die durch einen Tresen abgetrennt war. Charlie ließ ihren Koffer und die beiden Taschen direkt an der Tür stehen, um erst einmal ihr neues vorübergehendes Zuhause zu inspizieren. Voller Freude entdeckte sie einen Kaminofen, neben dem sogar ein Stapel Holz samt Anzünder stand. Einen Moment lang vergaß sie ihre Arbeit. Der Bungalow schien von professioneller Hand gestaltet. Warme Töne gaben dem Raum eine heimelige Atmosphäre. Die modernen Möbel waren perfekt aufeinander abgestimmt. Nordische

Accessoires rundeten das Bild ab. Der Bereich der Küche bot allen Komfort, den der anspruchsvolle Feriengast erwartete: Geschirrspüler und Mikrowelle ließen neben der Standardausstattung keine Wünsche offen. Zu ihrer großen Freude nahm sie die Kapselmaschine zur Kenntnis. Frischer Kaffee jederzeit auf Knopfdruck. Herrlich!

Durch eine Tür im hinteren Teil des Zimmers betrat Charlie einen kleinen fensterlosen Flur, von dem drei weitere Räume abgingen. Es handelte sich um zwei kleine Schlafräume mit Doppelbetten – außerdem ein modernes komfortables Duschbad mit Tageslicht, Handtuchwärmer sowie flauschigen, weißen Handtüchern wie in einem Luxushotel.

So ließ es sich aushalten.

Offensichtlich wurde hier die gehobene Klientel angesprochen. Sie war gespannt, was ihre Recherche im Internet zu dieser Ferienanlage ergeben würde.

Sie kehrte zu ihrem Gepäck zurück, brachte es in eins der Schlafzimmer, ohne sich um das Auspacken zu kümmern. Ihre geplante Recherche war wichtiger.

Sie stellte ihr Notebook auf den Esstisch und konnte nicht widerstehen, sich noch schnell einen Kaffee zu brühen. Im Schrank hatte sie ein Paket mit den dazugehörigen Kapseln entdeckt. Der Duft des Gebräus vertrieb den Anflug von Müdigkeit, der gerade von ihr Besitz nehmen wollte. Der Stuhl war bequemer als er aussah. Entspannt klappte sie den tragbaren Computer auf und schaltete ihn ein.

Torge in St. Peter-Ording

Samstag, den 02. September

Ohne sich großartig zu verabschieden, war Torge in seinem Kabuff verschwunden, als Charlie und Knud den Weg in die Richtung von Marinas Büro einschlugen. Sein eigenes Büro verdiente diesen Namen eigentlich nicht. Es handelte sich um einen fensterlosen Raum von nur sechs Quadratmetern mit einem Regal, einem Aktenschrank sowie einem kleinen Schreibtisch mit PC. Dahinter befand sich ein bequemer Bürostuhl mit Armlehnen, der im Managerbüro bei einem Personalwechsel ausgemustert worden war. Torge hatte sich das Möbelstück sofort unter den Nagel gerissen, bevor jemand anders Ansprüche geltend machen konnte. Das war eindeutig der Vorteil, wenn man alles mitbekam, was in der Ferienanlage passierte - und wenn man behilflich war. Es gab nicht nur zahlreiche

Mitarbeiter, sondern auch Stammgäste, die sich bei Torge im Gegenzuge gern revanchierten. Vor dem Schreibtisch stand ein kleiner, recht unbequemer Stuhl. Auch das war System. Weder stehend noch sitzend hielten es die Besucher im Kabuff des Hausmeisters lange aus. Da die meisten zu den Urlaubern gehörten, die irgendwelche Beschwerden oder sonstige Anliegen vorbrachten, war dieser Umstand erwünscht.

Während die Kommissarin vergeblich um die Listen gekämpft hatte, war Torge bereits seit einer halben Stunde in dieselben vertieft. Auf die Gästelisten brauchte er Zugriff, um deren Sonderwünsche schnell und unkompliziert abwickeln zu können. Niemand sah darin ein Sicherheitsrisiko. In die Daten der Wattwanderer hätte er normalerweise keinen Einblick benötigt, aber der Administrator war seit Langem ein guter Kumpel, der seine Rechte nicht sonderlich beschränkte. Lediglich die Buchhaltung war für ihn gesperrt.

Auch Torge begann seine Recherche mit der letzten Wanderung, die Michael Schwertfeger geführt hatte. Das war am Donnerstag gewesen, also vorgestern. Die Gruppe umfasste fünfzehn Gäste, die circa um zwölf aufgebrochen waren. Gegen vierzehn Uhr zeigte der Tidekalender den niedrigsten Wasserstand. Nach Torges Vermutung waren sie spätestens um halb vier zurückgekehrt, darüber gab es jedoch keine Bestätigung. Als Nächstes prüfte er, wer von den fünfzehn Beteiligten nach wie vor in der Anlage weilte. Im Anschluss sollte die Analyse der persönlichen Daten ergeben, welche der Wattwanderer zusammengehörten. Es interessierte ihn außerdem, wie viele Kinder beteiligt waren. Doch wie wahrscheinlich war es, dass der Mörder so kurz vor der Tat an einer derartigen Tour teilgenommen hatte? War der Täter überhaupt jemals mit Michael ins Watt gelaufen? Wenn ja, dann eher bei einer Nachtwanderung, um sowohl die Stimmung als auch die Lichtverhältnisse zu checken. Wenn er darauf abzielte, musste er zusätzlich den Mondkalender zu Rate ziehen. Der Mond war fast voll. In der Mordnacht war es mittelprächtig bewölkt gewesen – wenn er das richtig erinnerte. Als Nächstes benötigte er den Wetterbericht. Das Puzzle wurde schon jetzt immer größer und ein Motiv war nicht zu erkennen. Torge raufte sich seine blonden Locken. Was war sinnvoll für den Start der Recherche? Die Luft war hier eindeutig zu dick. Gegen seine Gewohnheit hatte er die Tür des Kabuffs geschlossen und verriegelt. Störungen wollte er auf jeden Fall ausschließen - insbesondere durch die Kommissarin. Sein Ziel war, sie mit einer Recherche zu beeindrucken, statt sie daran zu beteiligen. Die Lüftung lief, aber stickig war es trotzdem.

Hin- und hergerissen überlegte Torge, ob er sich die Listen der Wattwanderungen ausdrucken sollte. Doch wieweit zurück? Was war mit dem Abgleich der Gästedaten? Er konnte unmöglich alle Informationen dieses Sommers auf Papier bannen, um sie zu Hause bei besserem Klima zu studieren, oder? Der Hausmeister befürchtete, dass ihm trotz aller Sorgfalt am Ende diverse Fakten fehlen würden. Andererseits war er morgen ja sowieso wieder hier. Er musste entscheiden, welche Recherche vorrangig war.

Bah, es war nicht mehr auszuhalten! Er brauchte Luft, sonst konnte er nicht klar denken. Ein Becher Kaffee wäre jetzt nicht verkehrt. Schwungvoll erhob er sich. Der Stuhl knallte hinter ihm an die Wand. Der Automat in der Lobby verwöhnte die Koffein-Junkies nach Schließen der Cafeteria mit genießbaren Kreationen. Schnell lief er um den Schreibtisch herum und riss die Tür auf, um sowohl den Raum als auch sein Gehirn zu lüften.

Torges kleines Büro lag am Ende eines Ganges, der von der Lobby abging. Der geräumige Empfangsbereich der Ferienanlage wurde von dem Rezeptionstresen dominiert, der zu Stoßzeiten mit mindestens fünf Mitarbeitern besetzt. Die Mitte des imposanten Raums beherrschte ein Springbrunnen in einem runden Bassin, das die Urlauber regelmäßig mit Centmünzen fütterten – in Erwartung auf ein kleines Stück vom Glück. Torge fragte sich immer wieder, ob Fortuna auch die nicht mehr ganz neue Währung akzeptierte. Vielleicht brauchte man dafür doch den guten alten Pfennig. Er steuerte den modernen Kaffeeautomaten an und hoffte, dieser würde heute einwandfrei funktionieren. Schon auf dem Weg holte er eine Handvoll Münzen aus der Hosentasche. Mit einem flüchtigen Blick prüfte er, ob das passende Kleingeld für das begehrte Getränk dabei war. Drei einzelne Cents forderten ihn heraus, sein Glück doch auch einmal zu versuchen. Schaden konnte es ja wohl nicht.

Er blickte sich verstohlen um. Die große Uhr gegenüber des Eingangs zeigte bereits 23.40 Uhr, die Halle war bis auf den Nachtportier wie ausgestorben. Keinesfalls wollte er riskieren, dabei beobachtet zu werden, wie er die Glücksgöttin mit seinen Talern zu bestechen versuchte! Da niemand zu sehen war, sammelte er die Münzen von seiner linken Hand, um sie in den Brunnen zu schnippen. Einen Moment blieb er mit einem Anflug von Sentimentalität stehen und blickte den Geldstücken hinterher, wie sie langsam auf den Grund des Beckens schwebten.

Sie mussten den Mörder von Michael Schwertfeger finden! Das waren sie ihm einfach schuldig. Noch immer war er fassungslos über den Tod des Naturliebhabers. Den ganzen Tag bis in die Nacht hinein war er mit seiner Arbeit und dem Beginn der Recherche abgelenkt gewesen. Doch als er jetzt auf all die mit Wünschen verknüpften kleinen braunen Kupferkreise im Wasser starrte, brach plötzlich das Entsetzen durch. In dem Bewusstsein, kaum etwas über Michael Schwertfeger zu wissen, bekam er frierend eine Gänsehaut. Sie waren in unregelmäßigen Abständen in einer Runde gemeinsam im *Lütt Matten* oder im *Café Köm* einen trinken gewesen. Dabei war es oft feuchtfröhlich zugegangen, aber Michael blieb immer zurückhaltend. Er hatte - selbst wenn die Lampe einmal hell leuchtete – nie Streit angefangen oder war auch nur ansatzweise aggressiv gewesen. Wie sollte einer wie er, Feinde auf diesem Erdball haben? Handelte es sich vielleicht um eine Verwechslung? Galt der Schlag auf den Kopf gar nicht ihm, sondern einem anderen? War es ein simpler Raubmord? Getrieben von der Aggression oder krimineller Energie eines Bekloppten? Klang auf Anhieb nicht so wahrscheinlich, aber vielleicht war ihm jemand gefolgt, als er ins Watt wanderte. Der Täter könnte eine Chance gewittert haben, seine Reisekasse aufzubessern. Immerhin waren Brieftasche, Smartphone sowie Schlüsselbund des Toten verschwunden.

Die Schlüssel waren weg! Zusammen mit den Papieren! Heilige Sanddüne, vielleicht räumte der Täter gerade die Bude aus! Hatte das jemand überprüft?

Ein erneuter Blick auf die Uhr zeigte ihm, dass er schon fast eine geschlagene Viertelstunde den Gedanken nachhängend hier am Springbrunnen stand. Offensichtlich war nun wieder genug Sauerstoff in seinem Kopp, um klar zu denken. Er warf den Rest der Münzen im hohen Bogen in den Brunnen und zog sein Mobiltelefon aus der Tasche. Schnell suchte er Knuds Nummer heraus. Hoffentlich schnarchte der Polizist nicht schon selig! Nach dem achten Klingeln sprang die Mailbox an. Schiet!

Nachdem Torge aufgelegt hatte, versuchte er es gleich noch einmal.

Wieder die Mailbox. Fieberhaft überlegte der Hausmeister der Ferienanlage, wer ihn sonst unterstützen würde. Fiete? Nein, das konnte er vergessen. Der hätte wenig Verständnis für Torges Einmischung in die Ermittlungen. Die Kommissarin aus Hamburg? Sie wohnte hier in einem der Bungalows. Diese Information war ihm leicht zugänglich. Doch vermutlich würde sie ihn weder ernst nehmen noch mit ihm zusammen zu dem Leuchtturm in Westerhever fahren, um zu schauen, ob der Täter sich dort zu schaffen machte.

Nochmal Schiet!

Knud war die einzige Möglichkeit! Zum dritten Mal wählte er die Nummer. Wenn der Kommissar wieder nicht heranging, würde Torge entweder zu ihm fahren, um ihn aus dem Bett zu werfen oder direkt nach Westerhever. Dann eben allein.

„Hhm, was gib´s denn?"

„Na endlich! Hast du etwa schon geschlafen?"

„Hhm ..., wer´sn dran?"

„Knud, nun wach schon auf! Ich bin´s ... Torge."

„Torge ...?" Ein Seufzen ertönte im Hörer. Dann nichts mehr. Torge lief ungeduldig um den Brunnen herum.

„Was ist los? Hast du wieder jemanden im Watt gefunden?" Nun schien Knud Herr über seine Sinne zu sein.

„Haha. Ein Toter reicht ja wohl. Aber immerhin scheinst du langsam wach zu werden. Hast du nichts Wichtigeres zu tun, als zu schlafen?" Ohne eine Antwort abzuwarten, redete Torge bereits weiter auf seinen Freund ein. „Mir ist gerade etwas eingefallen. Michael Schwertfegers Wertsachen sind nicht bei ihm gefunden worden. Auch kein Schlüssel. Habt ihr mal darüber nachgedacht, ob der Täter nun vielleicht den Turm ausräumt?"

„Deswegen rufst du an?" Knuds Stimmung war nicht zu erkennen.

Gerade wollte Torge zu einer Antwort ansetzen, da hörte er ein lautes Gepolter, gefolgt von einem gedämpften, aber deutlichen Fluchen.

„Bist du noch dran? Torge?"

„Ja, ich bin noch dran! Was ist denn da bei dir los?"

„Ich bin aus dem Bett gefallen ..."

„Ist nicht dein Ernst! Reiß dich zusammen. Was ist nun mit dem Turm und der Station?" Torge hörte weitere undefinierbare Geräusche, dann war Knud wieder am Apparat.

„Du rufst mich an, weil dir mitten in der Nacht einfällt, dass der Mörder Michaels Schlüssel hat und jetzt dort einbricht? Bist du bekloppt?", fragte sein Kumpel ungehalten.

„Es ist nicht mitten in der Nacht, es ist gerade mal kurz vor zwölf. Außerdem ist es ja wohl wichtig. Wieso schläfst du jetzt eigentlich, statt zu ermitteln?" Torge ging lieber in die Offensive.

„Anscheinend hältst du mich für einen dummen Dorf-polizisten, der die Sache nicht im Griff hat. Glaubst du das, weil sie die toughe Hamburgerin hergeschickt haben? Ich habe heute Nachmittag auch ohne sie bereits die Ermittlungen auf-genommen, wenn du es genau wissen willst."

„Schon gut." Torge wollte Knud nicht gegen sich aufbringen. Der Kommissar war im Moment die Tür zu den Informationen der Polizeiarbeit. „Tut mir leid! Und ja, ich würde es gerne genau wissen. Heißt das, du warst schon in Westerhever?"

„Ja, das heißt es." Knud war schnell zu besänftigen. Gern weih-te er seinen Freund in die Ergebnisse ein. „Ich war mit einem Team aus Heide dort, um mit seinen Mitarbeitern zu sprechen und zu gucken, ob es etwas zu entdecken gibt, das auf den Mord hinweist. Es war niemand da. Thomas Hentschel ist mit Katha-rina Schumacher bis morgen Vormittag auf einer Exkursion. Ich habe vorsorglich die Schlösser sowohl für die Station als auch für den Turm austauschen lassen. Da kommt niemand ´rein. Beruhigt dich das?"

Das beruhigte Torge in der Tat. Trotzdem hatte er noch eine Frage: „Wer gibt den Mitarbeitern die neuen Schlüssel?"

„Na, du machst dir ja weitreichende Gedanken. Sie kommen morgen vor der Arbeit bei Fiete vorbei, um sie dort abzuholen. Zufrieden?"

Insgeheim war Torge sogar beeindruckt. Knud hatte nicht nur an alles gedacht, sondern die gesamte Organisation übernommen, obwohl er praktisch auf sich allein gestellt war.

„Gibst du mir nun Feierabend, damit ich morgen entsprechend ausgeschlafen bin, wenn mir die Kommissarin aus Hamburg auf die Finger schaut?"

Torge musste unwillkürlich grinsen. So kannte er seinen Kumpel. „Klar, hau dich aufs Ohr. Ich schau mal, ob ich auch noch was Wichtiges herausbekomme, womit ich dich morgen überraschen kann. Also: Moin."

Kurz überlegte Torge, trotzdem nach Westerhever zu fahren, um zu überprüfen, ob sich dort jemand herumtrieb. Schnell verwarf er den Gedanken zugunsten seiner bereits begonnenen Recherche. Sehr wahrscheinlich war es nicht, dass der Mörder so leichtsinnig war, sich am Wohnort seines Opfers zu zeigen. Das hätte er dann vermutlich bereits in der Mordnacht erledigt.

Also doch Kaffee! Beim Automaten angekommen, griff er in seine Hosentasche und stutzte. Nichts! Wo war sein Kleingeld abgeblieben? Einen Moment starrte er ratlos auf die Auswahl der Getränke, die das Gerät zu bieten hatte, dann fiel es ihm wieder ein.

Verdammt! Vor lauter Aufregung über seinen vermeintlich großartigen Gedanken hatte er nicht nur die Centmünzen, sondern alle Geldstücke in den Brunnen geschmissen. Blöd!

Die Geldbörse mit den Scheinen lag im Schreibtisch in seinem Kabuff.

Unverrichteter Dinge drehte er sich um und eilte zu seinem Büro. Auf dem Weg durch die Eingangshalle warf er einen grimmigen Blick in den Brunnen, der sein Kaffeegeld verschlungen hatte. Das würde ihm hoffentlich eine große Portion Glück bringen. Die kleine Ladenpassage im hinteren Teil bestand aus fünf Geschäften, in denen die Touristen Souvenirs, Klamotten sowie

Snacks kaufen konnten. Da sie seit 22 Uhr geschlossen waren, lag alles verlassen da.

An ihnen vorbei gelangte Torge in den sich anschließenden Gang, an dessen Ende sich sein Arbeitszimmer befand. Anfangs störten ihn die schräg gegenüber befindlichen Toiletten, aber im Laufe der Zeit hatte sich das als praktisch erwiesen.

Als er sein Büro betrat, blieb er wie vom Donner gerührt stehen. An seinem Schreibtisch saß die Kommissarin aus Hamburg.

Alexander in Lindau

13. Mai, sieben Jahre früher

Als er erwartungsvoll die Tür öffnete, rechnete Alexander mit einer gut gelaunten, glücklichen Lisa, die Blumen und Kerzen im Zimmer verteilte, ihre Lieblings-CD heraussuchte oder nach der Musik von Phil Collins verträumt durch den Raum tanzte. Er sah es geradezu vor dem inneren Auge: Seine zierliche kleine Frau mit den widerspenstigen roten Locken, die sie so liebend gerne gegen eine blonde Mähne eintauschen würde. Aber sie gehörten zu ihr wie die Sommersprossen und die grünen Augen, die vor Lebensfreude sprühten wie sie selbst, wenn sie sich immer wieder für neue Ideen begeisterte und nie müde wurde, anderen zu helfen.

Doch in diesem Moment, zusammengesunken an dem Esstisch sitzend, starrte sie einfach nur vor sich hin. Als sie das

Rascheln des Papiers vernahm, hob sie langsam den Kopf, um in seine Richtung zu blicken. Tränen liefen über ihre Wangen, eine schwarze Spur hinter sich herziehend. Einen Moment stand Alexander starr im Türrahmen, ohne sich rühren zu können. Angst schnürte ihm die Kehle zusammen. Es musste etwas wirklich Schlimmes passiert sein, wenn seine immer fröhliche Lisa ihn mit solcher Trauer empfing.

„Lisa, Liebes, was ist passiert?" Durch die eigenen Worte löste sich seine Starre. Er stürzte zu ihr, aber sie rührte sich nicht. Die Blumen achtlos auf den Tisch werfend zog er sie in seine Arme. „Meine Liebste, was ist denn passiert?", wiederholte er. „Ist etwas mit deinen Eltern? Bitte sag mir, was los ist."

Statt einer Antwort bekam er lediglich ein Wimmern zu hören. Die Tränen liefen weiter. Sie hob den Kopf, doch er bezweifelte, dass sie ihn sah. Ihre Augen schwammen und es sah aus, als seien sie hinter einem Schleier verborgen. Sie sanft küssend strich er zärtlich über ihre Wangen.

„Lisa ..., mein Liebling."

Sie schluchzte noch einmal auf, dann atmete sie einige Male tief durch.

„Hast du ein Taschentuch?", fragte sie nüchtern. Alexander ließ sie los, wühlte in seinen Hosentaschen, um schließlich eine zerknüllte Packung hervorzuziehen. Er holte eins heraus, schüttelte es auseinander, bevor er es ihr reichte.

„Danke", murmelte Lisa, strich sich erst über die Augen, um danach einmal kräftig zu schnäuzen. „Danke ... endlich bist du da!"

„Ja, ich habe für heute Abend eingekauft", antwortete er automatisch, als ob das jetzt noch eine Bedeutung hätte. Sie nickte abwesend, dann schienen die Worte sie zu erreichen und für einen Moment lenkte es sie von ihrer Trauer ab. Schließlich schüttelte sie den Kopf, als wollte sie den Gedanken verscheuchen.

„Alexander, ich …", weiter kam sie nicht, wieder sackte sie in sich zusammen, kauerte auf dem Stuhl wie das heulende Elend, ohne ein weiteres Wort herauszubringen. Er rückte näher an sie heran, um sie wieder in seine Arme zu ziehen.

Kraftlos ließ Lisa sich gegen ihn sinken. Minutenlang saßen sie so zusammen. Fieberhaft überlegte Alexander, was sie wohl quälte und wie er sie zum Reden bringen könnte. Da ihm nichts einfiel, wartete er einfach ab und gab ihr die Zeit, die sie brauchte. Er spürte, dass sich ihr Atem beruhigte. Sein Arm begann zu kribbeln, aber er wagte es nicht, sich zu bewegen, weil sie sich gerade etwas entspannt hatte.

„Krebs", obwohl sie es nur flüsterte, schrak er zusammen.

„Was?"

„Krebs", wiederholte sie ein bisschen lauter. „Es ist Krebs."

„Krebs? Lisa, wer hat Krebs? Einer von deinen Eltern? Das tut mir so leid."

„Nein, nicht meine Eltern." Sie hob den Kopf, drehte sich zu ihm und schaute ihm direkt in die Augen: „Alexander, ich habe Krebs."

Das musste ein Irrtum sein! Er konnte es nicht glauben. Nein! Doch nicht seine Lisa. Sie war gerade erst dreiunddreißig Jahre alt.

Schweigend schauten sie sich an.

„Das kann ich nicht glauben. Bist du sicher?"

Sie nickte. „Ja. Ich war doch letzten Monat bei meiner Gyn. Weil sie einen Knoten entdeckt hatte, überwies sie mich zur Mammographie. Heute sind die Ergebnisse gekommen. Es sieht nicht gut aus."

„Mammographie? Davon hast du mir gar nichts erzählt …"

„Ich wollte dich nicht beunruhigen."

„Lisa! Aber kann es nicht auch ein gutartiges Irgendwas sein?"

„Das ist sehr unwahrscheinlich." Sie hatte sich beruhigt. Da die Tränen versiegt waren, sprach sie nun fast sachlich. „Ich muss noch zur Biopsie, aber ich bin mir sicher, dass es nichts Harmloses ist. Ich spüre das. Die Ärzte sind nach den bisherigen Ergebnissen auch nicht optimistisch."

„Das kann nicht sein." Jetzt starrte Alexander vor sich auf den Boden. Zu viele Gedankenfetzen stürmten auf ihn ein.

„Warum hast du eingekauft?"

„Was?"

„Wir haben doch eine Tischreservierung!"

„Ich wollte für dich kochen", sagte er mechanisch.

„Du wolltest was? Du kannst überhaupt nicht kochen. Willst du mich an unserem fünften Hochzeitstag hungern lassen?"

Der Themenwechsel schien Lisa weiter zu entspannen. Jetzt, da sie ihn eingeweiht hatte, konnte sie über das Abendessen nachdenken, statt sich mit der schlechten Nachricht zu beschäftigen.

Alexander war noch nicht so weit, aber er versuchte, sich nicht anmerken zu lassen, wie sehr ihn die Neuigkeit schockierte.

„Ich habe einen Kochkurs belegt – sechs Abende französische Küche. Ich wollte dich überraschen."

„Du veräppelst mich."

„Das würde ich nie wagen. Ich habe ein dreigängiges Menü geplant, wofür ich bereits eingekauft habe."

Einen Moment vergaßen sie die Hiobsbotschaft, um in den Augen des Gegenübers zu versinken. Nach fünf Jahren Ehe waren sie noch genauso verliebt wie am ersten Tag. Sie mussten kämpfen, dachte er.

„Na, dann lass uns kochen.", forderte sie ihn auf und nahm mit einem zaghaften Lächeln die Blumen vom Tisch, um sie endlich ins Wasser zu stellen. Ihre Nase in die Blüten drückend murmelte sie: „Wunderschön – danke!"

Charlie in St. Peter-Ording

Samstag, den 02. September

Charlie rieb sich die brennenden Augen. Sie hatte das Gefühl bereits seit Stunden auf den Bildschirm zu starren, doch ein Blick auf die Uhr verriet ihr: Es waren gerade einmal 60 Minuten vergangen, seit sie ihre Recherche begonnen hatte. Frustriert über das magere Ergebnis schlich sie mit dem Kaffeebecher in die Küche. Unschlüssig stand sie vor der Maschine. Die Müdigkeit ließ die Fakten des Tages in ihr Bewusstsein sickern, die sie bisher erfolgreich ausgeblendet hatte.

Sie war quasi suspendiert. Zumindest strafversetzt. Nachdem sie jahrelang fast nur für die Karriere gelebt hatte, war sie nun in diesem Kaff gelandet. Die Managerin der Ferienanlage ließ sie bei ihren ersten Ermittlungsschritten abblitzen. Ihre Internetrecherche hatte nichts wirklich Brauchbares für den

Fall ergeben. Der schräge Hausmeister – oder nannte er sich Facility Manager? – Torge Trulsen war bei Facebook sehr aktiv. Er wohnte in einer alten Reetkate anno 1704, die anscheinend sein ganzer Stolz war. Ständig postete er Fotos von dem Haus, dem Garten und seinen handwerklichen Aktivitäten. Wenn er irgendetwas verschönerte, ließ er die Welt daran teilhaben. Außerdem nutzte er seinen Account, um die Urlauber der Halbinsel mit Tipps rund um das Wetter, Veranstaltungen sowie Kurioses zu informieren. Charlie musste zugeben, es handelte sich dabei nicht nur um ein lebendiges, sondern auch interessantes Profil. Außerdem war Torge ein wirklich guter Hobbyfotograf – vorausgesetzt er hatte die Aufnahmen selbst geschossen. Auf jeden Fall würde sie ihn auf diesem Wege im Auge behalten, auch wenn das die Ermittlungen nicht vorantrieb.

Dagegen schien ihr neuer Kollege Knud Petersen nichts von den sozialen Netzwerken zu halten. Es gab lediglich ein paar Zeitungsartikel über die Männer, die von Festen sowie Ereignissen auf der Halbinsel berichteten, zusätzlich waren beide bei der freiwilligen Feuerwehr.

Insgesamt belanglos.

Das Xing-Profil von Marina Lessing gab Auskunft über ihren Lebenslauf: Geboren vor 26 Jahren in Hamburg, Abitur, Hotelmanagement an der Uni, ebenfalls in der Hansestadt an der Elbe. Abschluss nicht nur in Rekordzeit, sondern mit Auszeichnung. Danach einige Praktika, unter anderem im Hotel Atlantik.

Auch auf Facebook war die Lessing vertreten, allerdings nicht so aktiv wie ihr Mitarbeiter. Angeblich war sie in einer Beziehung. Das sprach gegen eine Schwärmerei für den Toten. Oder war sie vielleicht sogar mit ihm liiert gewesen? Michael Schwertfeger wiederum war in keinem der sozialen Netzwerke vertreten. Wieder eine Sackgasse.

Also klickte die Kommissarin zurück zu dem Profil der Managerin. Ergiebig waren die Infos nicht. Sie mochte Frauenromane mit starken Heldinnen, Klavierkonzerte und Saxophon, außerdem französische Küche.

Toll! Das brachte Charlie auch nicht weiter.

Daraufhin checkte sie die Bewertungen der Ferienanlage. Es gab wie bereits vermutet, überwiegend positive Kommentare bei einer guten Auslastung trotz des gehobenen Preisniveaus.

Müde hatte sie den Laptop zusammengeklappt. Unschlüssig stand sie in der Küche, nicht fähig, sich zu entscheiden, ob sie noch einen Kaffee trinken wollte oder nicht.

Der Komfort, verbunden mit der angenehmen Atmosphäre des Bungalows, trösteten sie nicht länger, als die Welle der Einsamkeit über ihr zusammenschwappte. Immerhin passte die Metapher zu der Landschaft, dachte sie mit Galgenhumor.

Sie knallte den Becher auf den Tresen und schalt sich selbst. Ins Loch der Depression zu fallen, half ihr auch nicht weiter. Aber sie musste hier raus. Vielleicht würde ihr die vielgepriesene Nordseeluft guttun. Kurz entschlossen griff sie nach ihrer Jacke und verließ den Bungalow. Wenn sie Glück mit der Tide hatte, würde das Rauschen der Wellen ihre trüben Gedanken vertreiben. Ein Versuch war es wert. Hier kam sie im Moment nicht weiter. Der Weg zum Strand wurde ihr von kleinen dezenten Schildern gewiesen. Schon hörte sie das Tosen des Wassers. Kräftiger Wind zerrte an der Kapuze ihres Anoraks, die Charlie zum Schutz schnell übergezogen hatte. Der fast volle Mond spiegelte sich auf der Nordsee, die in wilden Brechern an das Ufer spülte.

Fast augenblicklich wich die Erschöpfung einem irrationalen Gefühl von Freiheit. Fasziniert blieb sie stehen und schaute sich um. Im Licht des Mondscheins erkannte sie die berühmten Pfahlbauten. Wenn sie sich richtig erinnerte, war in einem sogar ein Restaurant untergebracht. Eine ihrer Freundinnen war ein echter Fan von St. Peter sowie der Nordsee. Charlie wusste nicht mehr, wie oft diese versucht hatte, sie zu einem Wellness-Wochenende an der Küste zu überreden. Therme, schönes Hotel, einfach einmal Abstand vom Job, Mann und Alltag. Sonja kultivierte ihr spezielles Lebensmodell, ließ sich nicht einschränken. Stattdessen machte sie fast immer, was ihr gerade in den Sinn kam. Doch Charlie ließ sich von der Fixierung auf ihre Karriere nicht abbringen, weswegen sie irgendwann nicht mehr gefragt wurde. Hatten sich diese Opfer gelohnt? Wieder schlich sich das Monster der Depression an sie heran. Nein! Sie schüttele die Anwandlung ab und konzentrierte sich wieder auf die Umgebung. Den kräftigen Wind empfand sie als angenehm. Sie sah von hier sogar das Licht des Leuchtturms von Westerhever. Sein rhythmisches Blinken durch die Nacht ließ Charlies Gedanken wieder zu dem Fall des toten Michael Schwertfeger wandern.

Was für ein Mensch war er gewesen? Warum war er umgebracht worden? Bisher wusste sie fast nichts über ihn. Mitte vierzig, erst vor circa einem Jahr hierher nach Eiderstedt gekommen, um die Leitung der Schutzstation Wattenmeer zu übernehmen. Sie war gespannt, ob seine beiden Mitarbeiter – ein Mann und eine Frau – etwas zur Lösung des Rätsels beitragen konnten. Und was genau war eigentlich die Aufgabe dieser Organisation? Charlie beschloss, dies entweder im Internet oder vor Ort in Westerhever in Erfahrung zu bringen.

Die Details der Umgebung nahm sie an diesem Abend nicht wahr, die Schönheit der Landschaft würde sie später noch mehr in ihren Bann ziehen. Doch Charlie entspannte sich zusehends. Dazu trug nicht nur das Rauschen der Wellen und des Windes, sondern auch die Aufgabe bei, die sie hier übernommen hatte. Als fähige Kriminalkommissarin war sie wild entschlossen, den Fall aufzuklären! Bevor sie umkehrte, warf sie einen letzten Blick auf die hochgestellten Häuser sowie den Turm in der Ferne. Ein bisschen Schlaf würde ihr bestimmt neue Energie für den nächsten Tag geben. Außerdem machte sich der Kaffee bemerkbar.

Eingehüllt in die besondere Stimmung und ihre Gedanken an den ihr unbekannten Toten war sie, ohne es zu merken, ein ganzes Stück auf dem Strand entlangspaziert. In erheblicher Entfernung von der Ferienanlage wusste sie nicht, welcher Aufgang am schnellsten zu ihrem Domizil führte. Der Mond versteckte sich hinter einem Wolkenfeld. Weil die Abschnitte in der Dunkelheit so ähnlich aussahen, nahm sie prompt den falschen Pfad. Inmitten der fast identischen aussehenden Ferienhäuser verlor sie schnell die Orientierung. Den Weg zu ihrem eigenen Bungalow fand sie nicht wieder. Als ihr Blick auf ein Schild mit der Aufschrift Rezeption fiel, folgte sie seufzend dem Wegweiser. Dort angekommen war ihr menschliches Bedürfnis so groß geworden, dass sie beschloss, die Toiletten in der Lobby zu nutzen. Beim Einchecken war ihr der Hinweis aufgefallen. Ihr Gang wurde schneller, der Tunnelblick verschwand erst wieder, als sie sich erleichtert hatte.

Beim Verlassen des WCs fiel ihr das kleine Büro auf, welches schräg gegenüber lag. Trotz der späten Stunde brannte dort noch Licht, das ihren Ermittlerinstinkt sofort erwachen ließ. Sie war gespannt, wen sie in dieser wenig exponierten Lage vorfinden würde. Erwartungsvoll blickte sie hinein – doch der winzige fensterlose Arbeitsraum war leer. Ein Computer surrte, der Schreibtisch sah so aus, als sei sein Besitzer nur einmal kurz verschwunden. Vielleicht würde ein Türschild Aufschluss darüber geben, wer hier arbeitete. Ihre Ahnung wurde wenig später bestätigt: Torge Trulsen.

Natürlich!

Unwillkürlich musste sie grinsen, als sie den Titel las, der darunter gedruckt war: Facility Manager. Was war nur aus den guten alten deutschen Bezeichnungen geworden? Fühlten sich die Leute tatsächlich wichtiger, wenn sie sich als Manager von irgendwas bezeichneten? Vermutlich.

Vielleicht sollte sie sich *Criminal Manager* nennen.

Erhöhte sich dann automatisch ihre Aufklärungsrate?

Charlie schüttelte die idiotischen Gedanken ab und schaute sich um.

Niemand zu sehen. Sollte sie es wagen, sich an den Schreibtisch des Hausmeisters zu setzen? Zögernd fragte sie sich, woran er wohl arbeitete – noch dazu so spät. Er war bestimmt nicht mit Bestellungen oder der Planung für den kommenden Tag beschäftigt gewesen, als er hier weggelockt wurde. Ob er Zugriff auf die Listen der Teilnehmer der Wattwanderungen sowie die Gästedatei hatte? Waren die für seinen Job relevant? Ihre Unentschlossenheit war untypisch, aber um auf den Bildschirm gucken zu können und eine Suche zu starten, musste sie um den Schreibtisch herumgehen. Wenn Trulsen in dem Moment zurückkehrte, saß sie in der Falle.

Doch was konnte schon passieren? Vielleicht ließ er sich besser überrumpeln als seine renitente Chefin. Wenn sie ganz viel Glück hatte, war er sogar zur Kooperation bereit und ließ sie Einblick in die Daten nehmen - wenn er sie überhaupt von seinem Arbeitsplatz aus erreichte. Egal!

Den Skrupel beiseiteschiebend umrundete die Kommissarin den Tisch. Sie ließ sich in den Sessel plumpsen, wunderte sich flüchtig, wie superbequem er war und erfasste es dann mit einem Blick: Auf dem Bildschirm war genau das zu sehen, was sie begehrte.

Volltreffer!

Gerade wollte sie sich in die Daten vertiefen, da hörte sie ein Räuspern von der Tür. Trulsen war zurück. Auf den ersten Blick konnte sie nicht einschätzen, was er gerade dachte.

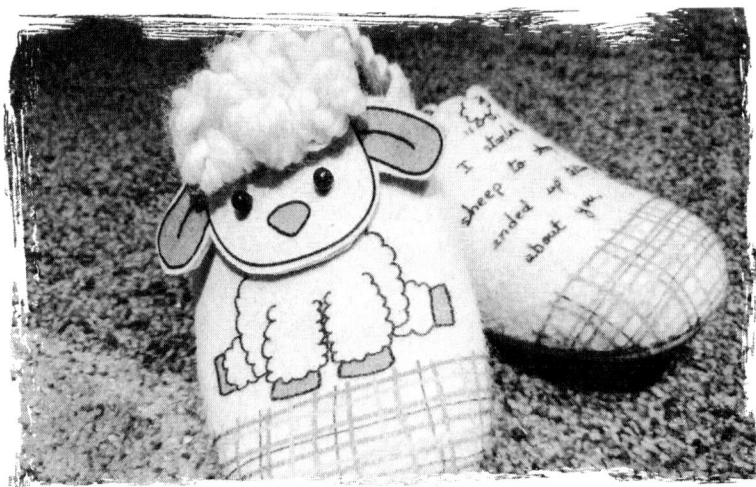

Marina in Garding

Samstag, den 02. September

Schon auf dem kurzen Weg zu ihrer Wohnung in Garding hatte Marina alle Mühe, die Tränen zurückzuhalten. Dort angekommen, brach ihre Trauer sturzbachartig aus ihr heraus. Endlich konnte sie ihre Gefühle zulassen, die sie den ganzen langen Tag hinter der Maske verstecken musste. Ja, sie hatte sich zu Michael hingezogen gefühlt. Das Bedauern, nicht herausfinden zu dürfen, ob sich vielleicht die große Liebe hätte entwickeln können, brachte sie um den Verstand. Kraftlos ließ sie sich in ihren Lieblingssessel sinken. Hier lauschte sie sonst genussvoll Klavierkonzerten oder versank in romantischen Romanen, in denen knallharte Karrierefrauen ihre große Liebe fanden.

Sie war so hoffnungsvoll, als sie Michael im März zum ersten Mal begegnete. Trotz des Altersunterschiedes von fast zwanzig

Jahren fühlte sie ein belebendes Kribbeln in seiner Nähe. Er war groß und schlank, ansonsten optisch eher durchschnittlich. Die braunen Haare wirkten immer so, als hätte er einen Friseurtermin verpasst. Sie kringelten sich sowohl um die Ohren herum als auch im Nacken, doch er schien dem keine Bedeutung beizumessen. Er trug stets einen Drei-Tage-Bart. Sein Äußeres konnte wohlwollend als lässig bezeichnet werden, böse Zungen hätten den Ausdruck nachlässig bevorzugt.

Bereits bei ihrer ersten Begegnung war es um Marina geschehen. Sie erinnerte sich genau an den durchdringenden Blick, mit dem er sie musterte. Als Treffpunkt, um über eine mögliche Kooperation bezüglich der Wattwanderungen für die Feriengäste der *Weißen Düne* zu sprechen, wählten sie ihr Büro. Obwohl sie sich auf ihrem Terrain befand, wo er ihr lediglich Vorschläge zu den Touren unterbreitete, hatte er sie durch diese selbstsichere Ausstrahlung enorm verunsichert.

Schnell erkannte Marina jedoch, wie sensibel Michael war. Mit seiner zurückhaltenden Art gewann er im Nu ihr Vertrauen. Sie war nicht nur von seinem Wissen, sondern insbesondere von der Leidenschaft inspiriert, mit der er über das Wattenmeer sprach. Was für sie selbst nur eine langweilige Schlickfläche war, sah Michael als Wunder der Natur, das einen spannenden Lebensraum für zahlreiche Organismen bot. Er konnte sich für Wattwürmer ebenso begeistern wie für Miesmuscheln oder Prielkrebse. Sie erinnerte sich noch gut an den Tag, an dem er ihr aufgeregt von einer Wanderung erzählt hatte, bei der er Kindern die Baumkronen der Bäumchenröhrenwürmer zeigte. Obwohl sie sehr häufig im küstennahen Bereich vorkommen, werden die ein bis zwei Zentimeter aus dem Watt ragenden Kronen leicht übersehen. Begeistert waren die beiden Mädchen zu ihren Eltern gelaufen, um sich deren Handys für die Aufnahme von Erinnerungsfotos auszuleihen. Ihre kindliche Freude hatten sie auf Michael übertragen. Selbst als er Marina davon erzählte, glühten seine Wangen vor Begeisterung. Er wurde nicht müde, ihr weitere Details zu erzählen, wobei sie außerdem erfuhr, dass diese Würmer binnen Stunden ihre Röhren reparieren, wenn sie übersandet oder freigespült werden.

Marina erinnerte sich an jedes Detail. Weil sie bei Michaels Ausführungen so fassungslos war, rauschte sein Redeschwall komplett an ihr vorbei. Später hatte sie es noch einmal nachgelesen, um gegebenenfalls gewappnet zu sein. Sie hatten allerdings nie wieder über diesen speziellen Wurm gesprochen.

Unwillkürlich bildeten Marinas Lippen in Erinnerung an seine enthusiastischen Ausführungen ein zaghaftes Lächeln. Viele Gäste waren nach einer Wattwanderung unter seiner Führung zu ihr gekommen, um sich für den großartigen Ausflug und die spannenden Informationen über die kleinsten Meeresbewohner zu bedanken. Manche waren so hingerissen, dass sie die Tour gleich noch einmal zu einer anderen Tageszeit buchten.

So hatte es angefangen. Für eine kurze Zeit war sie einfach glücklich gewesen. Sie verabredeten sich zu Ausflügen in die Umgebung, erkundeten Städte wie Friedrichstadt mit den Häusern der niederländischen Backsteinrenaissance an den Grachten, auf denen sie eine Bootstour genossen. Marina fühlte sich dabei in einer anderen Welt. So ein Tag mit Michael war erholsam wie ein ganzer Urlaub. Sie erinnerte sich genau an diese Stunden. Meist beendeten sie den Abend mit einem herrlichen Mahl bestehend aus regionalem Fisch mit einer Flasche Wein. Zusammen waren sie so unbeschwert. Gern wäre Marina ihm noch nähergekommen, doch das ließ Michael nicht zu. Ihre Gespräche drehten sich meist um die Arbeit. Er berichtete nicht nur von seinen Herausforderungen, sondern auch von Visionen; sie von ihren Träumen sowie Plänen.

Michael bewies Ausdauer als guter Zuhörer, welcher ihr wertvolle Ratschläge gab. Ihr Selbstbewusstsein wuchs. Allein über Persönliches sprach er nie. Marina sah die Traurigkeit in seinen Augen, insbesondere in Momenten, in denen er sich unbeobachtet fühlte. Ihre Vermutung, er brauchte Zeit, um Vertrauen aufzubauen, paarte sich mit der Zuversicht, er würde sich öffnen, wenn sie sich erst näher kannten.

Doch es kam anders: Mitte Mai zog er sich plötzlich zurück. Den Kontakt beschränkte er auf die Absprachen bezüglich der Wattwanderungen für die Feriengäste. Es gab kein Gespräch, geschweige denn eine Begründung für den Rückzug. Obwohl sie nur freundschaftlich miteinander umgegangen waren, ohne dass er ihr etwas versprochen hatte, fühlte sie sich in ihrer Enttäuschung zurückgewiesen. Es verunsicherte sie zu sehr, um eine Aussprache zu fordern. Obwohl sie sich ebenfalls distanzierte, blieb die Hoffnung, er würde seine Meinung ändern, sich ihr offenbaren, sich entschuldigen, was auch immer. Nichts davon passierte – und nun war er tot. Das raubte ihr die Fassung.

Als das Telefon klingelte, blickte sie auf, um festzustellen, wie spät es war. Sie nahm ihre Umgebung nur schemenhaft durch den Schleier der Tränen wahr. Um die Zeiger der Wanduhr zu erkennen, rieb sie sich, in dem Versuch den Anflug der Verzweiflung abzuschütteln, die Augen.

Es war kurz nach 23 Uhr.

Bei dem Anrufer konnte es sich nur um Christian handeln – ihren Freund in Hamburg. Ihr fehlte die Kraft, jetzt mit ihm zu sprechen. Es lief schon lange nicht besonders gut zwischen ihnen. Wenn Michael ihre Gefühle erwidert hätte, wären sie schon längst kein Paar mehr. Nach allem was geschehen war, brachte sie es allerdings nicht fertig, sich ganz von ihm zu trennen, obwohl sie sich lediglich selten sahen. Der Anrufbeantworter schaltete sich ein. Marina wartete ab.

Klick. Keine Nachricht. Auch egal.

Sie wollte jetzt ohnehin mit ihrer Trauer allein sein. Kraftlos schleppte sie sich ins Badezimmer, um Wasser in die Wanne einzulassen. Ein heißes Bad und einige Gläser Rotwein würden ihr hoffentlich die nötige Bettschwere sowie einen tiefen Schlaf bescheren, möglichst traumlos. Notfalls musste sie die ganze Flasche austrinken! Bevor sie sich schwerfällig in die kleine Küche begab, um den Wein zu entkorken, kippte sie eine großzügig bemessene Menge von dem Lavendel-Badeschaum hinzu. Der raumfüllende Blütenduft entspannte sie ein wenig. Die Wanne war erst halb voll. Genug Zeit, um noch einmal zu schauen, ob der späte Anrufer tatsächlich ihr ferner Freund gewesen war.

Ja, Christian!

Sicher war die Beziehung in absehbarer Zeit zum Sterben verurteilt. Im Grunde war sie bereits tot. Der Gedanke löste keinerlei Emotionen aus.

Als die Wanne gut gefüllt war, zog sie sich langsam aus und ließ sich ins heiße Wasser gleiten. Es erschreckte sie selbst, wie sehr Michaels Tod sie mitnahm. Das wohltuende Nass umhüllte sie wie ein warmer Mantel, der sie vor Kälte sowie Grausamkeit schützte. Erst jetzt wurde ihr bewusst, dass sie den ganzen Abend gefroren hatte. Marina nahm einen großen Schluck von dem Wein. Kurz zog sich ihr Magen schmerzhaft zusammen. Wann hatte sie eigentlich zuletzt etwas gegessen? Vermutlich war das Brötchen zum Frühstück ihre letzte Mahlzeit gewesen. Schon bald darauf hatte sie von dem Mord an Michael erfahren.

Um die Traurigkeit vorerst abzuschütteln, lenkte sie ihre Gedanken zu der Begegnung mit der Kommissarin, auch wenn ihr die Erinnerung die Schamesröte ins Gesicht trieb. Sie kam sich im Nachhinein ziemlich albern vor. Die trotzige Verweigerung der Herausgabe der Daten basierte einzig und allein auf dem selbstbewussten Verhalten der Polizistin. Insgeheim beneidete

Marina die Frau. Sie schien keine Skrupel zu haben, Forderungen zu stellen. Als sie Marina direkt fragte, ob sie mit Michael liiert war, wurde es ihr einfach zu viel. Unbewusst hatte die Kommissarin den Daumen in die Wunde gelegt. Es war beschämend genug. Um keinen Preis wollte Marina darüber reden – schon gar nicht mit dieser souveränen Frau, die ihr Leben bestimmt besser als sie selbst im Griff hatte.

Marina spürte Wut. Heiße Wut, die ihr auf jeden Fall willkommener war, als die tiefe Trauer um eine Liebe, die eigentlich gar keine war.

Doch wie sollte sie der Kommissarin am nächsten Tag begegnen?

Torge in St. Peter-Ording

Samstag, den 02. September

Eine Weile verharrte Torge bewegungslos im Türrahmen, um die Kommissarin zu beobachten. Er schwankte zwischen Bewunderung für ihre Abgebrühtheit, sich einfach an seinen Schreibtisch zu setzen, obwohl sie jederzeit mit seiner Rückkehr rechnen musste - sowie Verärgerung. Und das eigentlich aus dem gleichen Grund. Schließlich überwog die Neugierde auf ihre Reaktion, wenn er sich bemerkbar machte. Also räusperte er sich.

Sie zuckte zusammen und warf ihm einen erschrockenen Blick zu.

Gut! Ganz skrupellos war diese neue Kommissarin aus der Stadt offensichtlich nicht. Es schien ihr immerhin bewusst zu sein, dass sie eine Grenze überschritt. Das sprach in Torges Augen absolut für ihren Charakter.

„Moin Kommissarin", war alles, was er zur Begrüßung sagte. Nun war er gespannt, wie sie reagierte. Er versuchte weiterhin nicht zu lächeln, sondern sie mit ernster Miene anzugucken, was ihm immer schwerer fiel, da ihn der leicht schuldbewusste Gesichtsausdruck amüsierte.

„Hallo, Herr Trulsen! Tja ... ertappt würde ich sagen. Puh, jetzt weiß ich nicht so recht, wie ich mich rausreden soll."

Torge musterte sie weiterhin. Er fragte sich unwillkürlich, ob sie eine Show abzog oder ob es ihr wirklich unangenehm war. Es kitzelte ihn, sie ein bisschen zu provozieren, aber er wusste nicht so recht, wie. Also blieb er einfach schweigend im Türrahmen stehen.

Die Kommissarin versuchte es mit Flucht nach vorn.

„Sie haben ja Zugriff auf alle Gästedaten. Es wäre sehr hilfreich für meine Ermittlungen, wenn ich so schnell wie möglich Einblick in diese Listen bekäme. Können Sie auch die Anmeldungen für die Wattwanderungen einsehen?"

Clever. Sie überging einfach die Frage, ob er das auch wollte. Sie schien nicht nur etwas von ihrem Job zu verstehen, sondern auch, sich aus brenzligen Situationen herauszuwinden. Da er im Grunde nichts dagegen hatte, sie die Listen einsehen zu lassen – vermutlich konnte sie das wohl sowieso erzwingen – beschloss er im gleichen Moment, seine Informationen mit ihr zu teilen. Aber ein bisschen zappeln lassen wollte er sie schon noch.

„Nennen Sie mich einfach Torge, das tun hier alle", bot er an, ohne ihre Frage zu beantworten. „Und man sagt hier *Moin*, wenn man sich begrüßt. Das müssten Sie doch in Hamburg auch kennen."

Ihrem Blick nach zu urteilen, war sie mit den Gedanken woanders. Sein Angebot, verbunden mit der nordischen Wortkunde, schien sie jedoch kurzfristig aus dem Konzept zu bringen. „Äh, ich nenne Sie lieber Herr Trulsen. Und meinetwegen Moin." Sie strich sich eine Locke aus dem Gesicht. „Es ist äußerst wichtig, meine Ermittlungen mit Hochdruck voranzutreiben. Dafür wäre es sehr hilfreich, wenn ich Ihren Zugang zu den Gästedaten hier nutzen könnte", wiederholte sie ihr Anliegen.

„Hat die Lessing Ihnen den Zugang nicht zur Verfügung gestellt?", fragte er unschuldig, wobei er sich sicher war, damit ins Schwarze zu treffen.

„So ist es", gab die Kommissarin freimütig und entwaffnend zu.

„Aha. Gab es dafür eine Begründung?"

„Keine sinnvolle."

Torge nickte zustimmend. „Das wundert mich nicht", murmelte er, wobei er sich sofort fragte, ob sie die abschätzige Bemerkung gehört hatte.

Sie reagierte nicht, sondern blieb bei ihrem Thema: „Geben Sie sich einen Ruck, Trulsen. Sie wollen doch auch, dass der Mörder so schnell wie möglich gefasst wird, oder?"

Kein grandioser Pass, aber für diese Uhrzeit nicht schlecht. Sie verstand ihr Handwerk.

„Also gut", gab er nach. „Wenn ich dabeibleiben darf und Sie Ihre Erkenntnisse mit mir teilen."

Torge beobachtete sie genau, während er auf ihre Antwort wartete. Offensichtlich passte es ihr ganz und gar nicht in den Kram, aber die Option war alternativlos. Das wussten beide. Zwischen ihren Augenbrauen bildete sich eine Falte. Nachdem sie ihre Möglichkeiten abgewogen hatte, kam sie schließlich zu dem gleichen Ergebnis wie er.

„Also gut", wiederholte sie seine Worte. „Dann machen wir uns mal an die Arbeit."

Charlie in St. Peter-Ording

Samstag, den 02. September

Es war zu erwarten gewesen. Trotzdem ärgerte Charlie sich über das unmittelbare Erscheinen des Hausmeisters, nachdem sie sich gerade gesetzt hatte. Vermutlich amüsierte er sich köstlich, sie auf frischer Tat ertappt zu haben. Warum war die Lessing nur so stur gewesen? Sie könnte die Daten jetzt in ihrem Bungalow analysieren, ohne der Neugier von Torge Trulsen ausgesetzt zu sein.

Nun gut, immerhin hatte er zugestimmt. Vielleicht erfuhr sie am Rande noch etwas über ihren neuen Kollegen Petersen, die Lessing und nicht zuletzt den Facility Manager selbst. Schon sonderbar, dass er nachts hier in diesem winzigen, ausgesprochen hässlichen Raum saß, um die Gästelisten zu überprüfen – quasi ihren Job erledigte. Gab es niemanden, der auf ihn wartete? Eine Frau, zu der er gerne nach der Arbeit heimkehrte?

In dem Versuch, ihren Ärger abzuschütteln, stellte Charlie die Fragen über Trulsen erst einmal zurück. Damit konnte sie sich später befassen. Ihre Müdigkeit war wie weggeblasen. Hochkonzentriert studierte sie die Informationen auf dem Bildschirm, um zu ergründen, womit er sich beschäftigt hatte, bevor er den Platz verließ.

Der Hausmeister holte den Stuhl von der anderen Seite des Schreibtisches und ließ sich neben ihr nieder. Charlie klickte sich durch die geöffneten Dateien: Liste der letzten Wattwanderung, Tidekalender, Wetterdaten, anwesende Gäste – immerhin war er mit System vorgegangen.

„Haben Sie bereits herausgefunden, wie viele der Urlauber, die an dem Ausflug durchs Watt teilgenommen haben, nach wie vor in der Ferienanlage anwesend sind?", fragte Charlie in dem Versuch, die Recherche abzukürzen. „Und wie viele Kinder dabei waren?"

Nickend rückte Trulsen näher an die Kommissarin heran. „Die letzte Wanderung war Donnerstagmittag. Von den fünfzehn Beteiligten sind heute zwölf abgereist."

„Gehören die drei Verbliebenen zusammen?"

„Ja, eine Familie aus Bayern. Die haben immer noch Ferien. Das Kind ist acht – ein Junge."

„Hhm." Während Charlie überlegte, ob diese Information nützlich war, redete Trulsen weiter: „Von den anderen zwölf waren nur zwei Kinder, Geschwister mit ihren Eltern - dazu vier Paare.", ergänzte er. „Vielleicht ist es sinnvoller, nach den Nachtwanderungen zu schauen, wenn wir herausfinden wollen, ob der Mörder einmal dabei war."

„Schwertfeger ist auch nachts mit Gästen in das Watt gegangen?", Charlie war sofort interessiert. „Ist das nicht zu gefährlich?"

„Nein, Michael kannte sich im Watt bestens aus. Er veranstaltete diese Touren nur im Juni und Juli, wenn es lange hell ist. Außerdem war die zu laufende Strecke kürzer. Vermutlich sind sie gar nicht in die Dunkelheit geraten, soweit bin ich mit meiner Recherche noch nicht gekommen."

Charlie war erstaunt über seinen Redeschwall. Nach ihrem Kenntnisstand waren die Nordfriesen eher wortkarg. Aus diesem Grund nutzten sie die spartanische Begrüßungsformel *Moin*. Manche empfanden ein *Moin Moin* bereits als geschwätzig. Das schien auf Torge Trulsen nicht zuzutreffen.

Nachtwanderungen im Juni sowie Juli! Das war natürlich schon eine Weile her. War der Mord so lange im Voraus geplant gewesen oder eher eine relativ spontane Tat? Sie musste unbedingt mehr über den Toten herausfinden, sonst würde sie Stunden über den Listen hocken und mit den Befragungen in eine Sackgasse nach der anderen geraten. Dafür war das Team auch einfach zu klein. Es war notwendig, die Ermittlung sowohl strukturiert als auch effektiv zu gestalten. Mit den spärlichen Informationen, die sie bisher über den Ermordeten in Erfahrung gebracht hatte, war einfach kein Motiv erkennbar.

„Was wissen Sie über Michael Schwertfeger?", wechselte sie abrupt das Thema, wodurch sie sogar Trulsen kurzfristig aus dem Konzept brachte. „Gab es eine Frau in seinem Leben?"

„Das glaube ich nicht. Im Frühjahr ist er ab und zu mit der Lessing ausgegangen, aber daraus hat sich nichts entwickelt. Vielleicht war sie ihm am Ende zu jung oder zu anstrengend", mutmaßte er.

„Mit Marina Lessing?" Also doch! Die Kommissarin vermutete, dass er es beendet hatte, während sie ihm immer noch nachtrauerte. „Wissen Sie mehr darüber? Waren sie fest zusammen? Und wie lange ging das?" War das ein Ansatzpunkt?

„Keine Ahnung!", bremste Trulsen sie wieder aus. „Ich habe gesehen, wie er sie einige Male abgeholt hat. Ob sie ein festes Paar waren, weiß ich nicht. Es gab keine Zärtlichkeiten in der Öffentlichkeit oder sowas ... warten Sie mal. Einmal habe ich sie zusammen in Husum am Hafen gesehen. Da hatte er den Arm um sie gelegt. Ich habe schnell kehrtgemacht, weil ich dachte, es wäre ihnen vielleicht peinlich. Da Michael nicht darüber sprach, gab es bestimmt Gründe."

So viel Diskretion hätte Charlie ihm gar nicht zugetraut.

„Wissen Sie noch, wann das war?"

„Hhm. Muss so um Ostern herum gewesen sein. Ja, kurz vor Ostern. Ich war dort, um ein Geschenk für meine Frau zu kaufen."

„Sie sind verheiratet?", entfuhr es der Kommissarin.

„Wundert Sie das?", antwortete er mit einer Gegenfrage.

„Nein, ich dachte nur, weil Sie hier die halbe Nacht sitzen ..."

„Es war also kurz vor Ostern", kam Trulsen, ihre Frage übergehend, zum Thema zurück.

„Kurz vor Ostern", murmelte Charlie wiederholend, wandte sich dem Computer zu, um einen Kalender aufzurufen. Schnell hatte sie die Information gefunden. „Mitte April. Wissen Sie, in welchem Zeitraum die beiden sich getroffen haben? Wann es anfing beziehungsweise wieder endete?"

Er schüttelte den Kopf.

„Okay. Wir sollten an dieser Stelle weitermachen." Einen Moment lang vergaß Charlie, wen sie vor sich hatte. „Äh, ich sollte an der Stelle weitermachen – mit dem Kollegen Petersen."

Dann hatte sie sich wieder im Griff. Es war spät genug, um die Recherche für heute zu beenden. Immerhin gab es einige Indizien, auch wenn die Ausbeute für die ersten Stunden noch recht mager war. Sie würde an diesem Punkt erst einmal weiter ermitteln. Die Mitarbeiter von Schwertfeger mussten ja etwas über ihn wissen. Immerhin hatten sie ein Jahr eng zusammengearbeitet.

Sie streckte sich. „Es ist schon fast ein Uhr, ich werde dann mal gehen. Danke für Ihre Unterstützung und die Infos. Gute Nacht."

„Moin Kommissarin."

Am nächsten Morgen war Charlie bereits um sechs wieder wach. Den Tag mit einem wohlschmeckenden Kaffee beginnen zu können, war ihr eine besondere Freude. Sie hatte gut geschlafen, die Matratze entsprach dem Standard der Ferienanlage. Das erste Licht des Tages tauchte den Bungalow in sanfte Farbtöne. Mit dem Plan, vor der Arbeit einen kurzen Abstecher zum Strand zu machen, stieg Charlie kurz entschlossen in ihre Jeans, schlüpfte in ein T-Shirt und einen Wollpullover. In Kürze würde die Sonne aufgehen, ein perfekter Moment, um ein bisschen Atmosphäre aufzunehmen. Sie war erst um acht mit Petersen verabredet. Bis dahin war genug Zeit, um sich nach dem Duschen mit einem Frühstück für den Tag zu stärken.

Jetzt bei Tagesanbruch bewunderte sie den Standort sowie den Bau der Ferienanlage. Bei der unmittelbaren Lage am Strand war erfreulicherweise auf die Bausünden aus den Siebzigern verzichtet worden. Alle Gebäude waren flach gehalten. Das kleine Feriendorf schmiegte sich perfekt unaufdringlich in die Dünenlandschaft. Strandhafer wiegte sich in kleinen Büscheln im sanften Wind.

Sonntagmorgen 6.15 Uhr – der Strand war leer, die Nordsee verschwunden. Niedrigwasser! Vor ihr lag das glänzende Watt. Enttäuscht starrte sie auf die schlammige Fläche, der sie absolut nichts abgewinnen konnte. Wie gern hätte Charlie jetzt dem Rauschen der Wellen gelauscht und zugeschaut, wie dieselben entweder langsam oder kraftvoll auf den Strand spülten, um dabei Muscheln aus den Weiten des Meeres mitzubringen. In ihrer Wunschvorstellung spazierte sie im flachen Wasser, das salzige Nass umschmeichelte ihre Füße.

Stattdessen: Schlamm!

Das war die Natur, die Michael Schwertfeger geliebt hat; ein Lebensraum, von dem er jederzeit geschwärmt hatte. Charlie musste zugeben, so gut wie nichts darüber zu wissen. Kurz entschlossen streifte sie ihre Schuhe und Socken ab, krempelte die Jeans hoch, um vorsichtig das Watt zu betreten. Sie wusste nicht einmal, wie fest es war. Würde sie einsinken?

Erstaunt stellte sie fest, dass es so dicht war, dass sie darauf laufen konnte. Drollige kleine gedrehte Sandtürmchen ragten hier und da aus der sonst ebenen Fläche, die an manchen Stellen durch ein Wellenmuster im feuchten Sand unterbrochen war.

Als die Sonne schließlich glutrot aufging, war Charlie kurz geblendet, als sie direkt in den Feuerball starrte. Niemand sonst war am Strand zu sehen. Etwas wehmütig dachte sie, dieses Naturschauspiel wäre noch imposanter, wenn es sich auf den Wellen der Nordsee spiegeln würde – und wenn Andreas jetzt bei ihr wäre, sie in den Arm nähme, um gemeinsam mit ihr dem Klang der rauschenden Wellen zu lauschen. Charlie sah die Bilder förmlich vor ihrem geistigen Auge.

Im nächsten Moment schüttelte sie sie energisch ab. Das klang ja wie ein Trailer für eine Sonntagabend-Schmonzette.

Nein! Dann doch lieber Tatort. Sie warf einen letzten Blick auf das im Morgenrot glänzende Watt und stapfte schließlich zurück zu ihren Leinenschuhen. Es wurde Zeit, an die Arbeit zu gehen!

Alexander in Lindau

27. Mai, sieben Jahre früher

Zwei Wochen und diverse Tests später war die Diagnose Krebs bestätigt. Alexander empfand es als die schlimmste Zeit seines Lebens, obwohl der Tumor in Lisas Brust relativ früh erkannt worden war und nicht gestreut hatte. Das war die gute Nachricht.

Er begleitete seine Frau zu allen Beratungsterminen, wobei er viel über effiziente Behandlungsmethoden erfuhr. Nach dem ausführlichen Gespräch mit ihrer Onkologin war er wieder optimistischer gestimmt. Er klammerte sich an die Überzeugung, diesen Albtraum gemeinsam überstehen zu können. Mit der Entscheidung für eine Mastektomie standen die Chancen, wieder ganz gesund zu werden, überdurchschnittlich gut.

Ob er jemals den Streit vergessen würde, den sie an diesem Tag erbittert durchfochten, wagte Alexander zu bezweifeln. Sowohl der ungewohnte Tonfall als auch die Heftigkeit, mit der seine sonst so sanfte und fröhliche Frau reagierte, versetzten ihn in Angst und Schrecken.

Dabei hatte der Abend so harmlos angefangen. Sie waren beide in Gedanken versunken in ihre Wohnung zurückgekehrt. Alexander bot an, eine warme Mahlzeit zuzubereiten, darauf reagierte Lisa schon gereizt:

„Warum kochen wir nicht gemeinsam? Seit zwei Wochen packst du mich ständig in Watte. Seit der Diagnose lässt du mich nur dasitzen und zuschauen."

„Ich meine es doch nur gut. Schon dich einfach. Du brauchst deine Kräfte jetzt für den Kampf gegen den Krebs", versuchte er, dem sich anbahnenden Streit auszuweichen.

„Glaubst du wirklich, es geht mir besser, wenn ich jede Minute daran erinnert werde?"

Als sie mit der Frage bereits lauter wurde, überlegte er fieberhaft, was er sagen sollte, um sie nicht noch weiter zu reizen, sondern im Gegenteil für Harmonie zu sorgen. Verunsichert schwieg er. Eine missgelaunte Lisa machte ihn ratlos. Im Grunde konnte er sie verstehen, sie hatte genauso viel Angst wie er selbst. Heute würde sie ihre Verzweiflung an ihm auslassen, das spürte er. Egal, was er sagte, der Streit war nicht mehr abzuwenden.

„Dazu fällt dir jetzt schon nichts mehr ein, oder was?", fauchte sie ihn an.

Nein – allerdings nicht!

Sollte er sie in die Arme nehmen? Ihr recht geben? Eine Flasche Wein öffnen und sie bitten, mit ihm zu kochen, so wie sonst? Er versuchte zu intervenieren: „Lisa! Lass uns nicht streiten. Ich mache, was du möchtest. Natürlich will ich mit dir zusammen kochen."

Noch vor ein paar Wochen wäre es damit erledigt gewesen. Sie wären sich lachend in die Arme gefallen, um den Abend gemeinsam zu genießen. Doch heute war sie auf Krawall gebürstet. Es war, als würde der Krebs nicht nur ihren Körper schwächen, sondern auch ihre Harmonie beeinträchtigen.

„Du machst, was ich möchte? Weil ich die arme kranke Frau bin, die vielleicht an diesem beschissenen Krebs stirbt?"

Er zuckte zusammen. Niemals zuvor hatte sie solche Kraftausdrücke gebraucht. „Lisa. Die Prognose durch die Onkologin war doch heute gar nicht so negativ."

„Ja, wenn ich mir die Brüste amputieren lasse! Das will ich auf keinen Fall!", fiel sie ihm nochmals lauter werdend ins Wort.

Er wollte weder diskutieren noch streiten. Zu diesem Zeitpunkt war ein konstruktives Gespräch einfach nicht möglich. Also probierte er es mit einem Ausweichmanöver: „Liebes, ich habe Hunger. Ich öffne uns jetzt zum Kochen einen Wein. Lass uns später weiterreden."

„Ach, essen ist jetzt wichtiger als meine Krankheit?"

Es versprach, mühsam zu werden. Er kannte seine Frau nicht wieder, fühlte sich dabei absolut machtlos. Vielleicht würde Zurückschreien etwas nützen. Danach war ihm zwar zumute, aber nicht gegen sie gerichtet.

„Bitte, Lisa", versuchte er, ein letztes Mal zu schlichten. „Das führt zu nichts. Wir sind auf derselben Seite. Ich will wirklich nicht streiten. Ich habe dazu heute keine Kraft und genau genommen wissen wir doch gar nicht, wie das geht." Erwartungsgemäß kam auch dieser Versuch eines Scherzes bei ihr falsch an.

„Wir wissen auch nicht, wie wir mit Krebs leben sollen und das müssen wir ja jetzt auch lernen. Genau genommen muss ich es lernen. Du tust zwar so, als wenn es dich gleichermaßen betreffen würde, aber es ist mein Krebs. Da es mein Körper ist, entscheide ich über eine Mastektomie und nicht du." Lisa hatte sich in Rage gebrüllt, schien aber noch nicht fertig zu sein. „Du tust so, als hätte es dich genauso erwischt und behandelst mich wie eine gebrechliche Todkranke. Wann verbietest du mir, zur Arbeit zu gehen? Soll ich hier den ganzen Tag sitzen und warten bis der verdammte Tumor mich umbringt? Willst du das?" Sie funkelte ihn aus ihren smaragdgrünen Augen an. Trotz der Wut, die sich in diesem Moment gegen ihn richtete, fand er sie einfach wunderschön und liebte sie, wie sie war. Wie gut konnte er sie verstehen!

Der Wunsch, sie in seine Arme zu nehmen und zärtlich zu küssen, wurde übermächtig. Er war sich in dieser Situation jedoch sicher, sie würde mit ihren kleinen Fäusten auf ihn einhämmern, um ihm zu entfliehen.

„Nein, Lisa. Das will ich nicht! Ich ... ich wünschte, ich könnte mehr für dich tun, als hier hilflos herumzustottern."

„Dann lass es einfach bleiben", schleuderte sie ihm entgegen, bevor sie türenknallend die Wohnung verließ.

Torge in Tating

02. und 03. September

Hochzufrieden war Torge nach Hause gefahren. Die kleine Reetkate in Tating war seit Generationen in Familienbesitz. Seit er sie vor zwanzig Jahren von seinen Eltern geerbt hatte, wohnte er dort mit seiner Frau Annegret. Vormittags arbeitete sie in Tönning als Schneiderin, aber den Rest des Tages kümmerte sie sich um das Haus und den Garten, den ein Meer aus Heckenrosen umgab. Nicht nur die typische nordfriesische Küche, sondern auch das Backen gehörte zu ihren Leidenschaften. Sie war Mitglied bei den Landfrauen und einfach seine bessere Hälfte.

Nicht im Traum wäre ihr eingefallen, ihn zu kritisieren, weil er erst in der Nacht nach Hause kam. All das schätzte Torge an ihr, während er sich freute, in eine so heimelige Umgebung zurückzukehren. Im Kühlschrank stand ein Teller mit seinem Abendessen. Doch statt die Mahlzeit in die Mikrowelle zu stellen, ging er mit einem Bier nach draußen. Sich in dem Strandkorb niederlassend blickte er zum Sternenhimmel.

Es herrschte absolute Stille. Keiner der gut tausend Einwohner des Ortes im Herzen von Eiderstedt schien zu dieser späten Stunde wach zu sein.

Stille und Dunkelheit. Hier konnte er das Rauschen des Meeres nicht hören – trotzdem hätte er um keinen Preis dieses kleine Haus gegen ein anderes an der Wasserkante eingetauscht. Annegret hatte daraus ein Paradies geschaffen, es war zu seinem Ruhepunkt geworden, was er sehr genoss.

Er nahm einen tiefen Schluck aus der Flasche und ließ dabei den Tag Revue passieren. Michael war tot. Das machte ihn nach wie vor fassungslos. Welches Geheimnis umgab diesen schweigsamen Mann, in dessen Blick immer ein bisschen Traurigkeit gelegen hatte? Konnte das etwas mit der kurzen Affäre mit der Lessing zu tun haben? Torge bezweifelte es.

Er warf einen letzten Blick in den grandiosen Sternenhimmel, leerte die halbvolle Flasche in einem Zug und erhob sich aus dem typischen nordischen Sitzmöbel, das er bei einer Versteigerung der ausgemusterten Originalstücke vom Ordinger Strand ergattert hatte. Auf dem Weg ins Haus dachte er an die neue Kommissarin aus der Stadt. Das war heute Abend gar nicht so schlecht gelaufen. Sie schien wirklich stark zu sein. Vermutlich war die Annahme seiner Hilfe lediglich widerwillig geschehen, aber sie war über ihren Schatten gesprungen.

Er wurde dadurch zum Teil der Ermittlung, dabei hatte sie ihm anvertraut, wie sie weiter vorgehen würde – wenn auch anscheinend nur versehentlich. Mal abwarten, was er dazu herausfand. Heute war er ihr sogar einen Schritt voraus gewesen. Würde ihm das morgen wieder gelingen?

Vielleicht wusste Annegret etwas über Schwertfeger, das nicht allgemein bekannt war. Frauen tratschten gerne. Am liebsten hätte er sie sofort geweckt, doch bei allem Verständnis für ihn und seine Ambitionen würde sie ihm das bestimmt übel nehmen. Er musste sich bis zum Frühstück gedulden.

Als Torge die Augen aufschlug, wanderten die ersten Sonnenstrahlen gerade durch das Schlafzimmer. Während Annegret bereits unten in der Küche rumorte, lag er hier immer noch herum. Schnell stand er auf, um in Windeseile zu duschen. Heute war sein freier Tag, aber natürlich kein Grund zu faulenzen. Die gestrigen Ereignisse erforderten seinen Einsatz. Beim Frühstück mit seiner seuten Deern hoffte er, einiges über Schwertfeger herauszufinden. Wenn sie nichts wusste, würde er sie bitten, sich für ihn ein bisschen umzuhören. Ihr Gefrotzel, er spiele sich als Amateur-Ermittler auf, musste er über sich ergehen lassen. Das war ihr Spaß dabei. Am Ende würde sie ihn dann doch unterstützen. Je nachdem, welche Informationen sie für ihn hatte, konnte er anschließend den Tag planen. Außerdem sollte es ihm gelingen, Knud und die Kommissarin zu treffen, um mitzubekommen, wie es in dem Fall weiterging.

Kaffeeduft empfing ihn in der Friesenküche, die in Weiß und Friesenblau eingerichtet war. Im Sonnenlicht wirkte sie nicht nur frisch, sondern gleichzeitig gemütlich. Am Herd stehend brutzelte Annegret Eier mit Speckstreifen. Sein Arzt hatte ihm empfohlen, morgens auf Müsli sowie mageren Joghurt umzusteigen. Aber das verweigerte er konsequent.

Seine bessere Hälfte hatte ihm das eine Woche lang serviert, woraufhin er sie mit Schweigen strafte. Als er drohte, in der Ferienanlage Weiße Düne zu frühstücken, wenn sie ihm weiterhin dieses Vogelfutter vorsetzte, hatte sie aufgegeben. Seitdem setzten sie wieder ihr harmonisches Frühstücksritual fort, für das Torge sich immer Zeit nahm. Annegret kochte als Kompensation für die morgendliche Kalorienbombe das Abendessen etwas magerer und er versprach, einmal pro Woche Brokkoli zu essen, auch wenn er es im Grunde als sinnlos erachtete.

Er umarmte sie von hinten und drückte ihr einen Kuss auf den langen geflochtenen Zopf. „Moin meine Liebe."

„Moin mein Seebär. Du bist spät dran. Konntest du gestern wieder kein Ende finden?"

„Hast du es nicht gehört? Michael Schwertfeger ist im Watt erschlagen worden – in der Nacht von Freitag auf Samstag."

Annegret ließ den Bratenwender fallen und drehte sich abrupt um.

„Ist nicht dein Ernst! Der Micha? Was hat der denn verbrochen?"

„Das fragen sich alle. Hhm. Ich dachte, du wüsstest vielleicht etwas über ihn, was sich nicht herumgesprochen hat. Ihr Frauen wisst doch immer etwas mehr als wir Männer", schmeichelte er.

Den Bratenwender wieder in der Hand hob Annegret ihn drohend gegen ihren Mann.

„Was soll das denn heißen? Wir Landfrauen klatschen und tratschen?"

„Neeeiiiinn! Natürlich nicht. Ich dachte nur ..., ja, so ähnlich. Komm, du weißt, wie ich es meine ..." Torge setzte den schuldbewussten Blick auf, der bei ihr fast immer wirkte.

„Ja, ich weiß genau, wie du es meinst!" Noch einmal hob sie, begleitet von einem gespielten grimmigen Blick, das Küchenutensil.

Torge ignorierte sie. „Es ist wirklich wichtig. Knud hat eine Kommissarin aus Hamburg an seine Seite bekommen. Es würde ihm helfen, wenn wir ihn mit Informationen unterstützen, an die sie nicht so einfach herankommt."

„Knud – soso. Du willst nur Knud unterstützen, ja? Du bist überhaupt nicht scharf darauf, selbst ein bisschen zu ermitteln."

Sie kannte ihn einfach.

„Weißt du etwas?", versuchte er abzulenken, ohne auf das Geplänkel einzugehen.

Annegret spülte in aller Gemütsruhe den Bratenwender ab, um sich dann wieder dem Rührei mit Speck zu widmen. Sie spannte ihn also auf die Folter. Das wertete Torge als gutes Zeichen. Wenn sie ahnungslos wäre, hätte sie vermutlich gleich verneint. Obwohl er vor Ungeduld fast platzte, nahm er sich einen Pott Kaffee und ließ drei Löffel Zucker hineinrieseln. Genüsslich umrührend tat er so, als ob ihn das Thema gar nicht mehr interessierte. Wenn er sie jetzt drängte, ließ sie ihn doppelt so lange zappeln – dann lieber erst einmal den Morgenkaffee genießen.

Nur wenig später türmte sie die kalorienreiche Mahlzeit auf einen Teller, den sie vor Torge auf den Tisch stellte. Sie selbst bevorzugte ein Rundstück mit Marmelade – dazu einen großen Becher Kaffee mit ein wenig Milch.

„Danke. Lass es dir schmecken", nickte Torge ihr zu, bevor er sich über das üppige Frühstück hermachte.

„Also", nahm Annegret den Faden wieder auf, „die Juliane ist Landfrau bei uns. Sie ist mit Hinnerk verheiratet, dem Vorsitzenden des Vereins *Schutzstation Wattenmeer*."

Torge hatte den Mund zu voll genommen, um antworten zu können. Also nickte er nur.

„Hinnerk hat Michael im letzten Sommer eingestellt. Ich weiß von Juliane, dass die Gespräche zum Teil auf der Kippe standen, weil Schwertfeger Sonderwünsche hatte, die der Verein zuerst nicht erfüllen wollte. Warte mal ... worum handelte es sich dabei bloß? ... Ich glaube, es ging um das Wohnen im Turm von Westerhever."

Torge hatte mittlerweile den großen Bissen bewältigt, wodurch er wieder in der Lage war, sich an dem Gespräch zu beteiligen: „Ja, Hinnerk habe ich vor zwei Jahren auf dem Fest der Freiwilligen Feuerwehren kennengelernt. Wir haben eine ganze Weile geschnackt", sinnierte er, bevor er auf das Thema zurückkam. „Hat Juliane etwas darüber gesagt, wo Michael eigentlich herkam? Ich glaube, das weiß hier keiner so genau. Was hat er vorher gemacht?"

Annegret schüttelte zu Torges Bedauern den Kopf. Einen Moment vergaß er, weiter zu essen. „Und was ist mit seinem Techtelmechtel mit der Lessing?"

„Mit der Lessing? Michael war mit Marina Lessing zusammen? Bist du sicher? Die ist doch gerade einmal halb so alt wie er!"

„Du triffst dich doch am Mittwoch wieder mit den Landfrauen. Versuch bitte etwas herauszubekommen. Ach, ruf´ Juliane am besten schon heute oder morgen an, um ein bisschen mit ihr zu schnacken."

„Ah, du spannst mich also in deine Ermittlungen ein. Werde ich offiziell zum Hilfssheriff ernannt? Was springt für mich dabei heraus?"

Irritiert ließ Torge die Gabel sinken, auf die er gerade ein Tomatenviertel gespießt hatte, das ebenfalls Teil des gesünderen Ernährungsplanes war.

„Seit wann forderst du denn Gegenleistungen für dein Wissen?" Schon sah er, dass seine Frau das Schmunzeln nicht unterdrücken konnte.

„Ja, ärgere mich nur. Mit mir kann man es ja machen", antwortete er gut gelaunt, während er die Gabel zum Mund führte.

„Ich weiß tatsächlich etwas, das dich sicherlich interessiert. Versprichst du heute Nachmittag rechtzeitig zurückzukommen?"

Torge versuchte sich zu erinnern, was geplant war. Meist bestand Annegret nur auf seine Anwesenheit, wenn die Familie kam oder sie einen Ausflug machen wollten.

„Maria, Jens und die Kinder kommen um drei zum Kaffee. Lukas und Lena freuen sich bestimmt, wenn sie mit ihrem Opa im Garten herumtollen können", half sie ihm auf die Sprünge.

Natürlich, wie konnte er das vergessen!

Ihre Tochter wohnte seit acht Jahren in Bremen. Seitdem kam sie nicht mehr sehr oft zu ihnen. Der Besuch war bereits eine Weile geplant und alle freuten sich auf das Wiedersehen.

„Ich verspreche, pünktlich wieder hier zu sein ... nun erzähl mir bitte, was du weißt! Du hast mich lange genug auf die Folter gespannt."

„Hinnerks Segelboot liegt im Hafen von Büsum. Juliane hat am Mittwoch erzählt, dass er dieses Wochenende dort sein wird, um Reparaturen vorzunehmen. Eine gute Gelegenheit, oder? Juliane begleitet ihn vielleicht, das stand noch nicht fest, als sie es mir erzählt hat. Die Chancen stehen gut, die beiden dort anzutreffen. Dann kannst du umfassend ermitteln", fügte sie amüsiert hinzu.

Torge war sofort begeistert. Das war eine Information, über die die Kommissarin ganz bestimmt nicht verfügte. Mit etwas Glück war Hinnerks Handy ausgeschaltet, weil er ungestört sein Boot reparieren wollte. Das würde ihm wieder einen Vorsprung verschaffen. Unter der Voraussetzung etwas Wichtiges herauszubekommen, konnte er bei Knud und der Wiesinger punkten. Wenn ihm das weiteren Respekt verschaffte, blieb er Teil der Ermittlung.

Nun war es mit seiner Ruhe vorbei. Er schob den Teller beiseite, obwohl er nicht ganz leer gegessen war. „Kennst du den Namen von der Segelyacht? Ist es überhaupt eine Yacht oder nur ein kleines Boot?"

„Das weiß ich nicht." Annegret zuckte mit den Schultern.

Torge nickte ergeben. „Ja, Frauen und Segelboote. Da treffen zwei Welten aufeinander. Kein Problem, ich finde es schon heraus. Der Hafenmeister wird ja auch dort sein. Der kann mir bestimmt weiterhelfen."

Er nahm einen großen Schluck Kaffee.

„Ich danke dir für das Frühstück, min seute Deern. Nun muss ich aber los, damit ich pünktlich zum Kaffee zurück bin."

„Ist schon klar. Bring doch Krabben aus Büsum mit, wenn die Kutter in den Hafen kommen. Mindestens ein Kilo. Die Kinder freuen sich bestimmt, wenn sie pulen dürfen."

„Mach ich." Torge stellte sein Geschirr auf die Spüle. Den Rest überließ er seiner Frau. Noch einmal küsste er sie an diesem Morgen, dann war er aus der Tür.

Charlie in Westerhever

Sonntag, den 03. September

Auf dem Weg zurück zu ihrem Bungalow merkte Charlie, wie durchgefroren sie war, weil sie den Wind unterschätzt hatte. Fröstelnd freute sie sich auf eine heiße Dusche. Bei ihrem Domizil angekommen staunte sie nicht schlecht, als sie von ihrem neuen Kollegen empfangen wurde. „Guten Morgen Petersen, was machen Sie denn hier? Sind wir nicht erst in einer Stunde im Foyer verabredet?"

„Moin Kommissarin Wiesinger. Ich wollte mal gucken, ob Sie schon fertig sind. Ich habe den Durchsuchungsbeschluss angefordert ... also, ich möchte einfach loslegen. Ich habe keine Ruhe mehr."

„Warten Sie im Restaurant der Ferienanlage auf mich. Ich will eben duschen, dann komme ich zu Ihnen. Der Beschluss ist jetzt zweitrangig. Wir müssen so schnell wie möglich mehr Informationen über Michael Schwertfeger zusammentragen.

Schreiben Sie schon einmal alles auf, was Sie über ihn wissen. Nach dem Frühstück fahren wir nach Westerhever. Wann kommen die Mitarbeiter der Schutzstation zur Arbeit?"

„Der Beschluss ist zweitrangig?" Der neue Kollege schien über die Aussage etwas konsterniert zu sein.

Charlie hoffte, er würde jetzt nicht lang und breit darüber lamentieren, wie viel Arbeit ihn das gekostet hatte. Ihre Befürchtungen erwiesen sich jedoch als unbegründet. Petersen schluckte jede wie auch immer geartete Bemerkung herunter, indem er ihre Frage beantwortete.

„Thomas Hentschel und Katharina Schumacher sind auf Exkursion gewesen. Nachdem sie gestern die Nachricht erhalten haben, sind sie sofort zurückgekehrt. Ab sieben werden sie in der Station sein, um mit uns zu sprechen."

„Fabelhaft. Ich brauche nicht lange."

Als Charlie eine Viertelstunde später das Restaurant der Ferienanlage betrat, wurde sie von den Düften des Kaffees sowie der Backspezialitäten auf dem überreichlichen Buffet eingenommen. Das war ein Start in den Tag, an den sie sich gewöhnen konnte. Sie bestellte bei der Kellnerin eine große Tasse Milchcafé. Danach nahm sie die verschiedenen Köstlichkeiten in Augenschein. Gesund und nahrhaft oder süß, sündig und lecker? Sie entschied sich mit einem leicht schlechten Gewissen für ein Croissant mit zwei verschiedenen Marmeladen. Für das bessere Gefühl verzichtete sie auf zusätzliche Butter. Außerdem nahm sie sich noch einen Apfel dazu.

Schnell hatte sie Knud an einem Tisch am Fenster entdeckt. Vor ihm stand lediglich eine Tasse mit einem Rest Tee. Er war in seine Notizen vertieft.

„Moin Petersen, Sie sind ja richtig fleißig." Sie deutete auf mehrere vollgeschriebene Seiten.

„Und Sie scheinen anzukommen. Unser Moin haben Sie bereits in Ihren Wortschatz aufgenommen."

„Man tut, was man kann. Wollen Sie gar nichts essen?"

„Ich habe schon gefrühstückt", entgegnete er knapp. „Aber lassen Sie es sich schmecken. Ich berichte Ihnen derweil, was mir eingefallen ist und was ich inzwischen herausbekommen habe."

„Herausbekommen?" Charlie hatte in ihr Hörnchen gebissen, ein paar Krümel flogen über den Tisch. „Oh, Entschuldigung."

„Kein Problem", griente er. „Ja, ich habe überprüft, wer für die Einstellung von Schwertfeger verantwortlich war. Die Schutzstation gehört zu einem Verein mit Sitz in Husum. Der Vorsitzende, der sich auch um Personalfragen kümmert, heißt Hinnerk Liesenfeld. Ich dachte mir, er müsste schließlich etwas über den Werdegang seines Mitarbeiters wissen."

Charlie nickte anerkennend. „Gute Arbeit, Petersen. Wir versuchen ihn zu erreichen, wenn wir das Gespräch in Westerhever geführt haben. Immerhin ist ja heute Sonntag."

Die Fahrt nach Westerhever verbrachten sie schweigend. Petersen saß hinterm Steuer, was Charlie Gelegenheit gab, ihre volle Aufmerksamkeit der Landschaft zu widmen.

Niemals zuvor war ihr solch plattes Land begegnet. Faszinierend! Obwohl es sich quasi vor ihrer Haustür befand, hatte sie den Weg hierher bislang nicht gefunden. Sie fuhren an vereinzelten Häusern vorbei, viele mit Reet gedeckt, die Ruhe sowie Gemütlichkeit ausstrahlten - etwas, was Charlie in ihrem Leben vermisste. Bisher war es ihr gar nicht bewusst gewesen, aber jetzt traf es sie unvermittelt. Still dankte sie dem neuen Kollegen, dass er sie in diesem Moment mit einem Gespräch verschonte.

Lebten Familien hinter diesen Mauern? Oder einfach glückliche Paare? Gab es das noch? Harmonisches Miteinander, sich auf den Partner verlassen können, daneben trotzdem für die Karriere leben oder sich selbst verwirklichen? Obwohl die Trennung von Andreas nun etliche Wochen zurücklag, wurde sie von einer Sehnsucht erfasst, die ihr die Tränen in die Augen trieb.

Am liebsten hätte Charlie sich geohrfeigt, um die sentimentalen Überlegungen zu vertreiben. Sie wandte den Blick von dem Haus ab, um sich auf die Schafe zu konzentrieren, die auf der anderen Seite der Straße die Wiese bevölkerten. Es schien, als blickten sie neugierig in ihre Richtung. Einige sprangen erschrocken beiseite, als das Auto nah an ihnen vorbeifuhr.

Als sie die Schutzstation erreichten, waren die trüben Gedanken überwunden. Charlie fühlte sich bereit für die Befragung. Sie war gespannt auf die beiden Mitarbeiter, die Atmosphäre, die zwischen ihnen herrschte und was sie dort über Michael Schwertfeger herausbekamen.

Als sie die Räumlichkeiten betraten, wurden sie mit Kaffeeduft und einer herzlichen Begrüßung von Katharina Schumacher empfangen. Neben einer deutlichen Traurigkeit wirkte sie dennoch gefasst. Ihre braunen Haare trug sie modisch kurz geschnitten. Sie war etwas größer als Charlie - nicht weiter ungewöhnlich - ihre Figur war rundlich. Die Kommissarin schätzte sie auf Mitte vierzig und fand sie auf Anhieb sympathisch. Sie hatte etwas Mütterliches an sich, ohne dabei altbacken zu wirken.

„Kommen Sie herein. Ich habe uns Kaffee bereitet. Am liebsten würden wir ihn als Pharisäer trinken, so geschockt sind wir. Aber Rum am frühen Morgen ist vielleicht nicht die beste Idee. Außerdem dürfen Sie so etwas im Dienst ja bestimmt auch nicht, oder? Ich bin so fassungslos! Michael war ein wirklich guter Mensch. Einer, der Tiere und die Natur liebte. Tut mir leid, ich rede immer zu viel, wenn ich neben mir stehe. Und weil wir ausgerechnet in dieser Nacht auf Exkursion waren. Unfassbar! Nicht, dass wir es hätten verhindern können, aber es fühlt sich nicht richtig an."

„Frau Schumacher ...", unternahm Charlie einen Versuch, den Redeschwall der Frau zu stoppen.

„Ja, Sie haben bestimmt viele Fragen. Nehmen Sie Platz. Ich hole uns eben den Kaffee. Trinken Sie ihn mit Milch und Zucker? Oder wollen Sie Süßstoff?"

„Frau Schuhmacher, beruhigen Sie sich. Stellen Sie einfach alles auf den Tisch. Wo ist eigentlich Ihr Kollege?"

„Er ist nebenan in seinem Büro. Er führt gerade noch ein Telefonat. Im Anschluss wird er zu uns kommen."

Sobald sie konkrete Fragen gestellt bekam, war Katharina Schumacher nicht nur konzentriert, sondern auch sachlich. „Nehmen Sie Platz", wiederholte sie. „Ich hole nur den Kaffee."

Einen Moment später erschien sie mit einem Tablett, auf dem eine Thermoskanne und vier Becher mit nordischen Motiven standen.

„Vielen Dank. Setzen Sie sich bitte. Wir können den Schock nachempfinden, unter dem Sie stehen. Fangen wir doch einfach mit Ihrer gemeinsamen Arbeit hier an. Was genau ist das Aufgabengebiet der Schutzstation Wattenmeer?"

Die Ablenkung tat ihrer Gesprächspartnerin gut. Das war deutlich sichtbar.

„Die Stiftung wurde gegründet, um das Weltnaturerbe Wattenmeer langfristig zu erhalten. Sie unterstützt die Arbeit der Naturschutzgesellschaft Schutzstation Wattenmeer. Daneben fördert sie verschiedene Projekte des Vereins im Natur- sowie Umweltschutz. Das klingt jetzt wie aus einem Flyer zitiert, oder? Tatsächlich erkläre ich das häufig, da schleifen sich gewisse Formulierungen ein", entschuldigte sich Katharina

Schumacher leicht errötend, bevor sie ihre Erklärungen fortsetzte: „Neben Artenschutzprojekten gibt es den Bereich, in dem wir ein Bewusstsein für die Natur schaffen und die Menschen motivieren, aktiv mitzuarbeiten. Das fängt schon bei den ganz Kleinen an, indem wir in die Schulen gehen. Den Kindern wird dabei der Lebensraum Wattenmeer nahegebracht."

Nachdem sie sich mittels der vertrauten Ausführungen einigermaßen entspannt hatte, kam Charlie auf das Hauptanliegen ihres Besuches zurück.

„Wir brauchen so schnell wie möglich mehr Informationen über Michael Schwertfeger, um dem Mörder auf die Spur zu kommen. Bisher ist noch kein Motiv zu erkennen."

Charlie beobachtete Frau Schumacher genau, die sofort wieder nervös eine Serviette zerknüllte.

„Ich weiß nicht, was ich Ihnen dazu sagen soll. Ich zog zur gleichen Zeit wie Michael nach St. Peter – im letzten September. Mein Mann bekam die Oberarztstelle in der Klinik in Heide angeboten, mit sehr guten Konditionen. Da konnten wir nicht *Nein* sagen. Ich wollte schon immer gern hier im Norden am Meer wohnen und arbeiten, es passte einfach alles. Als dann hier die Assistentenstelle ausgeschrieben wurde, habe ich mich sofort beworben und schließlich im Oktober des letzten Jahres angefangen. Michael war ein großartiger Chef."

So langsam konnte Charlie es nicht mehr hören. Der total perfekte Mann, der Tiere und Natur liebte. Ein toller Chef. Der aber trotzdem irgendjemandem im Weg gewesen war. Irgendwer hatte ihn genug gehasst, um ihn brutal zu ermorden. Nun lag er in Husum mit eingeschlagenem Schädel in der Rechtsmedizin in einem Kühlfach – auch wenn es niemand verstand. Umso mehr reizte es Charlie, dieses Rätsel zu lösen. Welches Geheimnis barg Schwertfeger?

Oder handelte es sich um eine Zufallstat? Eine Verwechslung? Natürlich war das eine Möglichkeit - nachts im Dunkeln im Watt, aber die Hamburgerin glaubte nicht daran. Es gab überhaupt keine Anhaltspunkte, kein Motiv, keine Spur. Nichts!

Trotzdem war Charlie davon überzeugt, dass der Mörder sich weder geirrt noch wahllos getötet hatte. Während sie Petersen einen Blick zuwarf, versuchte sie zu ergründen, ob er sich eine Meinung gebildet hatte, aber er rührte lediglich gedankenverloren in seinem Kaffeebecher herum.

Mit dem Versuch, ihr ein Lächeln zu schenken, konzentrierte sie sich wieder auf Katharina Schumacher.

„Ja, wir haben bereits gehört, wie beliebt er war. Gab es eine Frau in seinem Leben?"

„Eine Frau?" Die Frage schien sie zu überraschen. „Oh! Nein, ich glaube nicht. Na ja, im Grunde genommen kann ich dazu nichts sagen. Ich mache immer pünktlich um fünfzehn Uhr Feierabend. Meine Mädchen sind schon recht unabhängig, aber ganz ohne ihre Mutter kommen sie noch nicht aus. Sie sind sechzehn ... Zwillinge. Was ich sagen wollte: Ich habe nicht mitbekommen, wie Michael seine Freizeit gestaltete. Und er war nicht besonders gesprächig, wenn es um Privates ging."

Auch das hatte Charlie bereits gehört. Wusste niemand etwas über diesen Mann? Sie versuchte es anders. „Okay. Wenn Sie beide zur gleichen Zeit hier angefangen haben, gab es doch sicherlich einmal einen Austausch darüber, woher sie beide kamen."

Katharina strich die Serviette auf dem Tisch glatt. Nickend entspannte sie sich wieder. Es schien sie zu erleichtern, wenn sie etwas beitragen konnte. „Michael hat vorher in Cuxhaven gearbeitet."

„Gut! Wissen Sie, wo genau und wie lange?", hakte die Kommissarin nach.

Katharina schüttelte den Kopf.

„Er war dort im Forschungszentrum Wattenmeer in einer ähnlichen Position wie ich hier." Thomas Hentschel hatte den Raum unbemerkt betreten und beantwortete nun die Frage, bei der Katharina passen musste.

Charlie fragte sich, wie lange er das Gespräch bereits verfolgte. Gleichzeitig musterte sie ihn. Groß, schlank und breitschultrig stand er ruhig da, den Blickkontakt der Kommissarin erwidernd. Mit seinen dunklen Augen fixierte er Charlie. Gleichzeitig lag etwas Grimmiges darin. Er wirkte nicht nur intelligent, sondern recht arrogant. Die blasse Haut passte weder zu den schwarzen Haaren noch zu ihrer Vorstellung von seinem Job. Verbrachte er nicht einen Großteil seiner Zeit draußen?

Während sie ihn einzuschätzen versuchte, wandte er sich an den ortsansässigen Polizisten: „Hey Knud, hast du Verstärkung bekommen? Netter Anblick, deine neue Kollegin."

Charlie warf ihm einen giftigen Blick zu, aber er nahm sie gar nicht wahr. Gerade wollte sie ihn in seine Schranken weisen, da ergriff der Angesprochene zum ersten Mal seit ihrem Eintreffen das Wort.

„Moin Thomas, schön, dass du die Zeit findest, dich zu uns zu gesellen. Darf ich dir Kommissarin Wiesinger aus Hamburg vorstellen? Sie leitet die Ermittlungen in diesem Fall."

„Na, großartig! Noch eine von außerhalb, die glaubt, es besser zu können." Hentschel gab sich keine Mühe seine Ablehnung zu verbergen. Sein Blick wurde noch grimmiger. Charlie spürte deutlich die Überheblichkeit. Nach der ersten wütenden Anwandlung fragte sie sich, woher diese Haltung rührte. Einfach ein Macho oder Fremdenhasser? Vermutlich steckte mehr dahinter. Schwertfeger war von außerhalb gekommen. Hatte er Hentschel den Job weggeschnappt?

„Guten Tag!" Bewusst verzichtete sie auf das übliche Moin. „Thomas Hentschel nehme ich an. Setzen Sie sich bitte zu uns. Wir haben einige Fragen."

„Aha! Ja, sehr scharfsinnig! Klingt wie ein Verhör!"

Am liebsten hätte sie ihn angeschrien. Was für ein arrogantes Arschloch! Wieder sprang Knud in die Bresche, was Charlies Respekt weiter steigen ließ.

„Ruhig Blut, Thomas. Es geht hier um Michael ..."

„Ja, klar. Es ging ja immer um Michael. Seit er hier quasi aus dem Nichts aufgetaucht ist, stand er im Mittelpunkt des Interesses."

„Thomas, er ist tot! Wir sind hier, um eure Unterstützung zu bekommen. Es gibt keine Spur, keinen Verdächtigen, nicht einmal ein Motiv. Wir wollen doch nur mit euch schnacken."

Nun kassierte Petersen einen bösen Blick.

„Du weißt genau, dass er mir den Job geklaut hat. Ich habe in dieser Station vierzehn Jahre geackert, während ich geduldig gewartet habe, bis Theisen in Rente geht. Ich war dran. Und dann kam Schwertfeger. Ich habe mich über ihn erkundigt. Sein Aufgabengebiet in Cuxhaven war bei Weitem nicht so umfassend wie meins. Außerdem hat es unter seiner Führung dort einen Unfall im Watt gegeben. Ein kleines Mädchen wäre beinahe ertrunken."

Charlies Gedanken schweiften gerade ab. Sie vermutete, sein Lamentieren würde noch eine Weile dauern. Bei der Erwähnung des Kindes war sie unmittelbar wieder bei der Sache.

„Woher wissen Sie das?", fragte sie in scharfem Ton.

„Internet", war seine kurz angebundene Antwort.

Es kostete die Kommissarin viel Kraft, nicht pampig zu werden. Also nickte sie nur. „Wissen Sie mehr darüber?"

„Ja, allerdings. Auf einer Wattwanderung nach Neuwerk beziehungsweise auf dem Rückweg von der Insel war die Gruppe etwas spät dran. Einige Teilnehmer machten schlapp und fielen zurück. Das Wasser lief auf. Einen Moment lang achtete niemand auf das Mädchen, das in einen Priel fiel. Als sie anfing zu schreien, brach Panik aus. Statt sie gemeinsam wieder herauszuholen, passierte eine Weile lang nichts. So jedenfalls die Geschichte, die erzählt wird. Schwertfeger trug die Verantwortung, er hatte die Gruppe nicht zusammengehalten. Im Grunde wäre es besser gewesen, einige davon gar nicht mitzunehmen. Auch das Mädchen hätte den Ausflug lieber mit der Kutsche als zu Fuß machen sollen. Angeblich wurde sie in letzter Minute gerettet. Weil Schwertfeger sich nicht integriert hatte, wurde er massiv angegriffen, in Folge sogar gemobbt. Die Konsequenzen ziehend kündigte er fristlos."

„Dann kam er hierher?"

„Nicht sofort. Er tauchte ein Jahr ab und dann hier auf – pünktlich als die Stelle des Leiters frei wurde." Hentschel versuchte nicht einmal, seinen Frust zu verbergen.

„Haben Sie je mit ihm darüber gesprochen?"

„Glauben Sie das wirklich? Michael Schwertfeger war verschlossen. Er hat nur sich selbst vertraut. Unser Verhältnis war vom ersten Tag an angespannt."

Das glaubte Charlie ihm aufs Wort. Bei Hentschel war glatt ein Motiv zu vermuten.

„Okay, das sind wertvolle Informationen. Ich würde jetzt gerne Genaueres über Ihre Exkursion wissen, auf der Sie die letzten Tage waren."

„Wir stehen unter Verdacht? Das können Sie vergessen, Frau Kommissarin." Hentschel starrte sie feindselig an.

Sie ignorierte seine Bemerkung und wurde konkreter: „Wie lange dauerte Ihre Abwesenheit von der Schutzstation?"

Als Hentschel nicht direkt antwortete, meldete sich Katharina Schumacher wieder zu Wort: „Wir waren zusammen mit den Sylter Kollegen auf einem Forschungsschiff unterwegs. Es wurden Messwerte aufgenommen, die wir im Anschluss direkt auswerteten. Wir sind Freitagmorgen aufgebrochen. Eigentlich wären wir bis heute Mittag an Bord gewesen. Als wir informiert wurden, was geschehen ist, haben wir uns abholen lassen."

„Wurde diese Fahrt im Vorwege irgendwo veröffentlicht? Auf Ihrer Website in einem Blog, oder so?", fragte Charlie weiter.

„Nein."

„Und gab es solche Exkursionen häufig?"

„Nicht regelmäßig. Sechs oder sieben Mal im Jahr vielleicht", gab Katharina Schumacher bereitwillig Auskunft.

„Ist Michael Schwertfeger häufig allein nachts ins Watt gelaufen?"

„Er war ein Einzelgänger. So genau kann ich Ihnen das nicht sagen, aber ich nehme es an."

„Wissen Sie mehr darüber, Herr Hentschel?", bezog Charlie ihn wieder in das Gespräch mit ein, während Petersen sich zurückhielt und ihr die Führung überließ.

„Er war häufig nachts allein im Watt unterwegs. Es gab morgens oft Proben, die abends noch nicht da waren."

„Wie lange arbeiten Sie normalerweise?"

„Ich fange in der Regel morgens um acht an. Nicht selten wird es achtzehn oder neunzehn Uhr. Da ich meinen Job liebe, bin ich engagiert. Ich hätte den Leitungsposten verdient." Offensichtlich nagte es sehr an ihm, dass er übergangen worden war.

Charlie nickte. „Wir brauchen Ihre Adressen für unsere Akten."

„Knud weiß, wo ich wohne", tat Hentschel seine schlechte Laune weiter kund. Katharina Schumacher sprang ein: „Ich lebe mit meiner Familie in St. Peter-Böhl in einem Reetdachhaus. Es ist etwas abseits vom Touristentrubel gelegen."

„St. Peter-Böhl?", fragte die Kommissarin irritiert.

„St. Peter besteht aus mehreren Teilen", erklärte Petersen bereitwillig. „Ording ist der Bereich mit dem langen und breiten Strand, er zieht sich hin bis Bad. Es gibt dann noch die Ortsteile Dorf sowie Böhl. Ich zeig´s Ihnen nachher auf einer Karte."

„Okay, danke. Und Sie?", wandte sie sich wieder an Hentschel. „Wo wohnen Sie?"

„Ich habe ein Haus in Osterhever."

„Sind Sie verheiratet?"

„Ich weiß zwar nicht, was das mit der Mordermittlung zu tun hat, aber nein, Frau Kommissarin, ich bin geschieden. Seit vier Jahren. Nach meiner Scheidung habe ich mir das Haus gekauft und lebe dort seitdem. Allein. Ich habe keine Beziehung, weil ich in meiner Arbeit aufgehe. War´s das jetzt?"

Charlie blieb ruhig, obwohl sein Verhalten sie provozierte. „Ja, das war es fürs Erste. Wenn Ihnen noch etwas einfällt, melden Sie sich bitte bei uns." Sie schob Katharina eine Visitenkarte über den Tisch. „Hier ist meine Handynummer." Sie nickte Petersen zu, beide standen auf und verließen gemeinsam die Schutzstation. Erst als sie im Wagen saßen, nahm Charlie das Gespräch wieder auf.

„Was ist denn mit Hentschel los? Ist der immer so schlecht gelaunt?"

„Früher war er anders. Seine Ex hat ihm Hörner aufgesetzt, wie man so schön sagt. Er hat auch damals schon viel gearbeitet, ist ein ehrgeiziger Typ. Vermutlich vernachlässigt, fing sie eine Affäre an. Schließlich ist sie mit ihrem Liebhaber durchgebrannt. Als er eines Tages nach Hause kam, waren ihre Sachen aus dem gemeinsamen Haus verschwunden. Angeblich dazu noch einiges, was ihm gehörte. Na ja, Gerüchte. Im Winter ist es hier manchmal ziemlich eintönig. Da entsteht das eine oder andere Seemannsgarn. Auf jeden Fall hat er sich noch tiefer in die Arbeit gestürzt. Wie Sie gehört haben, rechnete er fest mit dem Leitungsposten. Die Pensionierung des alten Theisen stand ja bevor und niemand hätte es für möglich gehalten, dass die Stelle mit einem von außerhalb besetzt würde. Das hat ihm dann den Rest der Laune verhagelt."

„Was steckt dahinter? Warum wird die Stelle an jemanden vergeben, der vorbelastet von auswärts kommt, wenn es einen geeigneten Kandidaten vor Ort gibt?"

„Finden wir heraus", gab sich ihr Kollege nordisch pragmatisch. „Ich versuche einmal, Hinnerk Liesenfeld zu erreichen. Seine Mobilnummer habe ich nicht gefunden, aber Büro sowie privat im Festnetz. Mal schauen, ob er ans Telefon geht. Wahrscheinlich weiß er noch gar nichts von der Tragödie."

Petersen wählte zweimal. Bei beiden Anschlüssen schalteten sich die Anrufbeantworter ein. Er hinterließ Nachrichten mit der Bitte um Rückruf.

„Was nun?", fragte er die neue Kollegin.

„Fahren wir in Ihr Büro, um dort zu versuchen, etwas über Schwertfegers Zeit in Cuxhaven herauszubekommen. Mit wem hat er dort zusammengearbeitet und für was war er verantwortlich – sowohl beruflich als auch, was den Unfall angeht? Dann sehen wir weiter. Außerdem müssen wir nach Husum zu dem Rechtsmediziner – wie war noch sein Name?"

„Ansgar Johannsen."

„Richtig. Aber erfahrungsgemäß braucht er für endgültige Ergebnisse etwas mehr Zeit. Lassen Sie uns vorher recherchieren."

Nickend ließ Petersen den Motor an.

Rita in Köln

Sonntag, den 03. September

Seit Rita im August eine Woche an der Nordsee verbracht hatte, war sie ein echter Fan des Nordens. Aus diesem Grund schaute sie sich gerne alle möglichen Sendungen auf *N3* an. Wie sehr es sich einmal auszahlen würde, jede Woche das Kreuzworträtsel in der Zeitschrift *Die patente Hausfrau* zu lösen und das Ergebnis einzuschicken, freute sie immer noch. So oft hatte ihr Mann Rudi über das angeblich hinausgeworfene Geld für das Abonnement gemeckert. Ihr Rätseln bezeichnete er als sinnlose Beschäftigung. Zwanzig Jahre lang schickte sie jede Woche brav ihre Postkarte an die Redaktion. Dabei gab es lediglich überschaubare Gewinne: Ein Waffeleisen, ein Theaterbesuch sowie eine Kamera mit Stativ waren die Highlights. Seit sie Rudi mit der Fotoausrüstung beglückt hatte, brauchte sie sich allerdings kaum noch Gemurre über ihr harmloses Hobby anhören.

Als sie im Mai die Augustwoche in der Ferienanlage *Weiße Düne* in St. Peter-Ording gewonnen hatte, konnte sie es erst gar nicht glauben. Mitten im Sommer in der zweiten Reihe zum Wasser. Seit Jahren waren sie nicht in den Urlaub gefahren. Jedenfalls nicht so richtig. Ihre Tante Herta überließ ihnen ab und zu ihren Wohnwagen. Doch der stand fest an einem Baggersee in fünfzig Kilometer Entfernung. Weder gab es eine Anhängerkupplung an ihrem kleinen Auto, noch war es seitens der strengen Herta erwünscht, damit durch die Landschaft zu kutschieren.

Wirklich Urlaub war das nicht.

Schon lange träumte Rita von Ferien am Meer. Am liebsten wäre sie einmal auf die Kanarischen Inseln geflogen, aber dafür reichte das Geld einfach nie. Umso größer war ihre Freude, als sie die Gewinnbenachrichtigung erhielt: Eine Woche im August in einem schicken Bungalow mit Halbpension, Kutschfahrt durchs Watt und einer Hot-Stone-Massage, worunter sie sich nichts hatte vorstellen können. Aber es klang besonders.

Als sie den Bungalow nach ihrer Anreise zum ersten Mal sah, fühlte sie sich wie eine Königin. Wohn- und Schlafzimmer, eine offene Küche sowie ein Bad mit Wanne. Den Kamin befeuerte sie sogar im August, Rudi musste ihr mehrmals Holz organisieren. Zweimal täglich gab es gefühlt kilometerlange Buffets mit Köstlichkeiten, von denen Rita nicht einmal zu träumen gewagt hatte. Das würde sie auf der Waage merken, dessen war sie sicher, aber diese eine Woche genoss sie einfach in vollen Zügen.

Es war ein wundervoller Urlaub. Sie war so fasziniert von Ebbe und Flut. Insgeheim hatte sie vorher gedacht, es sei ein Märchen, dass das Wasser den Boden des Meeres freilegen würde. Aber man konnte tatsächlich stundenlang darauf wandern. Sie sammelte Muscheln, ohne zu wissen, was sie damit anfangen sollte. Besonders faszinierte sie, wie die Wattwürmer diese kleinen gedrehten Hügel produzierten. Das Wasser war zum Baden ein wenig kalt, aber sie fühlte sich trotzdem seit dieser Zeit mit St. Peter-Ording verbunden.

Umso entsetzter sah sie in einer Regionalsendung im Dritten, dass es genau dort bei der Ferienanlage einen Mord gegeben hatte. Ein Einheimischer war nachts im Watt erschlagen worden. Aufgeregt rief sie nach ihrem Mann: „Rudi, komm schnell! In unserem Feriendorf an der Nordsee hat es einen Mord gegeben. Komm her und schau dir das an! Rudi, nun beeil dich – gleich ist es vorbei!"

„Wat brüllste denn hier 'rum?" Rudi erschien in der Tür.

„Schau doch ... an der Nordsee, wo wir waren ... im Sommer. Da ist ein Mord passiert." Vor Aufregung konnte Rita kaum noch ganze Sätze formulieren.

„Schschsch." Rudi starrte gebannt auf den Bildschirm.

„Das ist ja genau dort, wo wir waren ..."

„Sag ich doch."

„Schsch."

Das Bild der Ferienanlage mit der Nordsee im Hintergrund verschwand und der Reporter erschien wieder auf der Mattscheibe. „Der Mord geschah also in der Nacht von Freitag auf Samstag", wiederholte er. „Bei dem Toten handelt es sich um Michael Schwertfeger, den Leiter der Schutzstation Wattenmeer, der außerdem mit den Gästen der Ferienanlage *Weiße Düne* Wanderungen durch das Watt unternahm. Als er allerdings in der besagten Nacht unterwegs war, ging er vermutlich allein. Bisher gibt es noch keine Stellungnahme von der Polizei. Ich habe allerdings mit dem Mann gesprochen, der Samstagvormittag den Toten am Strand gefunden hat."

Die Kamera machte einen Schwenk und Torge Trulsen kam ins Bild.

Rita stieß einen spitzen Schrei aus. „Schau doch, Rudi! Das ist der nette Hausmeister! Erinnerst du dich? Er hat mir mit dem klemmenden Kofferschloss geholfen, weswegen das verdammte Ding nicht aufgehen wollte."

Als sie einen Blick auf ihren Mann warf, sah sie, wie blass er geworden war.

Torge in Büsum

Sonntag, den 03. September

Als Torge Büsum erreichte, wurde ihm schnell klar, warum er schon ewig nicht mehr dort gewesen war. Es war einfach unglaublich hässlich. Angefangen mit dem Hochhaus, das nicht in die Landschaft passte, über die Deichpromenaden sowie dem fehlenden Strand. Büsum war einfach nicht charmant. Der Hafenbereich wurde dominiert durch den Museumshafen, der ihm am besten gefiel. Zumindest die alten Holzsegler hatten es ihm angetan. Beim *Blanken Hans*, der in Form einer Welle gebauten sogenannten Sturmflutwelt, die die Touristen über die Wetterphänomene der Region informierte, tummelten sich etliche Urlauber. Das Wetter war zwar wesentlich besser als die letzten zwei Wochen, in denen es fast nur geregnet hatte, aber richtig warm war es nicht. Nachdem Torge seinen alten Kombi direkt beim Hafenmeister geparkt hatte, warf er erst einmal einen Blick in das Büro. In dem überschaubaren Hafen gab es keine modernen Yachten. Lediglich alte Segelschiffe dümpelten hier fest vertäut. Die Krabbenkutter waren noch nicht von den Fangtouren zurück. Torge schlenderte durch den Museumshafen. Besaß Hinnerk so ein altes Holzboot? Die Kosten dafür waren sicherlich enorm. Und warum lag es nicht in Husum, wo er wohnte? Das wäre doch wesentlich praktischer. Hatte er Annegret etwa falsch verstanden? Er griff in seine Hosentasche, um sie schnell anzurufen und nachzufragen. So ein Mist! Der Akku war leer. Bevor er sich richtig ärgern konnte, klopfte ihm jemand kräftig auf die Schulter.

„Mensch, Torge, was führt dich denn nach Büsum? Dich habe ich ja schon ewig nicht gesehen!"

Der Angesprochene drehte sich um und freute sich, als er das bärtige Gesicht des alten Hafenmeisters sah. Wie immer trug er eine Kapitänsmütze, unter der seine grauen Locken hervorquollen. Die altmodische Brille war genauso wenig wegzudenken, wie die Pfeife, ohne die er Sören Brodersen noch nie angetroffen hatte.

„Sören, du alter Haudegen. Sag bloß, der Hafen ist immer noch dein Revier. Du wolltest doch schon vor fünf Jahren in Rente gehen!"

„Um tagein, tagaus auf meiner Terrasse oder schlimmer vor der Glotze zu sitzen, während ich warte, bis es vorbei ist? Nee, nee ... ich bleib schön hier im Hafen, dann habe ich immer was um die Ohren. Und du? Komm, wir gehen in min Büro, dann vertellst du mir, was dich nach Büsum führt. Hab´n scheun Köm im Eisfach."

Widerspruch war zwecklos, ein Klarer mit Sören war Pflicht, Auto hin oder her. Also folgte er ihm zu seiner Schreibstube, die genauso altmodisch und gleichzeitig gemütlich war, wie der alte Seebär selbst. Vielleicht wusste er ja auch irgendwas über Michael.

Sören schenkte großzügig ein. „Nich lang schnacken, Kopp in Nacken."

Die Männer kippten den Schnaps in einem Zug herunter.

„Also, was gib´s Neues? Du bist doch sicher nicht zum Spazieren hier!", wollte Sören nun wissen.

„Michael Schwertfeger wurde in der Nacht von Freitag auf Samstag ermordet." Die fassungslose Miene seines Gegenübers erübrigte die Frage, ob er davon schon gehört hatte. „Ermordet?"

„Ja, im Watt erschlagen."

„Das kann doch nicht wahr sein !" Der alte Hafenmeister schüttelte den Kopf. „Trifft nicht immer die Richtigen." Geistesabwesend schenkte er sich einen weiteren Köm ein. Torge drehte sein Glas um. Der Alte trank den zweiten Schnaps in einem Zug. „Und was willst du dann hier in Büsum?"

„Annegret meinte, dass Hinnerk Liesenfeld hier sein Boot liegen hat. Nach ihrer Kenntnis nimmt er dieses Wochenende Reparaturen vor. Ich hoffe auf mehr Infos, wo Michael herkam und so, um Knud zu unterstützen."

Sören nickte. „Hinnerk ist hier. Das Boot gehört dem Verein, aber er kümmert sich darum. Es liegt am Ende des Hauptkais. Geh einfach hier rechts ´raus, dann das Hafenbecken bis ganz hinten."

Offensichtlich hatte die Neuigkeit ihm die Lust auf einen Schnack mit Torge verhagelt. Zum dritten Mal griff er nach der Flasche. „Wir sehen uns noch. Schau einfach herein, bevor du wieder fährst."

Torge verstand den Wink. Nickend verließ er das Hafenbüro. Schnell fand er das Holzboot des Vereins Wattenmeer. Schon aus einiger Entfernung war die Arbeit an Bord zu erkennen. Auf dem Deck standen mehrere Werkzeugkisten sowie eine mobile Werkbank. Vielleicht konnte er Hinnerk sogar behilflich sein. Das wäre eine gute Gelegenheit ins Gespräch zu kommen. Waren sie erst einmal am Schnacken, konnte Torge es in die gewünschte Richtung lenken. Das war doch ein guter Plan.

Beschwingt ging er die letzten Meter bis zu dem Boot, blieb dann jedoch etwas unschlüssig stehen. Er konnte ja nicht einfach an Bord gehen und zupacken. Noch während er den nächsten Schritt überlegte, wurde er zum zweiten Mal von hinten angesprochen.

„Wenn das nicht Torge Trulsen ist! Was machst du denn so alleine hier im alten Hafen von Büsum?"

Er drehte sich um. Die Stimme war ihm zu wenig vertraut, um sie wiederzuerkennen. Im Stillen dankte er Annegret für die Vorbereitung. „Juliane Liesenfeld! Wie lange haben wir uns nicht gesehen. Ich will Krabben kaufen", antwortete er geistesgegenwärtig. „Heute kommt Maria mit ihrer Familie aus Bremen, also wurde ich geschickt, um unsere nordische Köstlichkeit zu besorgen."

„Anne gibt sich immer so viel Mühe mit Kochen und Backen. Großartig wie sie alle verwöhnt", kommentierte Juliane seine Erklärung.

Torge nickte, obwohl er nur mit halbem Ohr zuhörte. Das war die Gelegenheit an Bord zu kommen. „Ja. Sie erzählte mir, Hinnerk würde hier auf dem Boot etwas reparieren. Die Krabbenkutter sind noch nicht zurück. Da dachte ich, dein Mann braucht vielleicht ein bisschen Hilfe."

„Wie lieb von dir! ... Hinnerk ... Hinnerk ...!" Ihr lautes Rufen, ließ Torge erschrocken zusammenfahren.

„Was gibt´s denn?" Ein grauer Haarschopf erschien aus der Luke. Sein sowohl verschwitztes als auch leicht Öl verschmiertes Gesicht sah nach Arbeit aus. „Ich kann jetzt nicht. Der Motor sträubt sich. Ich habe keine Ahnung, warum er nicht funktioniert, aber ich will das auf jeden Fall heute fertigbekommen."

„Vielleicht kann Torge dir helfen. Während er auf die Krabbenkutter wartet, will er sich nützlich machen."

„Torge ist hier?"

„Ja-aa", brüllte sie erneut in die Richtung ihres Mannes, bevor sie sich wieder zu dem unerwarteten Besuch umdrehte. „Geh einfach an Bord. Wie es aussieht, kann er deine Unterstützung gut gebrauchen."

Als der Motor eine Stunde später wieder lief, erfrischten sich die Männer an Deck mit einem kühlen Alsterwasser. Torge war froh über das mit Limo verdünnte Bier. So blieb er wenigstens fahrtüchtig. Beide schauten dem auflaufenden Wasser zu.

„So, nun vertell´ mal: Bist du nur wegen der Krabben hier oder gibt es noch etwas anderes?", fragte Hinnerk, ohne den Blick von der Nordsee zu wenden.

„Da ist noch was ... hast du schon von Michael Schwertfeger gehört?" Torge behagte es nicht besonders, die Todesnachricht zu überbringen. Ihm war nicht bekannt, wie nahe sich die Männer standen. Handelte es sich um eine reine Geschäftsbeziehung oder eine Freundschaft?

„Was ist mit Schwertfeger?"

Das klang nicht nach Freundschaft. Auch schien sich die Nachricht bisher nicht zu ihm herumgesprochen zu haben.

„Wir sind seit Freitagabend hier auf dem Boot. Da Juliane jetzt auf meine Work-Life-Balance achtet, war das Mobiltelefon die ganze Zeit ausgeschaltet", scherzte er. „Ist was passiert?"

„Kann man wohl sagen. Schwertfeger wurde Freitagnacht im Watt ermordet. Ich habe ihn Samstagvormittag am Strand vor der *Weißen Düne* mit eingeschlagenem Schädel gefunden.

Bisher hat die Polizei keine Spur. Eine Kommissarin aus Hamburg leitet die Ermittlungen."

Der blass gewordene Hinnerk Liesenfeld brachte kein Wort heraus.

„Ich würde gerne Knud unterstützen", setzte Torge seine Ausführungen fort. „Die Polizei versucht jetzt, mehr über Schwertfeger herauszufinden, weil es scheinbar kein Motiv gibt."

„Warte, jetzt brauche ich einen Klaren", fand der Vorgesetzte des Toten seine Sprache wieder. Schnaps schien hier in Büsum großzügig als Trostpflaster verwendet zu werden.

„Du trinkst doch einen mit, oder?"

„Nein, nein! Ich hatte schon einen mit Sören. Der war auch total schockiert, aber ich bin mit dem Auto da. Außerdem haben wir heute Familientreffen. Ich muss nachher mit meinen Enkelkindern Fußball spielen und Höhlen bauen."

Hinnerk nickte, schien jedoch nicht zuzuhören. Er verschwand unter Deck, um kurz darauf mit einer Buddel Köm sowie zwei Schnapsgläsern zu erscheinen. Nachdem er beide randvoll geschenkt hatte, kippte er, wie zuvor der Hafenmeister, den Inhalt eines Glases in einem Schluck herunter.

„Was wollt Ihr denn über Schwertfeger wissen?", fragte er. Dabei schien er es nicht im Mindesten merkwürdig zu finden, Torge an Knuds Stelle diese Fragen zu beantworten.

„Was hat er gemacht? Und wo kam er her? Er war ja sehr sparsam mit Informationen über sich selbst. Wir wissen nur von seiner vorherigen Stelle in Cuxhaven", antwortete Torge.

„Es gab mehrere Gründe, Michael Schwertfeger die Position zu übertragen." Hinnerk machte bereits nach dem ersten Satz eine Pause und starrte auf die See. Das auflaufende Wasser hatte das Hafenbecken gefüllt, die Schiffe schwammen wieder. Torge wartete geduldig, bis sein Gesprächspartner bereit war.

Die ersten Krabbenkutter tauchten auf, aber auf ein paar Minuten kam es nun nicht an.

„Ich kann es nicht glauben. - Schwertfeger brachte eine außerordentliche Qualifikation mit", setzte er seine Ausführung nach einer kurzen Pause fort. „Er hatte in Australien Meeresbiologie studiert und dort auch promoviert. Im Anschluss arbeitete er dort einige Jahre, wobei er Forschungen begann, die auch hier für uns sehr interessant sind. Kurz bevor er soweit war, sie zu veröffentlichen, erkrankte sein Vater schwer. Er brach die Studien ab, kehrte nach Deutschland zurück, um den Schwerpunkt auf die Unterstützung der Familie zu legen. Nach seiner Aussage entstanden einige Jahre, in denen sein Lebenslauf etwas lückenhaft wurde. Schließlich wollte er in Cuxhaven neu anfangen. Das gelang nicht, da er dort seine Arbeit nicht so fortsetzen konnte, wie es ihm bei der Einstellung versprochen wurde. Die Mittel wurden nicht in dem Umfang bewilligt, wie er sie benötigt hätte." Wieder legte Hinnerk eine Pause ein. „Dann kam es zu einem Vorfall im Watt, bei dem ein kleines Mädchen in einen Priel gefallen war. Es lief alles glimpflich ab, doch die Sache wurde aufgebauscht und Schwertfeger gemobbt. Er zog schnell die Konsequenzen. Nach mehreren schweren Jahren mit Schicksalsschlägen in der Familie wollte er an der Küste endgültig zur Ruhe kommen und seiner Forschung die Priorität geben. Deshalb kam er hier nach Westerhever." Erschöpft durch den Monolog nahm Hinnerk einen langen Zug aus seiner Flasche mit dem Alsterwasser. Nachdem er sie abgesetzt hatte, betrachtete er sie leicht angewidert. „Mal ehrlich, Torge. Das ist doch ein abscheuliches Gebräu, oder? Auch so eine Idee von Juliane", fügte er murmelnd hinzu. „Lieber würde ich noch einen Schnaps trinken, aber wir fahren nachher zurück, da muss ich mich leider zurückhalten." Torge hörte nur mit einem halben Ohr hin. Er freute sich über die umfangreichen Informationen.

Die meisten vermuteten wohl bei Micha einen hellen Kopf, doch dass er am anderen Ende der Welt studiert hatte und sogar ein Doktor war!

„Schwertfeger war einfach ein feiner Kerl. Intelligent, gebildet und trotzdem zurückhaltend sowie bescheiden. Er passte nicht nur gut in diese Landschaft, sondern auch zu unserem Verein. Seine Forschung war besonders und hätte uns ein hohes Ansehen gebracht. Deshalb habe ich ihn eingestellt, obwohl er von außerhalb kam."

Der erste Krabbenkutter erreichte den Hafen. Torge warf einen Blick auf die Uhr. Wenn er sich jetzt sputete, konnte er nach dem Krabbenkauf außerdem kurz bei der *Weißen Düne* vorbeifahren. Mit etwas Glück lief er sowohl Knud als auch der Kommissarin über den Weg. Er brannte darauf, seine Ermittlungsergebnisse zu teilen. Allein etwas herauszufinden war spannend, aber am liebsten wollte er Teil des Teams sein.

Doch es kam noch besser! Als er den Parkplatz des Feriendorfes erreichte, sah er bereits den Übertragungswagen des Norddeutschen Rundfunks. Er fragte sich, wie der Fall bis zur Presse durchgesickert war, aber irgendjemand quatschte eben immer. Vielleicht war das seine Chance. Wenn weder Knud noch die Kommissarin vor Ort waren, um ein Interview zu geben, dann war er zur Stelle, um das zu übernehmen. Immerhin hatte er nicht nur den Toten gefunden, sondern konnte außerdem spannende Hintergrunddetails liefern. Nachdem Torge sein Auto geparkt hatte, lief er beschwingt in den Eingangsbereich der Ferienanlage. Wie vermutet, traf er das Kamerateam dort an. Der Reporter, den er aus dem Fernsehen wiedererkannte, stand an der Rezeption und versuchte offensichtlich herauszubekommen, ob ein interessanter Interviewpartner anwesend war.

Die Mitarbeiterin hinter dem Tresen schüttelte den Kopf. Als der Haumeister näherkam, sagte sie gerade: „Nein, tut mir wirklich leid. Die Managerin Frau Lessing ist nicht im Haus. Sie hätten vorher anrufen sollen. Ich kann Ihnen nicht weiterhelfen." Ihr Blick fiel auf Torge. „Oh, da ist unser Facility Manager Torge, … äh, Herr Trulsen. Er hat den Toten am Strand gefunden. Vielleicht wollen sie mit ihm sprechen?" Ohne seine Antwort abzuwarten, wandte sie sich an den soeben Angekommenen: „Torge, das hier ist Herr Christiansen von *N3 von der Küste*. Er möchte ein Interview führen, aber es ist niemand hier. Weder die Kommissarin, noch Knud oder Frau Lessing. Würdest du das übernehmen?"

Nichts lieber als das!

Torge bemühte sich, nicht breit zu grinsen. Geflissentlich nickend reichte er dem Reporter die Hand. „Torge Trulsen. Ich habe den toten Michael Schwertfeger am Samstagvormittag gefunden und unterstütze die Ermittlungen der Polizei. Soll ich Ihnen die Stelle am Strand zeigen?"

Christiansen wirkte sichtlich erleichtert, nicht umsonst zu der Ferienanlage gefahren zu sein. Er gab seinem Team ein Zeichen.

„Moin Herr Trulsen. Schön, Sie hier zu treffen! Wenn Sie gerade Zeit haben, nehmen wir Ihr Angebot gerne an."

„Dann folgen Sie mir", erwiderte dieser knapp. Dabei überlegte er bereits, was er Christiansen alles erzählen sollte.

Das Wetter besserte sich zusehends. Nach den Wochen des Regens ließ sich die Sonne nun wieder blicken, außerdem war es ungewöhnlich windstill. Ideal für ein Interview am Strand! Der Reporter folgte Torge mit seinem Kamerateam durch die Ferienanlage in Richtung Wasser. Als sie den Holzsteg, der durch die mit Strandhafer bedeckten Dünen zum breiten Strand führte, erreichten, war die Flut auf ihrem Höchststand. Der Stab, den Knud und Torge als Markierung der Fundstelle in den Sand getrieben hatten, stand jetzt etwa zwei Meter im Wasser. Das rotweiße Band bewegte sich träge im leichten Luftzug.

Im Gänsemarsch erreichten die drei Männer, begleitet von einer Frau, das Ende des Bohlenweges. Torge führte sie zu der Fundstelle, der Kameramann packte seine Ausrüstung aus. Gerade als Torge sich fragte, welche Aufgabe die Frau wohl hatte, kam sie auf ihn zu.

„Für Filmaufnahmen werden unsere Interviewpartner immer ein bisschen gestylt. Ich würde Sie gerne kurz vorbereiten ..."

„Was? Sie wollen mich schminken und mir Haarspray in die Locken sprühen?", entrüstete sich der Hausmeister.

„Ja, so ungefähr."

„Kommt nicht in Frage!" Torge war entsetzt. „Ich mache mich doch nicht lächerlich. Nein, auf keinen Fall!"

„Das macht Sie nicht lächerlich, Herr ..."

„Trulsen."

„... Herr Trulsen. Sie sehen dann noch frischer aus." Die junge Maskenbildnerin war offensichtlich mit der Argumentation ein wenig überfordert. Vermutlich waren die meisten Menschen begeistert, wenn sie kostenlos präpariert wurden. Für Torge kam das nicht in Frage. Das würde bedeuten, im Anschluss geschminkt zum Familientreffen zu fahren, um sich den ganzen Tag die spöttischen Bemerkungen sowohl von Annegret als auch von seiner Tochter anzuhören. Er konnte sich genau vorstellen, wie das ablief.

„Ich sehe frisch genug aus! Lassen Sie uns mit dem Interview beginnen, solange wir einigermaßen ungestört sind", wandte er sich an Christiansen. „Wenn die Feriengäste die Aufzeichnung bemerken, sind wir gleich von Neugierigen umringt. Die sind froh um jede Abwechslung."

Da Torge die Maskenbildnerin nun ignorierte, gab sie auf. Nachdem der Kameramann sich in Position gebracht hatte, begann das Interview.

Torge war in seinem Element.

Margarete in St. Peter-Ording

Sonntag, den 03. September

Während sich der Mord in der *Weißen Düne* und auf ganz Eiderstedt langsam herumsprach, schottete Margarete sich immer mehr ab. Max hatte es tatsächlich gewagt, für dieses Wochenende ganz abzusagen! Sie spürte die nächste Welle der Depression heranrollen. Gerade waren sie dabei, sich wieder ein wenig anzunähern und so etwas wie Normalität zu leben. Na ja, Normalität war eigentlich zu hoch gegriffen. Dafür hätte sie wieder in die gemeinsame Villa in Hamburg Blankenese zurückkehren müssen, dessen war sich Margarete bewusst. Es war trotzdem schon viel besser als im vergangenen Jahr gewesen. Und nun so etwas!

Sie konnte nicht mehr klar denken, wollte niemanden sehen. Nachdem sie mit letzter Kraft das Bitte-nicht-stören-Schild an die Außentür des Bungalows gehängt hatte, zog sie den Stecker des Telefons aus der Dose. Auch ihr Handy schaltete sie ab. Max konnte sie einmal! Sollte er doch versuchen, sie zu erreichen. Das Maß war voll. Was nützten ein paar Wochen in Frieden und Harmonie, wenn dann der ganze Stress wieder von vorne begann. Er musste wissen, warum ihr genau dieses Verhalten im Zweifel einen Rückfall bescherte. So war es in den letzten Jahren immer gewesen.

Sie hatte sich heute Morgen weder die Mühe gemacht, die Rollos hochzuziehen, noch zu duschen. Stattdessen blieb sie einfach im Bett.

Etliche Male hatte sie die SMS von Max gelesen.

Meine Liebe, es tut mir von Herzen leid, aber ich schaffe es dieses Wochenende einfach nicht zu dir nach St. Peter zu kommen. Ich denke, du weißt warum und hast Verständnis dafür. Ich küsse dich, Max.

Warum musste immer sie Verständnis für ihn aufbringen? Was war mit seiner Empathie für ihre Situation? Durch die sich im Kreis drehenden trüben Gedanken fühlte sie sich aller Energie beraubt. Bestimmt zehn Mal hatte sie versucht, Max auf dem Handy zu erreichen. Anfangs hinterließ sie Nachrichten, schließlich ließ sie auch das bleiben. Einen Rückruf gab es nicht. Max war abgetaucht. Nur im letzten Moment konnte sie sich beherrschen, das Telefon gegen die Wand zu schmettern. Selbst durch den Schleier der Enttäuschung realisierte sie, dass sie sich darüber im Nachhinein mehr geärgert hätte, als über das Verhalten ihres Mannes.

Also steckte sie es ausgeschaltet tief in ihre Handtasche, um es vor einem erneuten plötzlichen Anfall von Traurigkeit zu schützen.

Was sie nicht abschalten konnte, waren die Fantasien, die sie einholten. Sie stellte sich Max in der Gesellschaft seiner blonden jungen Geliebten vor, wie sie sich bei Champagner amüsierten, vermutlich in einer sündhaft teuren Suite eines Hamburger Nobelhotels – wenn er nicht sogar mit ihr weggeflogen war. Sie malte es sich in allen unerfreulichen Details aus. Die leichtgläubige, wohlhabende sowie langsam alternde Ehefrau, die an der Nordsee mit ihrer Depression kämpfte, während ihr attraktiver Mann es sich mit seiner Geliebten auf ihre Kosten gutgehen ließ.

Was war nur aus ihm geworden?

Und was aus ihr?

Früher hatte sie vor Energie gestrotzt, mit ihren Ideen, ihrem Mut und ihrem Verhandlungsgeschick das Familienvermögen vergrößert, darüber hinaus den Namen der Firma klangvoll gehalten. Seitdem der Burnout sie gestoppt hatte, schaffte sie es einfach nicht, sich völlig zu erholen.

Wie konnte sie nur die Gedanken an Max verscheuchen? Kurz überlegte sie, eine Flasche Wein zu bestellen, verwarf die Idee aber schnell wieder. Die kurzfristige Linderung würde schließlich im heulenden Elend enden. Das war keine Lösung!

Sie beschloss, sich ein Bad einzulassen. Während das Wasser die Wanne füllte, konnte sie sich eine kleine Mahlzeit herrichten. Ein Kopfschmerz kroch aus ihrem Nacken langsam zu ihrer linken Schläfe. Sie hatte heute weder etwas gegessen noch getrunken. Wenn sie das so fortsetzte, würde die explodierende Migräne ihr am Abend den Schlaf rauben. Dann müsste sie die ganze Nacht mit den Drachen kämpfen.

Sie schleppte sich in das luxuriöse Bad, dessen Anblick ihre Laune heute nicht verbessern konnte. Achtlos warf sie einige Kugeln mit dem wohlduftenden Schaumbad in die Wanne und drehte den Wasserhahn auf. Nachdem sie die Temperatur überprüft hatte, fühlte sie sich im Grunde schon zu erschöpft, um in der Küche zu wirken. Der Gedanke an Max gab ihr die nötige Kraft, um sich zumindest ein Sandwich sowie einen Becher Kaffee zu bereiten. Minutenlang kaute sie lustlos auf dem Brot herum. Hinterher hätte sie nicht sagen können, nach was es schmeckte. Alles war ihr so egal. Sie füllte den Kaffeepott ein zweites Mal und nahm ihn mit ins Bad. Die große Eckwanne war bereits gut gefüllt. Offensichtlich hatte sie lange für die karge Mahlzeit gebraucht.

Während sie in das warme Wasser glitt, hoffte sie auf ein bisschen Entspannung. Um den unerfreulichen Grübeleien zu entfliehen, ließ sie ihre Gedanken in die Vergangenheit wandern und blendete die aktuellen Geschehnisse immer weiter aus. Das hatte in den letzten Jahren zuverlässig funktioniert. Wenn ihr alles zu viel wurde, flüchtete sie sich in die Zeit, als sie mit Max ein sorgloses Leben führte. Es war wie ein Film, der rückwärts lief. Irgendwann kam sie in der Zeit an, als sie Max kennenlernte, er sie umwarb und sie gemeinsam spannende Dinge erlebten. Sie bekam seine gesamte Aufmerksamkeit, Blumen sowie andere kleine Geschenke. Er entführte sie sowohl in wunderbare Restaurants als auch zu experimentellen Theaterstücken.

Margarete verschwand in der Vergangenheit.

Charlie in St. Peter-Ording

Sonntag, den 03. September

Als sie die Polizeistation von St. Peter betraten, war Charlie erstaunt über deren moderne Einrichtung. Insgeheim hatte sie mit antiquiertem Mobiliar sowie ebensolcher technischen Ausstattung gerechnet. Etwas irritiert stellte sie außerdem fest, dass sie unbesetzt war. Was geschah, wenn es einen Notfall gab? War die Gegend so friedlich und ungefährlich?

Als sie Petersen darauf ansprach, reagierte dieser gelassen: „In der Tat passiert hier nur wenig Dramatisches. Allerdings haben wir schon länger eine vakante Stelle. Eine Zeitlang gab es außerdem eine Halbtagskraft für den bürokratischen Kram, aber das Geld ist immer knapp. Im Moment ist das Telefon auf mein Handy umgeleitet. Nachts gibt es eine Bereitschaft in Heide. Nicht optimal, aber so ist es halt."

Damit gab sich Charlie zufrieden. Nebenbei schaute sie sich weiter um. Drei Schreibtische standen in dem geräumigen Büro, das hell und freundlich wirkte. Alle Arbeitsplätze waren mit modernen PCs sowie großen Displays ausgestattet. Ein digitaler Kopierer stand in einer Ecke.

„Lassen Sie uns mit den Ergebnissen der Anfrage beginnen, ob es bereits einen ähnlichen Fall entlang der Küste gegeben hat", forderte sie ihren Kollegen auf. „Welchen Arbeitsplatz kann ich nutzen?"

Zwei Schreibtische standen sich gegenüber, der Dritte quer zu den kurzen Seiten. Auf diesen deutete Petersen. Charlie nickte, setzte sich, um sofort den PC einzuschalten.

„Haben Sie einen Gastzugang, unter dem ich mich anmelden kann?"

„Am besten nutzen Sie die Kennung von Fiete, bis er wieder da ist. Er hat umfangreichere Rechte."

Zufrieden nickend nahm Charlie den Zettel mit den Zugangsdaten entgegen. Nachdem sie sich in die Datenbank eingeloggt hatte, konnte sie die Ergebnisse von Petersens Anfrage einsehen. Zu ihrer Überraschung hatte es tatsächlich im Frühjahr einen Todesfall gegeben.

„Schauen Sie mal hier. Es gibt einen Treffer."

Auch der Nordfriese hatte nicht damit gerechnet. Er umrundete den Tisch, um ihr über die Schulter zu schauen. Charlie hatte inzwischen bereits einige Details zu dem Fall gelesen.

„Im April gab es einen Toten im Watt zwischen den Inseln Amrum und Föhr. Er kam ebenfalls auf einer nächtlichen Wanderung ums Leben. Es ist nie geklärt worden, ob es sich um einen Unfall oder einen Mord handelte." Nachdenklich betrachtete sie den Bildschirm. Auch er schien sprachlos zu sein.

„Zwischen Amrum und Föhr", murmelte sie. „Wie weit liegen die Inseln auseinander?"

Petersen brauchte einen Moment, bis Charlies Frage in sein Bewusstsein sickerte. „Wie bitte?"

„Wie weit liegen die Inseln Amrum und Föhr auseinander?", wiederholte sie ihr Anliegen.

„Von der Nordspitze Amrums bis nach Utersum auf Föhr sind es nur ungefähr zwei Kilometer. Durchs Watt ist es aber nicht möglich, diesen direkten Weg zu nehmen. Beim Starten auf Amrum müssen Sie unmittelbar durch einen Priel, der relativ flach ist, das geht noch. Wenn Sie allerdings nach Föhr kommen, treffen Sie auf einen großen beziehungsweise tiefen Wasserlauf vor Utersum, der nicht durchwatbar ist. Der Weg durchs Watt führt eine Weile parallel zur Küste bis Sie auf der Höhe von Dunsum an Land gehen."

Während der Ausführungen rief Charlie sich die Karte im Internet auf, um einen Eindruck von den Entfernungen zu bekommen. Sie schätzte dadurch eine Verdoppelung des Weges. Der Mann, der im April sein Leben verloren hatte, war eindeutig ertrunken. Da er keine weiteren Verletzungen aufwies, wurde die Ursache, die zu seinem Tod geführt hatte, nicht geklärt. Gegen einen Unfall sprach, dass es sich um einen erfahrenen Wattwanderer handelte. Er war sowohl mit der Gegend als auch dieser Tour vertraut, war sie schon oft gelaufen – auch bei Nacht. Er kannte die gefährlichen Stellen, insbesondere den tiefen Priel, der nicht einfach überquert werden konnte. Aber für einen Mord gab es keinen Ansatzpunkt.

Wie bei Schwertfeger, dachte Charlie. Gedankenversunken starrte sie auf den Bildschirm, klickte zwischen der Landkarte und den Informationen zu dem Toten hin und her. Petersen hatte sich mittlerweile an seinen eigenen Schreibtisch gesetzt, um den Bericht der Kollegen ebenfalls aufzurufen.

Hatten sie es mit einem Irren zu tun, der nachts erfahrene Wattwanderer umbrachte? Bei dem Toten aus dem Frühjahr, einem Mann namens Harald Burchardt, handelte es sich um einen Touristen, einen Mittsechziger, der mehrmals im Jahr aus dem Ruhrpott an die Küste kam. Er war hier aufgewachsen, wodurch er die Nordsee, ihre Gesetzmäßigkeiten und Tücken genau kannte. Da es aber kein Motiv gab, war der Fall als Unfall eingestuft worden, die Ermittlungen wurden eingestellt.

Charlie gähnte. Der Fall war nicht im Mindesten so simpel und eindeutig, wie sie gehofft hatte. Es war erst zwölf Uhr mittags, aber sie sehnte sich nach ihrem flauschigen Bett in der Ferienanlage, um sich die kuschelige, wohlduftende Decke über den Kopf zu ziehen. Gab es bereits zwei Tote, über die sie den Background recherchieren sollten, oder handelte es sich bei dem im April Ertrunkenen um einen Holzweg? Was das ein Fall, der mit ihrem gar nichts zu tun hatte? Charlie rieb sich die brennenden Augen. Ein Becher Kaffee wäre jetzt toll!

Sie löste den Blick vom Bildschirm. Ihr Kollege schien mit ähnlichen Gedanken und Ermüdungserscheinungen zu kämpfen.

„Gibt es in Ihrer topmodernen Polizeistation einen Kaffeevollautomaten? Ich brauche dringend eine Dosis Koffein", fügte sie erklärend hinzu.

Petersen nickte. „Das ist eine gute Idee! Kommen Sie mit, ich zeige Ihnen unsere Küche. Der Weg lohnt sich", fügte er aufmunternd hinzu.

Nachdem Charlie ihm in den hinteren Bereich des Polizeireviers gefolgt war, stieß sie einen anerkennenden Pfiff aus. Es gab tatsächlich frischen Kaffee auf Knopfdruck. Petersen füllte zwei Becher und reichte ihr einen.

„Was halten Sie von dem zweiten Toten, Kommissarin? Glauben Sie an einen Zusammenhang mit unserem Fall?"

„Schwer zu sagen. Für eine bessere Einschätzung sollten wir den ganzen Bericht lesen, auch den der Rechtsmedizin.

Außerdem befragen wir den Pathologen, wenn wir ihn treffen. Ansgar Johannsen hat auch ihn obduziert. Wie schätzen Sie den Fall ein, Petersen?"

„Ich sehe es so wie Sie."

Mit dem Kaffee kehrten sie in das Büro zurück. Er warf einen Blick auf den Bildschirm. „Oh, da ist eine eMail von Ansgar. Er bittet uns, morgen um zehn Uhr zu ihm nach Husum zu kommen. Dann hat er ausführliche Informationen."

Charlie nickte. „Dann bleibt uns für heute nur das Recherchieren. Ich werde mir den Bericht über den Toten von Föhr ausdrucken, um ihn in meinem Bungalow zu lesen. Außerdem höre ich mich ein bisschen in der Ferienanlage um. Es gibt eine Familie, die mit Schwertfeger die letzte Wanderung unternommen hat. Vielleicht ist denen etwas aufgefallen. Unwahrscheinlich, aber was soll´s. Wir müssen alles versuchen."

„Sie sind doch an die Daten der Gäste gekommen?" Petersen war verblüfft. „Wie haben Sie das geschafft?"

„Das ist eine lange Geschichte. Ich hatte nur einen kurzen Einblick. Den Zugang über die Lessing besorgen wir uns spätestens morgen. Sagen Sie, kann man hier in der Nähe etwas Typisches essen?"

„Mögen Sie Fisch?", stellte er als Gegenfrage.

„Unbedingt! Aber bitte schicken Sie mich nicht zu Gosch."

„Hatte ich nicht vor", grinste er. „Da wir jetzt bereits im September sind, kann ich Ihnen die Restaurants auf den Pfahlbauten auf dem Strand empfehlen. Die größte Touristenwelle ist weg, damit steigt die Qualität. Ansonsten gibt es den einen oder anderen Geheimtipp ein wenig abseits. Ich empfehle Ihnen allerdings: Probieren Sie es heute erst einmal auf dem Strand von St. Peter aus. Das Wetter ist gut. Sie können draußen sitzen, das Meer beobachten, wie es sich zurückzieht und weiter

Atmosphäre aufnehmen. Nach dem Essen laufen Sie ein paar Schritte durchs Watt. Dann lernen Sie es lieben." Er grinste weiterhin. „Haben Sie alte Socken mit?"

„Alte Socken?"

„Ja, gehen Sie bei diesem Wetter statt barfuß mit zwei Paar alten Socken übereinander. Es gibt im Watt ´ne Menge Muscheln, an denen Sie sich die Füße aufschneiden, wenn Sie darauf verzichten. Ist ein Insidertipp." Sein Grinsen wurde noch breiter. „Gefällt mir, Sie hier zu haben. Wäre schön, wenn es so bleibt."

„Danke für die Blumen ... und den Insidertipp. Also gut, dann Pfahlbauten und alte Socken."

„Ich setze Sie an der *Weißen Düne* ab, wenn der Ausdruck fertig ist. Sollte sich zwischenzeitlich etwas ergeben, melde ich mich. Ansonsten sehen wir uns morgen früh um acht im Frühstücksraum", übernahm er zum ersten Mal die Führung, seit Charlie in SPO angekommen war.

„Oder vor meinem Bungalow, wenn Sie es nicht aushalten", frotzelte sie. Für einen Moment hatte sie das Gefühl, anzukommen.

„Das kann natürlich passieren", stimmte er zu, bevor er sich auf die Berichte zu dem Toten vor Föhr konzentrierte.

Bei einer unvergleichlichen Aussicht genoss Charlie wenig später eine schmackhafte Mahlzeit. Oben vor dem Pfahlbau auf der Terrasse sitzend, entschied sie sich für eine Scholle mit Krabben, dazu ein kleines Bier. Eine Umrandung aus Plexiglas schützte nicht nur vor dem Wind, sondern ließ gleichzeitig den freien Blick auf das Wasser beziehungsweise das Watt zu. Wie Knud prophezeit hatte, war bereits Ebbe. Der niedrigste Stand des Wassers würde um 17.50 Uhr erreicht sein. Sie hatte sich schnell einen Tidekalender ausgedruckt, bevor sie das Büro verließen.

Nun beobachtete sie satt und zufrieden das Naturschauspiel. Möwen kreisten über dem Strand, auf dem sich etliche Touristen tummelten. Seit langem einmal wieder entspannte sie sich bis in die Tiefe. Sie beobachtete, wie bunte Drachen über den Strand flatterten, Sandburgen gebaut wurden und die Urlauber einfach ihre freie Zeit in der Sonne genossen. Angesteckt durch so viel Ferienaktivität, bestellte Charlie sich ein zweites Bier, streckte die Beine lang aus und das Gesicht in die Sonne. Eine Stunde Pause mehr schadete bestimmt nicht. Sie sollte sich angewöhnen, die Dinge etwas gelassener anzugehen. Heute wollte sie das einmal ausprobieren!

Charlie saß tatsächlich noch eine Stunde in der Sonne und beobachtete das Treiben am Strand, während sie über den Fall nachdachte. Wirklich rätselhaft. Nach der Auszeit verließ sie die innere Ruhe wieder, weswegen sie den Plan, durchs Watt zu laufen, verwarf. Das musste warten. Sie wollte den Rest des Tages nutzen, um nach Möglichkeit die Familie zu befragen und sich schließlich durch die ausgedruckten Papiere zu kämpfen. Vielleicht erwischte sie ja die Managerin der Ferienanlage. Hoffentlich führte die nächste Begegnung nicht wieder zu einer Konfrontation. Das war einfach Energieverschwendung!

Nach dem Bezahlen warf Charlie einen letzten Blick auf das Panorama, bevor sie die Stufen hinunterging. Unten angekommen versank sie mit den mittlerweile nackten Füßen im warmen Sand und begann zu verstehen, warum jeden Sommer zahlreiche Touristen hierherkamen.

Das Urlaubsgefühl abschüttelnd stapfte sie barfuß bis zu der kürzlich restaurierten Holzbrücke, die weit in den breiten Strand hereinreichte. Dort angekommen klopfte sie den feinen, hellen Sand von den Füßen, um wieder in ihre Socken und Schuhe zu schlüpfen.

An der Rezeption fragte die Kommissarin nach der Familie, die die letzte Wattwanderung mit Schwertfeger unternommen hatte, doch die war in ihrem Bungalow nicht zu erreichen. Die sonst so hilfsbereite Dame verweigerte sowohl einen Anruf auf deren Handy, als auch die Preisgabe der Nummer. Resigniert schlenderte Charlie zu ihrem Ferienhäuschen. Lustlos blätterte sie in den Ausdrucken herum. Dieser Tag war nicht ergiebig gewesen. Obwohl sich damit bereits Tag zwei nach dem Mord dem Ende zuneigte, waren die Ergebnisse mager. Das Hochgefühl vom Strand wich der Anspannung. Nun lag hier quasi ein zweiter Toter ohne Mordmotiv auf ihrem Tisch. War gerade das System? War der harte Schlag auf Schwertfegers Schädel ein Versehen gewesen? Hätte der Mord wie ein Unfall aussehen sollen?

Es half nichts. Charlie vertiefte sich in die Berichte, um zu prüfen, was die Kollegen bereits herausbekommen hatten.

Außerdem würde sie morgen den Rechtsmediziner beider Fälle treffen. Gute Vorbereitung half sicherlich weiter.

Ein Blick zur Uhr zeigte ihr schließlich, dass es bereits 16.30 Uhr war. Wo war der Nachmittag geblieben? Offensichtlich hatte sie eine ganze Weile vertrödelt. Entschlossen, diesem Tag zumindest einen kleinen Fortschritt in der Ermittlung abzuringen, bereitete sie sich in der Küche einen doppelten Espresso, um die Müdigkeit zu vertreiben. Die Hamburgerin hoffte, die Berichte in möglichst kurzer Zeit durchzuarbeiten. Als ihr Handy um kurz nach sechs klingelte, zuckte sie regelrecht zusammen, weil sie so in die Unterlagen vertieft war.

„Matthias, das ist ja eine Überraschung. Was verschafft mir die Ehre?"

„Charlie, schalte den Fernseher ein – sofort! Drittes Programm. Ruf´ mich umgehend zurück, wenn der Bericht vorbei ist!" Und schon war die Leitung wieder tot.

Was sollte das denn? Schalte sofort das Dritte ein! Woher soll ich wissen, auf welchem Kanal das hier zu finden ist? Warum kommandierte Matthias sie in dieser Form herum? Gab es etwa noch einen Toten? Warum sagte er ihr nicht direkt, was passiert war, statt sie zum Fernseher zu hetzen? Mit jagenden Gedanken, griff sie nach der Fernbedienung, wobei sie instinktiv auf die Taste mit der drei drückte. Einen Moment später saß Charlie wie vom Donner gerührt vor der Mattscheibe, auf der kein Geringerer als Torge Trulsen in die Kamera lächelte.

Heilige Mutter!

Die Presse hatte nicht nur von dem Fall Wind bekommen, sondern mit dem Hausmeister ein Interview geführt. Der zeigte gerade mit wichtigem Gesichtsausdruck auf die Stelle, an der er den Toten gefunden hatte.

Kein Wunder, dass Matthias sauer war. Wie war es dazu gekommen?

Gebannt starrte sie auf den Bildschirm, ohne sich rühren zu können. Doch es kam noch schlimmer. Nach der gewichtigen Beschreibung des Fundortes gab er sein ausführliches Gespräch mit Hinnerk Liesenfeld wieder – was ihnen, der Polizei, nicht gelungen war – und erzählte nun den Zuschauern von *N3 von der Küste* von Schwertfegers Qualifikation, seinem Auslandsaufenthalt inklusive der Forschung. Über Letztere schien er keine Details zu wissen, doch war sie wohl entscheidend für die Einstellung gewesen.

Sie stand wie eine Idiotin da!

Der Hausmeister der Ferienanlage war ihr um Nasenlängen voraus.

Matthias – ihr Chef – würde toben.

Daneben sah sie bereits den spöttischen Blick von Thomas Hentschel.

Verdammt! Während sie sich mit einem Fall beschäftigte, der nicht nur fast ein halbes Jahr zurücklag, sondern mit großer Wahrscheinlichkeit ein tragischer Unfall war, traf Torge Trulsen einen wichtigen Zeugen für die Backgroundrecherche. Als krönenden Abschluss gab er dann ein Interview im Fernsehen – wenn auch nur regional. Großartig!

Sie verspürte das kaum unterdrückbare Bedürfnis, Matthias mit ausgeschaltetem Handy zu ignorieren. Sollte er sie doch suspendieren. Der nächste Flug in die Karibik war ihrer!

Zu spät. Kaum war Trulsen von dem Bildschirm verschwunden, klingelte ihr Mobiltelefon erneut. Sie brauchte gar nicht nach der Nummer zu gucken.

„Hallo Matthias", begrüßte sie ihn ergeben.

„Moin Kommissarin", meldete sich eine bereits vertraut werdende Stimme. „Wer ist Matthias?"

„Petersen ..., mit Ihnen habe ich gerade nicht gerechnet", kam die lahme Antwort.

„Ja, das habe ich gemerkt."

„Matthias ist mein Chef", entgegnete sie aufgebracht. „Und der wird mir gleich die Hölle heiß machen."

Knud sinnierte offensichtlich über die ursprüngliche Frage. „War mir nicht bewusst, dass Sie überhaupt einen Chef haben."

„Ja, glauben Sie, ich wäre der Polizeipräsident?", fuhr sie ihn an. Noch bevor sie den Satz ganz ausgesprochen hatte, tat es ihr bereits leid. „Entschuldigen Sie, Petersen."

Es brachte nichts, ihre auf den Nullpunkt gesunkene Laune an ihm auszulassen. Es entwickelte sich gerade gut zwischen ihnen. Das jetzt kaputt zu schlagen, weil Matthias sauer war, brachte sie nicht weiter.

„Schon gut", antwortete er entspannt. „Dann nehme ich mal an, Sie haben Torge gesehen?"

„Schlimmer! Ich wurde von meinem Vorgesetzten auf den Bericht gestoßen. Ich muss Schluss machen, Petersen. Er erwartet einen Rückruf. Wir sehen uns morgen."

„Bis morgen, Kommissarin."

Ihre Mailbox piepte sofort, als sie aufgelegt hatte. Also fügte sie sich in ihr Schicksal und rief zurück. Besser es gleich hinter sich zu bringen.

Statt einer Begrüßung polterte Matthias sofort los: „Sag mal, Charlie, was ist da eigentlich los bei dir? Machst du Urlaub, während ein selbst ernannter Hilfssheriff nicht nur deine Ermittlungen leitet, sondern die Ergebnisse prompt der Presse mitteilt?"

Sofort meldete sich ihr schlechtes Gewissen. Während sie ein, zwei Stunden auf der Terrasse des Pfahlbaus die Sonne genossen hatte, war der Hausmeister fleißig gewesen. Offensichtlich stand sie mit Freizeit auf Kriegsfuß. Das letzte Mal, als sie sich einen Nachmittag freigenommen hatte und früh nach Hause kam ...

„Charlie!", holte Matthias sie zurück.

„Ja, ich bin dran", antworte sie erschöpft. Sie fühlte sich in der Defensive. Nach zwei Tagen hatte sie nichts vorzuweisen. Natürlich war er sauer, wenn er dann so etwas sah.

„Es läuft hier noch nicht so gut", fügte sie wenig geistreich hinzu.

„Aaah, es läuft noch nicht so gut", wiederholte er gereizt. „Darauf wäre ich jetzt gar nicht gekommen. Erinnerst du dich, dass das deine Bewährung ist?"

Wie könnte sie diese Tatsache vergessen!

„Matthias, gib mir etwas Zeit. Es sind erst zwei Tage. Ich bin zusammen mit dem Polizisten hier vor Ort an einigen Spuren dran ..." Die Aussage war ziemlich übertrieben, ihr aber im Moment egal. Sie wollte ihn so schnell wie möglich loswerden.

„Ich brauche dir ja wohl nicht zu sagen, wie wichtig die ersten achtundvierzig Stunden sind."

Ja, und die sind jetzt so gut wie um! Statt einer Antwort, gab sie nur einen Seufzer von sich.

„Was ist mit diesem Hausmeister los? Wieso sehe ich den in den Nachrichten?" Matthias war noch nicht fertig. „Dazu mit Informationen, die besser nicht an die Öffentlichkeit geraten sollten?!"

„Der Vorsitzende des Vereins Wattenmeer war für uns nicht erreichbar, Trulsen kennt hier scheinbar jeden. Er hat ihn wohl privat aufgesucht."

„Wieso ist er außerdem der Ansprechpartner für die Presse?"

„Das weiß ich nicht, weder bei Petersen noch bei mir haben sie sich gemeldet. Vielleicht ist das Team direkt zu der Ferienanlage gefahren - in der Hoffnung, dort jemanden anzutreffen, der ein Interview gibt."

„Das hat ja auch wunderbar geklappt", setzte er nach.

„Ja, ist dumm gelaufen, was ich jetzt nicht mehr ändern kann."

Ihre Geduld selbst mit Matthias neigte sich dem Ende zu. Wie hätte sie es verhindern sollen? Heute setzte ihr der Fall mächtig zu. Eine Standpauke von ihrem Chef aus Hamburg war das Letzte, was sie jetzt brauchte.

Aber er war nach wie vor nicht fertig: „Was ist mit dem Haus und dem Büro des Toten? Hast du dort etwas gefunden?"

In der Tat lag ihr seit ihrer Ankunft quer, sich nicht selbst darum gekümmert zu haben.

„Petersen hat die Untersuchung mit einem Team von der Kriminaltechnik aus Heide übernommen, bevor ich hier angekommen bin. Es gibt nur einen Laptop, den haben sie mitgenommen. Ich rechne morgen mit Ergebnissen ..."

„Hast du dir wenigstens heute ein eigenes Bild von dem Lebens- und Arbeitsumfeld des Ermordeten gemacht?"

Als sie schwieg, deutete Matthias die Stille in der Leitung richtig.

„Okay, Charlie. Das geht besser ... oder willst du doch lieber suspendiert werden? Dann kannst du ausgiebig in den Urlaub fahren! Wenn du bleibst, will ich den Arbeitseinsatz und die Ergebnisse, die ich von dir gewohnt bin. Schwing deinen Hintern nach Westerhever. Jetzt! Du berichtest mir ohne weitere Aufforderung." Damit knallte er den Hörer auf die Gabel.

Wie gern hätte sie nach dieser Standpauke die Minibar geplündert! Doch daraus wurde nichts. Eine Suspendierung kam nicht in Frage. Das ließ ihr Stolz nicht zu. Also rief sie Petersen zurück, um in Erfahrung zu bringen, wo sie den Schlüssel für den Leuchtturm herbekam und wie es mit Schwertfegers Büro in der Schutzstation aussah.

Sie hoffte, er würde sie begleiten.

Alexander in Lindau

28. Mai, sieben Jahre früher

Nach dem bitterbösen Streit folgte Schweigen. Lisa zog sich zurück und verweigerte jedes Gespräch. Alexander war verzweifelt. Seine große Liebe bedeutete ihm alles. Um einen Weg zu finden, ihr die beste Behandlung zu ermöglichen, recherchierte er umfangreich im Internet. Erneut nahm er einen Termin bei der Onkologin wahr, um sich die Details zu Lisas Fall erklären zu lassen. Die Ärztin empfahl eine Mastektomie, damit Lisa wieder vollständig genesen konnte.

„So schlimm das auch klingt, Herr Blumenthal, es handelt sich dabei heutzutage um einen Routineeingriff." Als sie sein konsterniertes Gesicht sah, reagierte sie sofort. „Ach, ein schreckliches Wort. Bitte entschuldigen Sie. Das ist einfach eine Operation, die häufig durchgeführt wird – leider. Dadurch liegen umfangreiche Erfahrungswerte vor. Ein Eingriff ist immer ein Risiko, aber die Alternativen rauben Ihrer Frau meines Erachtens viel eher die Lebensqualität."

„Eine Chemo?"

„Eine Chemotherapie belastet den Körper außerordentlich. Natürlich reagiert nicht jeder gleich. Ihre Frau ist jung und kräftig. Trotzdem wird es ihr mit großer Wahrscheinlichkeit erst einmal schlecht gehen. Möglicherweise sterben nicht alle bösartigen Zellen ab. Die Mastektomie ist die sauberste Lösung. Da es keine Metastasen gibt, der Krebs also nicht gestreut hat, bin ich optimistisch, dass Ihre Frau wieder ganz gesund wird."

„Sie will keine Amputation ihrer Brüste."

„Hat sie das begründet?"

„Ja, sie meint, dann keine vollständige Frau mehr zu sein."

„Wie ist Ihre Einstellung dazu?" Die Ärztin versuchte, sich vorsichtig voranzutasten, das spürte Alexander genau.

„Dr. Borck, ich liebe meine Frau über alles. Sie ist die Liebe meines Lebens, da bin ich mir ganz sicher. Mir geht es nicht um den Verlust der Brüste. Ich habe große Angst, meine Lisa zu verlieren."

Alexander sah, wie die Onkologin erleichtert nickte.

„Gut, okay. Sind Sie bereit, sich mit einer Psychologin zu unterhalten? Sie kann Sie unterstützen, eine Strategie zu entwickeln, um mit Ihrer Frau ins Gespräch zu kommen. Sie sollten sie nicht zu einer Mastektomie überreden. Es muss Lisas Entscheidung sein, das ist sehr wichtig. Aber Sie können Argumente sammeln, die sie ihr mit professioneller Unterstützung vielleicht besser präsentieren."

Zum ersten Mal huschte ein leichtes Lächeln über das Gesicht der Ärztin. Alexander fragte sich, wie oft sie wohl Gespräche dieser Art führte. Onkologie war nicht gerade ein einfaches Fachgebiet.

„Können Sie mir eine Kollegin empfehlen, die mit dieser Thematik bereits Erfahrungen gesammelt hat?"

„Ja, natürlich. Die Kollegin betreut zahlreiche Brustkrebspatientinnen. Sie ist sehr empathisch, ohne gefühlsduselig zu sein. Stimmen Sie einen zeitnahen Termin ab, weil es dringend ist. Wir haben keine Zeit zu verlieren. Erwähnen Sie dabei meine Empfehlung."

Nachdem Alexander sich verabschiedet hatte, fühlte er sich ein kleines bisschen besser.

Marina in Garding

Sonntag, den 03. September

Marina war am Vormittag mit Übelkeit aufgewacht. Sie fühlte sich müde und zerschlagen, obwohl die Uhr bereits halb elf zeigte. Im Bad stolperte sie über die leere Rotweinflasche. Kein Wunder!

Was war eigentlich in sie gefahren? Irgendwie hatte sie gestern neben der Spur gestanden - wegen eines Mannes, von dem sie sich eine Zeit lang mehr als nur Freundschaft erhoffte. Doch wenn sie es realistisch betrachtete, hatte sich dieser Traum schon lange in Wohlgefallen aufgelöst. Nach einer halben Kanne Kamillentee ließ das Unwohlsein langsam nach. Marina war wieder in der Lage, den gestrigen Tag zu reflektieren.

Sie hatte sich gegenüber der Kommissarin absolut lächerlich verhalten. Heute, an ihrem freien Tag, verspürte sie nicht den

Ansatz von Motivation trotzdem in die *Weiße Düne* zu fahren. Der Betrieb funktionierte auch ohne sie.

Das würde ihr einen Tag Zeit verschaffen, der Wiesinger gegenüberzutreten. Am besten ließ sie einen Zugang einrichten, der der Polizistin Zugriff auf die Gästedaten bot. Außerdem würde sie, in der Hoffnung ihren peinlichen Auftritt wieder wettzumachen, zusätzliche Informationen über Michael beisteuern.

Sie ließ ihre Gedanken in die Zeit zurückwandern, in der sie sich regelmäßig getroffen hatten. Dabei überlegte sie, ob er ihr etwas anvertraut hatte, was jetzt in den Ermittlungen nützlich sein konnte. Spontan fiel ihr nichts ein. Es war wohl eher umgekehrt gewesen. Sie hatte ihm ihr Herz ausgeschüttet, um seinen Trost und Rat zu suchen. Er dagegen war zurückhaltend mit Erzählungen aus dem eigenen Leben gewesen.

Vielleicht kam eine Erinnerung zurück, wenn sie intensiver über die Wochen nachdachte, in denen sie häufiger zusammen die Umgebung erkundeten. Sicherlich würde diese Gedankenreise auch schmerzhaft sein. Sie vermisste ihn. Intensive Gedanken an die gemeinsame Zeit brachten Traurigkeit, das wusste sie bereits.

Im März war es kalt gewesen. Da standen Museumsbesuche sowie kulinarische Genüsse auf dem Programm. Manchmal war ein Spaziergang dabei gewesen. Marina erinnerte sich gut daran, wie er schützend den Arm um ihre Schultern legte, während der Sturm über die Halbinsel peitschte. Damals war sie am glücklichsten gewesen. Hoffnung auf mehr war in ihr gekeimt. Als es sich nicht weiterentwickelte, dachte sie, er bräuchte einfach mehr Zeit.

Ja, es tat immer noch weh! Schnell schob sie die Empfindungen beiseite, um sich zu erinnern, was er ihr erzählt hatte.

Es war fast immer um seine Leidenschaft für das Wattenmeer und dessen Lebensraum gegangen, den dieser so vielen

Organismen bot. Sie war seinen Ausführungen nicht immer mit voller Aufmerksamkeit gefolgt. Vielmehr wünschte sie sich, er würde die gleiche Leidenschaft für sie aufbringen. Doch nichts dergleichen passierte. Ihr kam ein längst verdrängtes Gespräch in den Sinn, bei dem Michael ihr offenbarte, zu tiefer Liebe und Hingabe fähig zu sein. So fühlte er jedoch nicht für sie.

Kurz bevor er den privaten Kontakt zu ihr abbrach, war er ihr so nah gewesen. Es wirkte, als ob sie die nächste Stufe des Vertrauens erreichten. Marina ließ sich auf die Erinnerung ein, wodurch langsam die Details an die Oberfläche spülten. Sie erinnerte sich an den Kaminabend, als wäre es gestern gewesen. Nach einem langen Tag zu Fuß kehrten sie zu einem Abendessen mit herrlichem Fisch und einer Flasche Weißwein ein. Danach ließen sie sich in einer Ecke vor dem flackernden Feuer nieder. Michael bestellte Rotwein. Der Alkohol schien ihm die Zunge zu lösen. Sie wusste bis heute nicht, was die Bereitschaft, ihr einen Blick in seine Seele zu geben, ausgelöst hatte.

Er erzählte ihr von einer großen Liebe, ohne viele Details preiszugeben. Es hatte sie gegeben, bevor er sie wieder verlor, weil sie ihn verließ. Marina erfuhr weder etwas über die Gründe, noch wie lange das her war. Sie stellte ein paar Fragen, doch er antwortete nicht. Vielmehr versank er nach dem unerwarteten Geständnis in tiefes Grübeln, ohne sie weiter wahrzunehmen. Sie erinnerte sich gut daran, wie sie wartete und dabei hoffte, er würde mehr erzählen, doch das passierte nicht.

Die ihn umgebende tiefe Traurigkeit zeigte Marina, dass er den Verlust noch nicht überwunden hatte. Durch Drängen würde er sich sicherlich weiter entfernen. Also hielt sie schweigend den Schmerz aus. In der Erwartung, dass Zeit und Geduld ihn vielleicht zu ihr führten, entwickelte sie eine Kraft, die sie sich selbst nicht zugetraut hätte.

Doch es kam anders. Als Michael sich nur kurze Zeit später zurückzog, fragte sie sich unwillkürlich, ob diese Frau doch wieder aufgetaucht war. In der Hoffnung, etwas herauszubekommen, beobachtete sie ihn während der folgenden geschäftlichen Gespräche genau. Vergeblich. Sie schien ihn verloren zu haben, ohne zu wissen, warum.

Waren diese Details für die Kommissarin wertvolle Informationen? Eine große Liebe, die ihn verlassen hatte. Und weiter? Machte sie sich nicht wieder lächerlich, wenn sie der Wiesinger ihre unerwiderten Gefühle zu Michael offenbarte, um dann von der großen Unbekannten zu berichten? Oder ging es hier um ihr verletztes Ego? Wollte sie deshalb nicht darüber reden, weil sie sich vor der Reaktion der Kommissarin fürchtete?

Marina beschloss, sich diesen Tag Ruhe zu gönnen. Es war ihr freier Tag. Eigentlich hatte sie vorgehabt, nach Hamburg zu Christian zu fahren. Ihre Aussprache war lange überfällig. Doch letztendlich wusste sie genau, worauf das hinauslief: die Trennung. Beide waren in ihren Hoteljobs extrem eingespannt. Sie hatten gemeinsam das Studium absolviert, sie mit Auszeichnung, er gerade so eben. Er hatte es die ganze Zeit leichter genommen, sie war die Ehrgeizige von beiden. Neidische Mitstudenten hatten sie als Streberin bezeichnet. Trotzdem angelte er sich am Ende den tollen Arbeitsplatz im angesehenen Hamburger Betrieb, während sie hier gelandet war. Das war ihrer Liebe nicht förderlich gewesen. Der Versuch, die Beziehung zu kitten, schlug fehl. Eine Trennung war unvermeidlich, aber Marina brachte dafür heute keine Kraft auf.

Sie sollte jedoch wenigstens absagen. Bei der Vorstellung, jetzt mit Christian zu sprechen – und sei es auch nur am Telefon, sträubte sich alles in ihr. Eine SMS musste reichen. Stillos, aber irgendwie egal. Ihm vermutlich ebenfalls. Sie griff nach ihrem Handy, sendete ihm eine nichtssagende Nachricht und schaltete es danach sofort aus.

Sie beschloss, bei einem Strandspaziergang Kraft zu tanken. Morgen früh würde sie Kontakt zu der Polizistin aus Hamburg aufnehmen, um ihr zu erzählen, was sie wusste. Es wurde Zeit, ihr Leben wieder in den Griff zu bekommen.

Zufrieden über diesen Entschluss schnappte sie sich ihren Autoschlüssel, um so weit in den Norden zu fahren, dass sie niemandem begegnete, den sie kannte.

Torge in Tating

Sonntag, den 03. September

Auf dem Weg zurück nach Tating war Torge mit dem Verlauf des Tages äußerst zufrieden. Kurz fragte er sich, ob es nicht besser gewesen wäre, die Presse an die Kommissarin zu verweisen oder zumindest Knud anzurufen, um ihn dazuzubitten, doch dann wäre er selbst nur noch eine Randfigur gewesen. Außerdem war er überzeugt, dass seine Informationen zu diesem Zeitpunkt wesentlich ergiebiger waren als die der Polizei. Ganz konnte er trotzdem nicht aus seiner Haut. Das schlechte Gewissen nagte an ihm. Also beschloss er, Knud wenigstens über das Interview mit den Reportern von *N3 aktuell von der Küste* zu informieren, das heute gegen 18 Uhr gezeigt würde.

Nachdem er sich sein Headset über das Ohr geklemmt hatte, suchte er Knuds Nummer aus der Kontaktliste. Nach dem dritten Klingeln nahm der ab.

„Moin Torge. Ich dachte, du hast heute Familientreffen. Bist du etwa schon wieder spät dran?"

Torge zog eine Grimasse. „Annegret wird nicht begeistert sein, aber immerhin habe ich ein Kilo frische Krabben."

„Und da hast du noch Zeit mich anzurufen, um mit mir zu schnacken? Oder gibt es was Neues?"

„So kann man es ausdrücken. Ich dachte, ich informiere dich lieber, bevor du es aus dem Fernsehen erfährst."

„Häh? Aus dem Fernsehen? Was hat das wieder zu bedeuten, Torge?"

Jetzt wurde dem Hausmeister doch etwas mulmig zumute. Er überlegte, ob er Knud schon einmal richtig sauer erlebt hatte. Wie würde dann erst die Kommissarin aus Hamburg reagieren?

„Torge! Nun sag schon! Was hast du wieder angestellt?"

Es klang, als ob seine Mutter meckern würde.

„Ich glaube, du wirst nicht begeistert sein", versuchte er, Knud vorzubereiten, was natürlich schon völlig überflüssig war. „Ich habe Hinnerk vom Verein Wattenmeer in Büsum getroffen. Er hat mir einiges zu Schwertfegers Vergangenheit erzählt."

„Und was hat das mit dem Fernsehen zu tun?"

„Ja, warte. Ich erzähle es dir doch. Ich bin danach zur *Weißen Düne* gefahren, weil ich dachte, ich würde euch treffen.

Stattdessen war ein Reporter von *N3 aktuell* da."

„Sag nicht, du hast denen ein Interview gegeben!"

„Ja, … doch!"

„Torge! Bist du denn total bekloppt? Oh Mann, die Wiesinger wird ausflippen! Wie konntest du nur?" Selbst Knud klang richtig verärgert.

Was sollte er dazu sagen?

„Verdammt! Was hast du denen alles erzählt? Wann wird das gesendet? Nun sag schon! Ich muss zumindest vorbereitet sein, wenn ich mit ihr spreche", forderte sein Kumpel ihn ungewohnt unwirsch auf.

„Deswegen rufe ich dich ja an", erwiderte Torge kleinlaut. „Im Großen und Ganzen habe ich ihnen nur die Stelle gezeigt, an der ich Michael gefunden habe. Danach wollten sie so viel wie möglich über ihn wissen, also habe ich die Informationen von Hinnerk weitergegeben."

„Aha. Und das wäre?" Die Ungeduld des Kommissars stieg.

„Über sein Studium in Australien und so. Stell dir vor, er war sogar ein Doktor." Der Hausmeister klang so stolz, als würde er über seinen eigenen Werdegang berichten.

„Ein Arzt?", fragte Knud etwas schwer von Begriff.

„Nein, ein Doktor für Meeresbiologie natürlich!" Torge hatte schon wieder Oberwasser. Er freute sich über die Neuigkeiten, die er seinem Kumpel mitteilen konnte. „Er hat irgendwas geforscht, das habe ich nicht so genau verstanden. Deshalb hat Hinnerk ihn eingestellt. Das sollte er hier fortsetzen, um Ruhm und Ehre für die Schutzstation Wattenmeer zu erreichen – oder so."

„Oder so! Da hast du scheinbar nicht so gut zugehört. Oh Mann, Torge! Das gibt Ärger. So´n Schiet!" Knud schien ihm trotzdem nicht wirklich böse zu sein, sondern überlegte eher, wie er ihn vor dem Zorn der neuen Kollegin bewahren konnte.

„Hhm." Mehr viel ihm dazu nicht ein.

„Na ja, das lässt sich nicht mehr ändern. Danke für den Anruf. Ich überlege mal, wie ich es der Kommissarin verklickere. Hast du morgen Dienst?" Knuds Ärger schien schon wieder verflogen zu sein.

„Jo. Jetzt muss ich mich sputen. Maria und die Kinder sind bestimmt schon da. Mach´s gut, Knud. Danke und Moin."

In Erwartung eines zweiten Donnerwetters hielt er kurz bei einem Blumenladen – Sonntagsöffnung an der Küste sei Dank – und kaufte einen Strauß gelb-orangener Sommerblumen für Annegret. Sowohl für den guten Tipp bezüglich Hinnerk als auch zur Besänftigung, da er tatsächlich wieder spät dran war.

Wie sich zeigte, waren alle in bester Stimmung. Sie hatten den Tisch im Garten gedeckt, die Erwachsenen saßen bei Kaffee mit Kuchen, die Kinder tobten herum. Alle freuten sich, als Torge eintraf und bestürmten ihn, von dem Toten im Watt zu erzählen. Er genoss es redlich, im Mittelpunkt zu stehen. Selbst seine Frau war gespannt, was das Gespräch mit Hinnerk ergeben hatte. Torge erzählte es in allen Einzelheiten.

Die Neuigkeit über seinen Fernsehauftritt in den lokalen Nachrichten hob er sich bis zum Schluss auf. Insbesondere die Kinder waren den Rest des Nachmittags aufgeregt. Sie konnten es kaum abwarten, ihren Opa auf der Mattscheibe zu sehen.

Charlie in Westerhever

Sonntag, den 03. September

Noch einmal dachte Charlie wehmütig an einen gemütlichen Abend mit dem Inhalt der Minibar, bevor sie wieder zum Handy griff, um Petersen zurückzurufen.

„Moin Kommissarin. Dieses Mal halten Sie es nicht ohne mich aus!", begrüßte er sie mit einem Schmunzeln, das sie hörte, ohne ihn zu sehen.

„Moin Petersen. Da haben Sie absolut recht. Mein Chef hat mich gerade rundgemacht", gab sie unumwunden zu. „Ich muss heute Abend unbedingt nach Westerhever fahren, um den Turm und Schwertfegers Büro zu durchsuchen."

„Ich nehme an, Sie haben Ihrem Chef mitgeteilt, dass ich das mit den Kollegen aus Heide bereits getan habe, oder?", fragte er gelassen.

„So ist es. Damit ist er nicht zufrieden. Ich soll mir selbst ein Bild machen, auch wenn ich eigentlich lieber die Minibar killen würde", gab sie unumwunden zu.

Das brachte Knud zum Lachen.

„Ach, grämen Sie sich nicht. Soll ich Sie begleiten oder wollen Sie nur die Schlüssel abholen?", wollte er daraufhin wissen.

„Ehrlich gesagt wäre es mir lieber, wenn Sie mitkommen."

Damit hatte er offenbar nicht gerechnet.

„Oh, tatsächlich? Ich komme gerne mit. Dann sind Sie auch schneller bei Ihrer Minibar", scherzte er.

„Oder ich lade Sie auf ein Bier mit einem Schnaps ein, wenn wir durch sind", schlug sie vor.

„Da sage ich nicht nein. Soll ich Sie abholen? Ich bin auf dem Revier und die Schlüssel habe ich hier."

„Danke Petersen, bis gleich." Charlie fühlte eine ungewohnte Erleichterung, diese Durchsuchung nicht allein durchführen zu müssen.

In Westerhever angekommen, fingen sie auf Petersens Anraten in dem Leuchtturm an, weil es dort kaum etwas Interessantes zu sehen gab. Schwertfeger war äußerst spartanisch eingerichtet gewesen. Überwiegend hatte er die uralten Möbel genutzt, die vor langer Zeit einmal hergebracht worden waren, als der Turm noch bewohnt wurde. Seine persönliche Habe war überschaubar. Neben der Kleidung gab es ein Bücherregal, ungefähr je hälftig mit Fachliteratur und Thrillern gefüllt. Nun war er - als Ironie des Schicksals - auf dem freigelegten Meeresboden selbst zu einem Mordopfer geworden.

„Haben Sie geguckt, ob in den Büchern Briefe, Notizen oder sonst etwas zu finden ist?", fragte die Kommissarin ihren neuen Kollegen.

„Nur stichprobenartig", gab Knud zu. „Meinen Sie, dort etwas Aufschlussreiches zu finden?"

„Kann man nicht wissen."

Beide standen in der Überlegung, wie lange es wohl dauern würde, alle Bücher durchzublättern oder auszuschütteln, unschlüssig vor dem Regal.

„Tja, wie es aussieht, muss unsere Kneipentour warten, Petersen. Sie fangen oben an, ich unten", forderte Charlie ihn auf.

Schweigend arbeiteten sie sich durch das Bücherregal. Alle gesichteten Bücher stapelten sie an die Wand rechts und links daneben. Der durch den Raum wirbelnde Staub wurde sichtbar, als die letzten Sonnenstrahlen durch die schmalen Fenster in den runden Wohnraum fielen. Charlie nieste kräftig und streckte sich. Das Gefühl, ihre Zeit zu verschwenden, wurde übermächtig. Erneut verfluchte sie Matthias, der ihr diese Abendschicht eingebrockt hatte. Etwas Spektakuläres würden sie wohl nicht mehr finden, trotzdem schüttelte sie beharrlich weiter Schwertfegers Lektüre aus. Als sie noch einmal niesen musste, übersah sie ein gefaltetes Blatt Papier aus dem gerade untersuchten Buch fallen.

„Na, also", freute sich ihr nordfriesischer Kollege, als es direkt vor seine Füße segelte. „Was haben wir denn da?"

Bei dem leicht vergilbten, aber hochwertigen Bogen handelte es sich bei näherer Betrachtung um einen Brief. Petersen und Charlie steckten unwillkürlich die Köpfe zusammen. Gespannt fingen sie an, zu lesen.

Mein Liebster,

lange haben wir gemeinsam gegen diesen Eindringling gekämpft und ich hatte große Hoffnung, ihn mit vereinten Kräften zu besiegen. So eine Wende konnte keiner voraussehen!

Sei nicht böse über meinen Entschluss, den Weg nun allein zu gehen. Bestimmt wird das Gefühl des Verlassenseins Dich lähmen. Trotzdem habe ich keine Wahl. Trauer' nicht zu lange. Halte Dich an der Wissenschaft fest, forsche weiter. Ich weiß, Du wirst damit Erfolge feiern und die Anerkennung finden, die Dir gebührt. Genieße sie auch ohne mich!

Ich bleibe stets mit Dir verbunden!

Dein Schmetterling

Schweigend standen sie eine Weile zusammen. Charlie las den Brief ein zweites, sogar drittes Mal. Petersen fand als Erster die Sprache wieder.

„Wow, das klingt ja nach einer Tragödie!", bemerkte er ergriffen.

„Hm." Charlie sah es etwas nüchterner. „Kein Datum, weder eine namentliche Anrede noch eine zuordenbare Unterschrift. Vielleicht eine Tragödie, aber was bringt uns das?" Skeptisch betrachtete sie den handgeschriebenen Brief.

„Zeigen Sie mal das Buch, aus dem er gefallen ist", forderte er sie auf.

Charlie hatte es schon auf den Stapel gelegt. Bevor sie es ihm reichte, warf sie selbst einen Blick darauf.

„Der kleine Prinz von Antoine d´Exupery. Interessant! Es passt überhaupt nicht zu den anderen Werken", stellte die Kommissarin fest. Nach einer Weile hatte sie auf die Titel gar nicht mehr geachtet.

Petersen fing an, darin zu blättern. „Sieht aus wie ein Kinderbuch, da sind ja sogar Bilder drin."

„Es ist gleichermaßen für Erwachsene, außerdem sehr tiefsinnig. Ein außergewöhnliches Buch mit großem Erfolg. Steht vielleicht eine Widmung drin?", klärte sie ihn auf, bevor sie die nächste Frage stellte.

Knud schaute auf die erste Seite. „Ja, tatsächlich! Da steht *Für immer Deine Rose*. Zeigen Sie noch einmal den Brief. Das scheint die gleiche Handschrift zu sein." Knud war ganz aufgeregt. „Das haben wir bei unserer Durchsuchung übersehen. Gut, heute Abend hergekommen zu sein!"

„Das ist nicht gerade eine heiße Spur, Petersen." Charlie sah es nüchterner.

„Ja, aber es scheint Schwertfegers Buch zu sein. Er hat den Abschiedsbrief der Frau hineingelegt, die es ihm schenkte", schlussfolgerte er.

„Nicht sicher, aber wahrscheinlich. Und was bringt uns dieses Wissen? Der zurückgezogen lebende Mann hatte irgendwann einmal ein Liebesleben. Sie hat ihn verlassen, obwohl sie ihm vorher ewige Treue schwor. Es ist nicht außergewöhnlich, aber vor allem kein Mordmotiv!", zerstörte sie seine Euphorie.

Das musste Petersen zugeben. „Na gut, immerhin haben wir überhaupt etwas gefunden. Lassen Sie uns den Rest durchgucken. Vielleicht gibt es noch mehr", forderte er seine pessimistische Kollegin auf.

Schon machte er sich wieder an die Arbeit. Schweigend arbeiteten sie sich durch die übrigen Bücher, während das Licht immer diffuser wurde. Gegen zweiundzwanzig Uhr hatten sie den Turm akribisch abgesucht, aber nicht mehr als den Brief gefunden. Obwohl Charlie mit der Ausbeute alles andere als zufrieden war, verspürte sie wenig Lust, direkt im Anschluss das Büro in Angriff zu nehmen. Dafür bräuchten sie vermutlich die halbe Nacht. Verschoben sie es auf morgen, würde ihnen Thomas Hentschel nicht nur auf die Finger gucken, sondern mit seiner Arroganz an ihren Nerven zerren. Charlie beschloss, das auszuhalten. Mehr Aufschluss versprach sie sich sowieso von dem Computer, dessen Ergebnisse am folgenden Tag vorliegen sollten.

„Kommen Sie, Petersen. Lassen wir es für heute gut sein. Das Buch und den Brief nehmen wir mit. Vielleicht finden sich darauf verwertbare Fingerabdrücke." Sie packte beides in eine Tüte. „Haben Sie noch Lust auf ein Bier oder wollen Sie es lieber auf morgen verschieben?"

„Also, ich bin dabei. Verdient haben wir es uns allemal oder sind Sie für eine kleine Kneipentour zu müde?", fragte er sie bestens gelaunt.

„Ein, zwei Bier gönnen wir uns. Sie kennen doch bestimmt eine urige Kneipe, in der hauptsächlich Einheimische verkehren."

„Das will ich wohl meinen!"

Alexander in Lindau

Mitte Juni, sieben Jahre früher

Alexander beschloss, die Psychologin erst einmal alleine aufzusuchen. Lisa hatte sich zurückgezogen. Ihre höfliche, aber auch sehr distanzierte Kommunikation beschränkte sich auf die Belange des Alltags. Seit zwei Wochen war das Thema Krebs totgeschwiegen worden. Alexander passte sich ihren Bedürfnissen an. Wenn Lisa Zeit brauchte, dann gab er sie ihr. Nun war er gespannt, was ihn bei dem heimlich vereinbarten Termin erwartete.

Die erste Überraschung hielt gleich der Blick auf die Ärztin bereit, die hinter ihrem Schreibtisch saß, als er die Tür öffnete. Alexander war sich nicht im Klaren, was er bei dem Namen Dipl.-Psychologin Dr. Elvira Katalina Leisering erwartet hatte, jedoch nicht diese kleine, recht mollige Frau mittleren Alters.

Als er eintrat, stand sie sofort auf, um ihn mit einem warmen Lächeln zu begrüßen. Alexander schoss der Begriff kugelrund durch den Kopf, als er ihre gesamte Erscheinung wahrnahm. Das gut sitzende Kostüm, kombiniert mit einer modischen Bluse und dezentem Schmuck, stand in Kontrast mit ihren rosigen Wangen sowie der leicht unvorteilhaften Frisur, die eher an eine Hausfrau der fünfziger Jahre beim Einkochen von Obst aus dem eigenen Garten erinnerte.

„Grüß Gott, Herr Blumenthal! Kommen Sie herein, Sie brauchen nicht so schüchtern sein."

Alexander fing sich wieder. Ihre warmherzige Art gab ihm ein entspanntes Gefühl. „Grüß Gott, Frau Dr. Leisering."

„Nennen Sie mich Elvira. Ich habe ein paar Jahre in den Staaten gelebt. Von der lockeren Art können wir uns eine Scheibe abschneiden. Ich schlage vor, wir setzen uns dort." Sie wies auf eine gemütlich aussehende Sitzgruppe. „Darf ich Ihnen einen Kaffee oder ein Wasser anbieten?"

Der zweite Überraschungsmoment hatte Alexander erfasst. Mehr als ein knappes „Wasser bitte" brachte er nicht zustande.

„Nehmen Sie Platz. Darf ich Sie Alexander nennen?" Als er nickte, fuhr sie fort. „Namen und Titel können ja sehr einschüchternd sein. Seit Jahren versuche ich, mich der Katalina zu entledigen, doch meine Mutter lässt das nicht zu. Das klingt jetzt vielleicht etwas absurd, aber als ich mein Praxisschild geändert habe, war Mama so lange beleidigt, bis ich das Vorherige mit meinem vollständigen Namen wieder aufhängte. Seitdem kommt die alte Lady jeden Monat einmal hier vorbei, um es zu kontrollieren. Sie sehen, wir Psychologen haben auch unser Päckchen zu tragen."

Während Elvira ihm die skurrile Geschichte erzählte, entspannte sich Alexander zusehends. Er begann Vertrauen zu fassen. In ihm keimte der Verdacht, diese Anekdote sei frei erfunden. Vielleicht hatte sie sich den zweiten Vornamen sogar extra zugelegt, um zu Beginn der Behandlung eines neuen Patienten mit dieser Geschichte das Eis zu brechen.

Wie es auch war, es funktionierte. Nach einem Schluck Wasser übernahm er die Gesprächsführung, indem er anfing, von Lisa zu erzählen. Um nicht sofort mit dem Krebsthema einzusteigen, holte er ein bisschen weiter aus.

Alexander charakterisierte sie in all ihrem Optimismus und ihrer Fröhlichkeit, erzählte von der glücklichen Ehe, die von Vertrauen und Respekt geprägt war. Er entspannte sich endgültig als er wahrnahm, wie aufmerksam Elvira zuhörte. Nicht ein einziges Mal unterbrach sie ihn. Die fünfzig Minuten neigten sich dem Ende, als er sich traute, von Lisas Krankheit zu sprechen. Er offenbarte, dass nicht nur jeder für sich seine Probleme damit hatte, sondern auch sie beide als Paar. Plötzlich war ihre Harmonie gestört, wodurch ihre Kommunikation praktisch lahmgelegt wurde.

Elvira nickte verständnisvoll. „Ja, das höre ich nicht zum ersten Mal. Der Schock sitzt bei Ihnen beiden tief. Drei Wochen seit der Diagnose ist zu wenig Zeit, um die Phase der Wut und Hilflosigkeit zu überwinden. Kommen Sie schon übermorgen wieder her, Alexander. Wir werden weiter über Ihren Schmerz sprechen. Außerdem versuchen wir, eine Strategie zu entwickeln, Lisa zu gemeinsamen Gesprächen hierher zu bewegen. Das ist doch Ihr Wunsch, oder?“

Als Alexander zustimmte, vereinbarten sie den nächsten Termin.

Torge in St. Peter-Ording

Montag, den 04. September

Am nächsten Morgen war Torges Hochgefühl des Vortages verflogen. In Erwartung eines Donnerwetters von der Kommissarin fuhr er bereits sehr früh zur *Weißen Düne*. Auf dem Weg überlegte er fieberhaft, was er den drohenden Vorwürfen entgegensetzen konnte. Sicherlich würde sie ihm vorhalten, mit dem Interview seine Kompetenzen überschritten zu haben. Leider war er in seiner Begeisterung nicht so klug gewesen, einige Informationen exklusiv für die Ermittlerin zurückzuhalten. Das hätte sie bestimmt milde gestimmt. Doch die Idee war ihm erst letzte Nacht gekommen, als er über den Schlamassel nachdachte, in den er sich in seiner Euphorie wieder einmal manövriert hatte.

So´n Schiet!

Ob sein Bonus bezüglich der kleinen Kooperation mit den Gästelisten noch zog? Immerhin konnte er ihr anbieten, wieder seinen Computer zu nutzen, wenn die Lessing nach wie vor querschoss.

Vermutlich war ihr Interesse daran nicht mehr sehr groß, weil sich der Fall bereits weiterentwickelte. Die Fahrt von Tating nach St. Peter war zu kurz, um eine Lösung für sein Problem zu finden.

Als er das Foyer der *Weißen Düne* betrat, genoss er die Stille, die hier um diese Uhrzeit herrschte. Es fühlte sich allerdings an, wie die Ruhe vor dem Sturm.

Ein Montagmorgen um sieben Uhr im September: Die Hochsaison hatte mit dem Überschreiten ihres Zenits die meisten Touristen wieder mit nach Hause genommen. Der Lärm der letzten Wochen war mit ihnen in ihren Alltag entschwunden.

Obwohl er sich vor der Begegnung mit Knud und insbesondere der Wiesinger fast ein wenig gefürchtet hatte, war er enttäuscht, als er bei dem Rundgang durch die Ferienanlage keinen von beiden traf. In seinem Büro angekommen, fragte er sich unwillkürlich, woran sie gerade arbeiteten. Wen trafen sie, um welche Informationen zu erhalten, die den Fall weiter vorantrieben? Missmutig wandte sich Torge den Bestellungen für Verbrauchsmaterialien zu. Das war eine mühselige Tätigkeit, die ihn bereits anstrengte, wenn er in guter Stimmung war. Heute verschlechterte sich seine Laune dadurch immens. Doch wenn er sie weiter aufschob, stand er am Ende ohne Nachschub da, was nicht nur Ärger mit den Zimmermädchen geben, sondern sein Kerbholz bei der Lessing erweitern würde. Darauf konnte er getrost verzichten.

Kaum hatte er seinen Rechner hochgefahren, um sich in die Listen der zu bestellenden Reiniger, Seifen und des anderen

Gedöns für die Gäste zu vertiefen, da wurde er durch ein Klopfen an der offenstehenden Tür unterbrochen. Mit einem erst nur flüchtigen Blick erfasste er eine kleine Frau mit wirren leicht lilafarbenen Haaren, die ein fast schon runzeliges Gesicht einrahmten. Sie stand unschlüssig in der Tür, geduldig auf ein Zeichen wartend, das ihr signalisierte nähertreten zu dürfen. Sogar Torge - selbst nicht gerade ein Mode-Geck - befand ihre Klamotten als unsagbar altmodisch, außerdem extrem kontrastreich zu der dominanten Haarfarbe, die er zum ersten Mal in seinem Leben sah – und er hatte schon viel gesehen! Er löste sich von der ungeliebten Aufgabe, um die alte Dame genauer zu betrachten. Im Grunde sah sie aus, als wäre sie aus einer anderen Zeit gefallen. Torge war unschlüssig aus welcher. Da sie optisch so unpassend in der Umgebung des modernen Feriendorfes war, vergaß er den aufkeimenden Ärger über die Störung schnell. Schon gewann seine Neugier die Oberhand. Er fragte sich unwillkürlich, ob sie sich verlaufen hatte. Da sie schwieg, eröffnete er das Gespräch mit einem Gruß: „Moin min Deern. Kommen Sie doch herein in mein bescheidenes Reich. Wie kann ich Ihnen helfen?"

„Guten Morgen!" Sofort kam Bewegung in seine Besucherin. Mit gerader Haltung trat sie ein paar Schritte vor, um vor seinem Schreibtisch stehen zu bleiben. Ihre Stimme klang erstaunlich tief und fest: „Ich brauche Ihre Hilfe. Ich will meine Tochter besuchen, die hier Urlaub in einem der Bungalows macht. An der Rezeption gab man mir diesen Plan." Wie zum Beweis hielt sie ein gefaltetes Blatt Papier in die Höhe. „Doch mit Kartenlesen habe ich es nicht so, Gleiches gilt für meinen Orientierungssinn. Eher würde ich sonstwo landen, als in absehbarer Zeit das richtige Ferienhaus zu finden. Die freundliche Rezeptionistin, die ihren Posten derzeit nicht verlassen kann, hat mich zu

Ihnen geschickt. Ich hoffe, ich störe Sie nicht bei einer wichtigen Tätigkeit."

So merkwürdig sie aussah, sie überzeugte mit guten Manieren und Respekt, was hier nicht unbedingt an der Tagesordnung war. Viele der Gäste sahen ihn eher als ihren persönlichen Lakai, der ständig nur darauf wartete, Sonderwünsche zu erfüllen.

Innerlich froh, sich mit etwas anderem als der lästigen Büroarbeit beschäftigen zu können, nickte er der alten Lady aufmunternd zu. Mit einer Handbewegung lud er sie ein, sich zu setzen.

„Das haben wir gleich. Zeigen Sie mir einmal den Plan, dann finden wir Ihre Tochter bestimmt schnell. Hat die Empfangsdame sie in dem Bungalow nicht erreicht?"

Normalerweise holten die Gäste des Hauses ihre Besucher im Eingangsbereich ab.

„Mhm", meldete sie sich wieder zu Wort. „Sie weiß nichts von meinem Besuch ..."

„Eine Überraschung?", fragte Torge neugierig.

„So etwas in der Art." Die Antwort klang ausweichend.

„Da wird sie sich aber freuen", stellte er wohlwollend fest.

„Das wird sich noch zeigen."

Torge breitete gerade die Skizze auf seinen Schreibtisch aus, um nach dem eingekreisten Bungalow zu gucken, doch der Tonfall der Besucherin ließ ihn innehalten.

„Ach", war alles, was ihm spontan dazu einfiel. Er überlegte, ob er nachfragen sollte. Im Grunde ging es ihn ja nichts an. Er fand die kleine schrullige Frau zwar ganz interessant, wollte sich jedoch nicht in eine Familienangelegenheit hineinziehen lassen. Sowohl die Bestellungen als auch der Mordfall warteten auf seinen Einsatz. Einfach schnell abliefern, um sich dann wieder um den eigenen Kram zu kümmern, das war die Devise. Er nickte zustimmend zu dem Plan, doch sie schien das als Aufforderung zu begreifen, ihn weiter einzuweihen:

„Meine Tochter ist schon eine Weile hier zur Erholung", setzte sie an, wobei Torge sich sofort fragte, wie er aus der Nummer herauskam, ohne unhöflich zu werden. Grundsätzlich waren alle zur Erholung hier! Vielleicht gab es in dem Jahrhundert, aus dem sie kam, keine Urlaubsreisen ans Meer. Gerade als er sie unterbrechen wollte, um möglichst zu vermeiden, ihre ganze Lebensgeschichte anhören zu müssen, nahm sie ihm den Wind aus den Segeln.

„Junger Mann, Sie haben sicher viel zu tun. Alle haben immer viel zu tun; hetzen sich ab, um dem Geld hinterherzujagen ..."

Sie holte weiter aus, als er befürchtet hatte.

„... ich will Sie weder mit Familiengeschichten, noch mit Problemen oder meinen verschrobenen Ansichten langweilen."

„Ihren verschrobenen Ansichten?" Nun musste Torge doch lachen! Was für ein seltsamer Vogel sie war!

Unwillkürlich überlegte er, wie alt sie sein mochte. Immerhin bezeichnete sie ihn als jungen Mann. Es fiel ihm grundsätzlich schwer, das Alter anderer Leute zu schätzen, aber um die achtzig war sie allemal.

„Ja, so bezeichnet es meine Tochter, wenn sie gute Laune hat. Vermutlich hat sie recht", ergänzte sie verschmitzt. „Damit will ich Sie aber nicht behelligen. Margarete verbringt seit mehreren Jahren den Sommer hier. Nicht nur, um Urlaub zu machen, sondern für eine nachhaltige Erholung von ihrem Burnout, den sie sicherlich nicht bekommen hätte, wenn sie einmal mit dem zufrieden gewesen wäre, was schon lange als Familienvermögen vorhanden ist. Aber das fällt wohl wieder in die Abteilung verschrobene Ansichten. Wollen wir los?"

„Ihre Tochter verbringt den ganzen Sommer hier? Dann ist sie die Bungalow-Prinzessin!"

„Die Bungalow-Prinzessin? Hätte gar nicht gedacht, dass Sie auf *Dirty Dancing* stehen!"

Obwohl ihm das etwas peinlich war, musste Torge schallend lachen. Seine neue Bekanntschaft war offensichtlich blitzgescheit unter der exzentrischen Frisur.

„Meine Frau liebt den Film, so wie vermutlich Millionen andere auch. Außerdem war das ausnahmsweise mal nicht meine Idee."

„Schade, ist ein amüsanter Einfall. Bungalow-Prinzessin. Vielleicht gefällt ihr das sogar", überlegte sie, wiegte dann den Kopf: „Na ja, kommt darauf an, wie gut sie sich an den Film erinnert."

„Margarete Süßholz ist also Ihre Tochter. Wie ist eigentlich Ihr Name?", fragte Torge schließlich.

„Oh, wie unhöflich von mir. Ich bin Marlene von Hofstetter." Sie stand auf, um ihm die Hand über den Schreibtisch zu reichen.

„Torge Trulsen. Nennen Sie mich Torge, das machen hier alle", stellte er sich vor.

„Dann lassen Sie uns gehen, Torge. Sie haben ja sicherlich noch etwas anderes zu tun, als stundenlang den Geschichten einer alten Schachtel wie mir zu lauschen. Was ist Ihre Aufgabe hier?"

„Ich bin der Hausmeister der Ferienanlage, Frau von Hofstetter."

„Nennen Sie mich Marlene. Sagt man dazu heutzutage nicht Facility Manager?", fragte sie mit einem Augenzwinkern.

„Ja, aber dadurch wird die Arbeit nicht anders und ich nicht besser. Fühlen sich die Menschen wichtiger, wenn ihnen ein Irgendwas-Manager den Wasserhahn repariert?", ärgerte sich Torge ein wenig.

„Vielleicht ..., ich dachte bisher immer der Irgendwas-Manager fühlt sich dann wichtiger", parierte Frau von Hofstetter in einem beruhigenden Tonfall.

„Wie auch immer, kommen Sie, Frau Marlene, wir stöbern Ihre Tochter auf. Mal gucken, ob Ihr Auftauchen eine gute oder eine schlechte Überraschung ist", schob der Hausmeister die überflüssige Diskussion beiseite.

„Ja, vermutlich wird sich ihre Begeisterung in Grenzen halten, aber ich habe ein merkwürdiges Gefühl. Irgendetwas stimmt nicht. Sie hat sich in den letzten Wochen jeden Tag bei mir gemeldet. Es hat sich so ergeben, war wie eine Rückversicherung. Morgens nach dem Frühstück haben wir kurz telefoniert - quasi um uns gegenseitig zu bestätigen, noch am Leben zu sein", ergänzte sie trocken. „Seit Tagen habe ich nichts mehr gehört. Kein Anruf, keine Antwort auf meine Nachrichten auf ihrer Mailbox, nicht einmal eine SMS. Da habe ich gestern Mittag einen Koffer gepackt und mir eine Bahnfahrkarte besorgt. Ich befürchte, sie rutscht mit einem Rückfall in die nächste Depression ab. Vielleicht kann ich sie aufmuntern. Na ja, immerhin will ich für ihre regelmäßige Medikamenteneinnahme sorgen."

Erschöpft von dem Monolog setzte sie sich auf den unbequemen Besucherstuhl. „Können Sie mir bitte ein Glas Wasser besorgen, bevor wir losgehen?"

Charlie in Westerhever

Montag, den 04. September

Als Charlie am nächsten Morgen aufwachte, wusste sie nicht, wo sie sich befand. Obwohl sie die Augen lediglich einen Schlitz öffnete, ließ das grelle Sonnenlicht kleine Blitze durch ihren Kopf zucken. Erschöpft sank die Kommissarin wieder auf die Matratze und legte sich die Hände schützend vor das Gesicht. Langsam sickerte der Verlauf des Abends in ihr Bewusstsein.

Ihre Strafversetzung in die Pampa ... der Anruf von Matthias wegen des Fernsehinterviews mit Torge Trulsen ... die Durchsuchung des Leuchtturms in Westerhever mit Petersen ... der Liebesbrief und abschließend der Besuch in einer urigen Kneipe in dem alten Dorf von St. Peter, in die sich nur selten Touristen verirrten.

Wie viele Bierchen hatte sie eigentlich getrunken? Dazu hatte Petersen einen Friesengeist nach dem anderen bestellt. Ein köstliches Gebräu! Am besten hatte ihr die kleine Flamme darauf gefallen. Sie hatte sich eingeredet, der Alkohol würde ja verbrennen, weswegen sie ruhig ein, zwei Gläschen mehr davon genießen konnte. Außerdem war der Tag ab dem Anruf aus Hamburg echt deprimierend, wenn nicht sogar demütigend gewesen. Warum sollte sie sich nicht ein bisschen trösten lassen?

Langsam war sie in der Lage, die Augen ganz zu öffnen, um sich im Raum umzuschauen. Auf ihrem Nachtschränkchen standen zwei Gläser.

Benutzte Gläser!

Während Charlie sie grübelnd anstarrte, versuchte sie zu ergründen, was das zu bedeuten hatte. An die Details des späteren Abends konnte sie sich beim besten Willen nicht erinnern. Hatte Petersen sie nach dem Kneipenbesuch in ihren Bungalow begleitet? Auf den ersten Blick schien das die Erklärung zu sein. Unwillkürlich errötete sie bei der Vorstellung, dass es nicht bei einem Absacker geblieben und aus Petersen nun Knud geworden war. Nicht einmal vierundzwanzig Stunden vor Ort, keine Ermittlungsergebnisse, dafür aber ein Techtelmechtel?

Vorsichtig hob sie die Bettdecke an, um an sich herunterzuschauen. Sie trug immerhin ihren Slip - dazu ein T-Shirt sowie ihren Büstenhalter. Das war nicht gerade aufschlussreich. Erschöpft ließ sie sowohl den Kopf als auch die Bettdecke wieder sinken. Leichte Migräne zog über die rechte Schläfe bis in den Nacken, wodurch es ihr unmöglich war, klar zu denken. In der Hoffnung, Petersen würde nicht plötzlich aus dem Bad kommen, um frohgelaunt mit einem Handtuch um die Hüften mitten in ihrem Schlafzimmer zu stehen, gab sie sich kurz den Erinnerungsfetzen hin, die durch ihren Schädel waberten. Ein klares Bild wollte sich nicht formen. In dem Wissen, nur

Aufstehen gepaart mit reichlich Koffein würde Abhilfe schaffen, wälzte sie sich mühsam über die Bettkante.

Beinahe das Gleichgewicht verlierend schwankte sie wie ein betrunkener Seemann Richtung Tür.

„Rest-Alkohol", murmelte sie ergeben, wobei sie sich selbst eine dumme Gans schalt. Wenn sie sich weiterhin so verhielt, würde sie den Job hier nicht nur vermasseln, sondern sich selbst lächerlich machen. Doch bevor sie in der Lage war, weitere Pläne zu schmieden, wie sie den Tag überstehen und gleichzeitig die Ermittlungen vorantreiben konnte, brauchte sie erst einmal Kaffee.

Viel Kaffee!

In der Küche angekommen schaltete sie die Maschine ein und stellte gleich zwei Becher zur Befüllung parat. Die Schläfen massierend überlegte sie, ein paar Aspirin dazuzunehmen, um wieder fit zu werden. Jetzt durchzuhängen kam nicht in Frage.

Welcher Teufel hatte sie nur geritten, dass sie dermaßen die Kontrolle verlor? Das passierte in letzter Zeit einfach zu oft. Das brummende Geräusch der Kaffeezubereitung verstummte. Charlie nahm einen Becher, gab einen großen Schluck der kalten Milch aus dem Kühlschrank dazu und trank die Mischung in einem Zug aus, der Zweite folgte ohne Zögern. Schließlich befüllte sie beide Pötte erneut. Dabei ließ sie sich etwas mehr Zeit. Langsam zog sich nicht nur der Kopfschmerz zurück, sondern auch der Nebel aus ihrem Kopf.

Glück gehabt!

Sie aß zu der nächsten Runde Koffein ein paar trockene Kekse, die sie von der Fahrt übrighatte, wodurch ihre Lebensgeister langsam wieder erwachten. Unter der Dusche versuchte sie erneut zu ergründen, ob zwischen Petersen und ihr gestern etwas gelaufen war, aber sie kam zu keinem Ergebnis. Wenn sie so abgefüllt war, wird er sich ja wohl wie ein Gentleman verhalten haben, statt die Situation auszunutzen, oder war das auf dem Land so nicht üblich? Hatte in den Auszügen seiner von Matthias übermittelten Personalakte etwas über den Beziehungsstatus gestanden? Sie konnte sich beim besten Willen nicht daran erinnern. Nun gut. Spätestens wenn sie ihn nachher traf, würde sich das Rätsel auflösen. Hoffentlich wurde es nicht zu peinlich!

Gerade als sie mit dem Anziehen fertig war, hämmerte es gegen die Haustür. Das konnte eigentlich nur der neue Kollege sein. Noch in der Überlegung verharrend, wie sie auf ihn reagieren sollte, stand sie mit klopfendem Herzen mitten im Raum.

Das war ja wirklich albern, schalt sie sich selbst, ging die wenigen Schritte durch den Raum, um die Tür zu öffnen.

„Moin Charlotte, Sie sehen ja fitter aus als vermutet", begrüßte er sie eine Nuance zu laut.

Charlie ignorierte die vertrauliche Anrede und versuchte es mit Flucht nach vorn. „Moin Petersen, halten Sie es ohne mich wieder nicht aus?"

„Tja, nach der letzten Nacht fällt mir das erheblich schwerer", feixte er, während sie sich fragte, wie viel Wahrheit darin steckte. „Aber ich bin enttäuscht, gestern war ich schon Knud für Sie."

Als sie errötete, wurde sein Grinsen etwas breiter.

„Sie haben keine Ahnung, was gestern alles passiert ist", fasste er ihre Unsicherheit zusammen. „Sie würden mich gerne direkt fragen, haben aber genau genommen echt Bammel vor der Antwort. Liege ich richtig?"

Ein Nicken war alles, was die sonst so toughe Kommissarin als Reaktion auf dieses Résumé zu bieten hatte.

„Was halten Sie eigentlich von mir? Glauben Sie wirklich, ich falle über eine sturzbetrunkene Frau her?", fragte Petersen entrüstet.

„Hhm, nein ... natürlich nicht ...", stammelte Charlie. Peinlicher konnte die Situation nicht sein. Sturzbetrunken! Verdammter Mist! Wo war die professionelle Kommissarin bloß abgeblieben?

„Nein, natürlich nicht", wiederholte er ihre Worte. „Deshalb stehen Sie da, wie das Schuldbewusstsein in Person. Nun entspannen Sie sich mal, Kommissarin Wiesinger aus Hamburg. Ich bin ein netter Kerl, der Sie gestern lediglich hierher zurück in Ihr Bett verfrachtet hat."

„Aber ich war heute Morgen nur spärlich bekleidet", wollte sie die restlichen Zweifel ausräumen.

„Ob Sie es glauben oder nicht, das war nicht mein Werk."

„Okay. Danke – Knud."

„Na also, Charlotte." Aus dem amüsierten Grinsen wurde ein freundliches Grienen.

„Und warum sind Sie schon hier?", fragte die Kommissarin, froh das Thema wechseln zu können.

„Sie sind eine halbe Stunde über die verabredete Zeit. Ich dachte, ich schau einmal nach Ihnen." Sein Tonfall klang eher besorgt als vorwurfsvoll.

„So spät ist es schon? Verdammt!"

„Hören Sie auf zu fluchen. Genehmigen Sie sich ein schnelles Frühstück und dann fahren wir nach Westerhever. In dem Büro ist sowieso nichts Verdächtiges zu holen. Je kürzer wir uns dort aufhalten, desto weniger brauchen Sie sich mit Hentschel auseinanderzusetzen. Obwohl er harmlos ist. Seine Verbitterung sitzt mittlerweile tief. Erst die Frau, dann der Job geklaut – würde mir auch stinken", tat Knud seine Überzeugung kund.

„Ich hoffe, Sie haben nicht das Gefühl, dass ich Ihnen den Job stehle", kommentierte Charlie seine Ausführungen.

„Nicht im Geringsten! Ich bin froh, dass wir mit Ihnen endlich Verstärkung bekommen. So, genug getrödelt, sonst gibt es kein Frühstück mehr", trieb er sie schließlich an.

Charlie nickte zustimmend. Gemeinsam verließen sie den Bungalow, um das Restaurant der Ferienanlage aufzusuchen.

Auf der Fahrt nach Westerhever kehrten nicht nur die Kopfschmerzen zurück, ihr wurde auch übel. Schweigsam konzentrierte Charlie sich, in der Hoffnung, es würde nicht schlimmer werden, auf einen Punkt am Horizont.

„Alles okay? Sie sehen ziemlich blass aus. Soll ich anhalten?" Knud schien sie genau zu beobachten. Seine Fürsorge rührte sie.

„Hhm, geht schon. Ich habe es wohl gestern ganz schön übertrieben", gab Charlie wieder ziemlich kleinlaut zu.

„Ja. Sie scheinen einiges zu vertragen. Ehrlich gesagt hätte ich es mit der Alkoholmenge heute nicht aus dem Bett geschafft." Wieder erschien das Grienen in seinem Gesicht.

„Sie haben mich also allein saufen lassen", versuchte Charlie zu scherzen.

„Einer musste ja auf Sie aufpassen", erklärte Knud sein Opfer. „Hhm."

„Lassen Sie ein wenig frische Luft durch die Seitenscheibe herein, dann geht es Ihnen gleich wieder besser. Als ich Sie abgeholt habe, sahen Sie fitter aus", bemerkte ihr neuer Kollege. Die Sorge klang weiterhin aus seiner Stimmlage.

„Da hatte ich just eine Ladung Koffein getankt. Jetzt spüre ich den Rest-Alkohol wieder. Die Fahrt ist meinem Wohlbefinden nicht förderlich."

Knud nickte. „Sie haben es gleich geschafft."

„Mal sehen, wie Hentschel heute drauf ist. Ich fühle mich einem sinnlosen Kräftemessen nicht unbedingt gewachsen." Charlie ließ den Blick über das platte Land schweifen, das sie auch heute wieder faszinierte.

„Das kriegen wir schon hin. Er ist nicht immer so schlecht gelaunt wie gestern."

„Ihr Wort in Gottes Gehörgang." Charlie war Knuds Vorschlag gefolgt und hatte die Seitenscheibe des Wagens einmal ganz nach unten fahren lassen. Sofort, als der frische Wind ihr entgegenschlug, spürte sie eine Veränderung. Kurz wurde ihr der Atem genommen, doch dann verschwand zumindest das Gefühl der Übelkeit. „Zu kalt?", fragte sie den Kollegen.

„Kommissarin, ich bin ein echtes Nordlicht. Zu kalt gibt es für mich gar nicht. Lassen Sie sich ordentlich frische Luft um die Nase wehen. Tut bestimmt gut."

Als sie die Schutzstation erreichten, ging es Charlie etwas besser, wenn auch nicht gut. Thomas Hentschel erwartete sie bereits. Breitbeinig stand er in der Tür und blickte über die Salzwiesen, die den Turm umgaben. Touristen waren zu dieser frühen Stunde nicht unterwegs.

„Moin", begrüßte er sie, als sie aus dem Wagen ausstiegen. „Ihr seid spät dran, wolltet Ihr nicht schon um acht hier sein?" Mit einem Blick auf die Kommissarin setzte er seine Begrüßung fort. „Schwere Nacht gehabt? Sie sind ganz schön blass um die Nase."

„Ich hatte eine intensive Begegnung mit dem Geist der Friesen, der jetzt immer noch durch meinen Schädel wabert. Insofern wäre ich heilfroh, wenn wir heute einfach friedlich zusammenarbeiten könnten. Wir werden Ihre Zeit nicht länger als nötig in Anspruch nehmen", nahm sie ihm den Wind aus den Segeln.

Einen Moment lang schien Thomas Hentschel perplex über so viel entwaffnende Offenheit, dann lachte er. „Ja, unser Friesengeist hat es in sich. Hast du deine Kollegin nicht gewarnt, oder hat sie nicht auf dich gehört? Kommen Sie herein, Katharina versorgt uns gerne mit Kaffee. Ich zeige Ihnen Schwertfegers Büro."

Dankbar für die unerwartete Freundlichkeit folgte Charlie Hentschel in die Räume der Schutzstation.

„Katharina!", rief er nach seiner Kollegin. „Die Kommissarin ist verkatert. Bring ihr bitte einen starken Kaffee. Willst du auch einen?", wandte er sich an Knud, der die Frage mit einem Nicken beantwortete. „Und für Knud auch einen Pott."

Katharina Schumacher begrüßte die beiden Besucher wenig später.

„Ich habe Ihnen Espresso bereitet. Bei einem Kater gibt es nichts Besseres. Außer einem sauren Hering natürlich, aber das ist nicht jedermanns Sache. Dass Michael tot ist, kann ich immer noch nicht fassen. Ich hoffe die ganze Zeit, die Tür öffnet sich und er ist einfach wieder da."

Dem war nichts hinzuzusetzen. Die Polizisten nahmen ihre Tässchen von dem Tablett, um Hentschel in das Büro des Toten zu folgen.

„Wonach sucht ihr denn?", wandte er sich an Knud. Stattdessen ergriff Charlie das Wort. „Hilfreich sind Informationen über seinen privaten Background."

„Da werden Sie nichts finden. Schwertfeger hat alle Notizen, Termine etc. digital erfasst. Sein Laptop ist nicht mehr hier."

„Vielleicht können Sie uns weiterhelfen. Ist Ihnen bei Ihrer engen Zusammenarbeit etwas aufgefallen? Gab es Frauen oder zumindest eine? Erinnern Sie sich an irgendetwas Ungewöhnliches?", schoss Charlie eine Reihe von Fragen ab, um ihm Spielraum für die Antworten zu geben.

Woran es auch lag, Hentschel war an diesem Morgen wie ausgewechselt. Freundlich hörte er zu, dachte über die Fragen der Kommissarin nach, um schließlich den Kopf zu wiegen. Vielleicht war ihm klar geworden, dass sein Konkurrent nun weg war, womit seine Chancen, den begehrten Job zu bekommen, erheblich stiegen. Möglicherweise hoffte er auf einen Vorteil, wenn er mit den Polizisten kooperierte, um zu der Aufklärung des Verbrechens beizutragen.

„Insgesamt war der ganze Mann eher ungewöhnlich. Davon haben Sie ja bereits gehört. Sehr schweigsam, in sich gekehrt – was ja hier im Norden nicht so selten ist. Ungewöhnlich war die Trauer, die ihn umgab. Er konnte am Fenster stehen und in die Weite schauen, ohne wahrzunehmen, was sich vor seinen Augen befand. Wenn er sich unbeobachtet fühlte, schien er weit weg zu sein. Vermutlich hat er einen großen Verlust erlitten", mutmaßte Hentschel.

Charlie dachte an den Liebesbrief. „Haben Sie ihn im letzten Jahr mal in Begleitung einer Frau gesehen? Hat er hier Damenbesuch bekommen?"

„Nein, nicht zu Zeiten in denen ich in der Station gearbeitet habe", antwortete der Mitarbeiter des Toten prompt.

„Wussten Sie von der Beziehung zu Marina Lessing?", hakte Charlie nach.

„Ich weiß nicht einmal, wer Marina Lessing ist." Sein Gesichtsausdruck schien die Aussage zu bestätigen.

Wieder eine Sackgasse! Gerade als die Kommissarin überlegte, wie sie das Gespräch fortsetzen sollte, gab es doch noch eine Information von Hentschel:

„Sein Verhalten war in diesem Sommer anders", sinnierte er in dem Versuch, seine Empfindungen in Worte zu fassen.

Charlie hätte gerne gleich nachgefragt, ließ ihm aber die Zeit, die er brauchte. Auch Knud folgte dem Gespräch mit großer Aufmerksamkeit.

„Er war irgendwie wütend", setzte Hentschel seine Ausführungen fort. „Als er hier anfing zu arbeiten, schien er in sich zu ruhen, ausgeglichen zu sein. Schwertfeger war kein fröhlicher Mensch, aber fast nie übel gelaunt. Das änderte sich ... hhm, ja wann ...?" Wieder legte er eine Pause ein, während er seine Erinnerungen durchforstete. „Ich denke, es fing im Frühsommer an, im Juni, vielleicht auch schon im Mai. Die Stimmung kippte, wie gesagt, er war wütend, wurde ungeduldig, sogar ungerecht. Das passte überhaupt nicht zu Schwertfeger, wie wir ihn kennengelernt hatten. Wie üblich äußerte er sich nicht zu den Gründen für seine Unruhe oder den Stimmungsumschwung. Eine Frau kann dafür die Ursache gewesen sein. Meistens ist ja eine Frau beteiligt, wenn es stressig wird", setzte er mit einem schiefen Grinsen hinzu. „Nichts für ungut, Kommissarin, ich meine damit den privaten Bereich."

Charlie gab nickend das Lächeln zurück. Hentschel konnte also sowohl humorvoll als auch charmant sein. Wer hätte das nach dem gestrigen Tag gedacht? Die Frage war, was sie mit diesen Informationen anfing. Möglicherweise hatte er recht und es ging um eine Frau. Schwertfegers Stimmung änderte sich, als er die wie auch immer geartete Beziehung zu Marina beendet hatte. Oder hatte er Schluss gemacht, weil die Wut kam? Was hatte diese Wut ausgelöst? War sie der Schlüssel zu dem Fall?

„Danke, Herr Hentschel. Vielleicht ist die Information wichtig. Wir schauen uns noch ein wenig um. Danach sind Sie uns wieder los", schloss sie sachlich.

Wie Knud bereits prophezeit hatte, ergab die Durchsuchung des Büros nichts weiter. Sie mussten auf die Freigabe des Computers des Toten durch die KTU warten. Die nächste Station ihres Weges war der Gerichtsmediziner Ansgar Johannsen in Husum.

Marina in Garding

Montag, den 04. September

Der Ausflug des gestrigen Tages hatte Marina nicht nur beruhigt, sondern auch neue Kraft verliehen. Ihr ursprüngliches Ziel Husum hatte sie verworfen, kurz bevor sie es erreichte. Zum einen war es zu nah, zum anderen war sie einige Male mit Michael durch den Hafen geschlendert. Genau dort waren sie sich so nahegekommen. Instinktiv sagte ihr Gefühl, die Erinnerung würde ihr Gleichgewicht nicht zurückbringen.

Also war sie immer weitergefahren. Schon die Fahrt, verbunden mit der Aussicht über das platte Land mit seinen saftigen Wiesen, auf denen sich Schafe tummelten, ließ sie entspannen. Nach knapp eineinhalb Stunden erreichte sie Dagebüll. Nachdem sie den Wagen direkt am Deich geparkt hatte, brach sie zu einem ausgedehnten Spaziergang auf.

Ihre Trauer um die Beinahe-Beziehung mit Michael war lediglich ein Ablenkungsmanöver, um sich nicht mit ihrer derzeitigen privaten Situation auseinandersetzen zu müssen. Darüber war sie sich im Klaren. Warum hielt sie an Christian fest? Im Grunde hatten sie nicht viel gemeinsam. Sie sahen sich selten, ihre Kommunikation bestand hauptsächlich aus SMS und Sprachnachrichten, weil sie ständig gegenläufig arbeiteten. Es schien beiden nicht mehr wichtig zu sein, die Dienstpläne aufeinander abzustimmen. Warum also fiel es ihr so schwer, einen Schlussstrich zu ziehen?

Weil sie dann niemanden mehr hatte?

Wäre das wirklich ein Unterschied? Genau genommen brauchte sie darüber gar nicht nachzudenken. Für Christian stand die Karriere mittlerweile an erster Stelle. Während des Studiums hatte sich sein Ehrgeiz in Grenzen gehalten, doch nachdem er den Job in Hamburg ergatterte, war er auf den Geschmack gekommen. Ohne mit der Wimper zu zucken, wäre er bei einem entsprechend verlockenden Angebot auch nach New York oder sonst wohin gegangen - und sie würde es genauso machen.

Zwei Stunden kreisten Marinas Überlegungen um Christian, ihren Job und Michael. Endlich war sie einmal zur richtigen Zeit auf dem Deich. Hochwasser! Sie ließ den Blick über die tosende Nordsee in die Ferne schweifen. Deutlich zeichnete sich Föhr am Horizont ab. Für eine Weile schweiften ihre Gedanken ab. Wie es wohl war, auf einer Insel zu leben? Wobei die großen Eilande wie Amrum und Sylt hohen Komfort boten. Einmal war sie mit Michael auf der Hallig Hooge gewesen – nur für einen großartigen Tag. Zu Fuß umrundeten sie sie in ein paar Stunden. Im Sturmflutkino sahen sie, wie das Leben dort bei rauem Wetter aussah, wenn nur die Häuser auf ihren Warften aus der wildgewordenen Nordsee ragten. Marina bekam schon bei dem Gedanken daran eine Gänsehaut.

Hätte sie sich mit Michael in so einer Situation sicher gefühlt? Ja, bestimmt!

Und mit Christian? Mit ihm wollte sie nicht einmal bei herrlichem Wetter auf einer Hallig festsitzen.

Damit war klar, wie die nächsten Schritte aussehen mussten. Vielleicht war sie so zögerlich, weil sie es praktisch ausschloss, hier an der Küste einen neuen Partner kennenzulernen. Michael war eine große Ausnahme gewesen. Sie drehte sich im Kreis. Als ein paar Möwen kreischten, war sie kurz versucht, in das Geschrei einzustimmen. Könnte befreiend sein, sich einfach den ganzen Frust und Zorn von der Seele zu schreien! Doch die Spaziergänger, die Marina in einiger Entfernung sah, hielten sie davon ab.

Als sie wieder bei ihrer Wohnung in Garding ankam, war sie entspannt und gleichzeitig fest entschlossen, die Beziehung mit Christian zu beenden. Es hatte so gutgetan, einmal einen Tag ohne Handy unterwegs zu sein, sich einfach treiben zu lassen. Sogar die Landschaft mit den Schafen auf den Deichen sowie die aufgewühlte Nordsee streichelten heute ihre Seele. Sie fühlte sich wieder im Gleichgewicht. Am Abend würde sie Christian anrufen, um sich mit ihm zu verabreden. Eine Trennung am Telefon oder per SMS kam für sie nicht in Frage. Das war zu stillos.

Doch es sollte anders kommen. Kaum stand der Teekessel auf dem Herd, da klingelte es Sturm. Unwillig bewegte sich Marina zur Tür. Ein Blick durch den Spion ließ sie zurückweichen. Da stand Christian! Was wollte der denn jetzt hier? Unmut stieg in

Marina hoch. Er wusste genau, wie wenig sie Überraschungen ausstehen konnte! Warum hatte er nicht wenigstens angerufen?

Es hörte auf zu klingeln. Schon verspürte Marina eine irrationale Erleichterung, da begann er gegen die Tür zu hämmern!

„Nun mach schon auf, Marina! Ich weiß, dass du zu Hause bist. Was soll das Theater?"

Wortlos öffnete sie die Tür und musste seiner Faust ausweichen, die noch immer auf die Tür zielte.

„Spinnst du? Was soll dein Theater hier?" So leicht ließ sie sich nicht einschüchtern.

„Ich versuche schon den ganzen Tag, dich zu erreichen. Wir wollten uns doch heute treffen. Wo warst du denn und warum gehst du nicht an dein Handy?"

„Ich war unterwegs", entgegnete sie etwas lahm.

„Unterwegs? Was heißt unterwegs?", fragte er wütend.

„Ich musste einfach mal raus hier, bin nach Norden gefahren, um mir den Kopf freipusten zu lassen. Mein Telefon habe ich vergessen", log sie ungerührt.

„Du fährst nie ohne dein Smartphone irgendwo hin", stellte Christian konsterniert fest.

„Ja, dieses Mal war es eben so. Wir waren nicht fest verabredet, sondern wollten telefonieren. Ich dachte, heute findet die ach-so-wichtige Promi-Gala statt, bei der du unbedingt anwesend sein musst", ging sie etwas zickig zum Gegenangriff über.

„Darf ich reinkommen?" Ganz plötzlich wurde er leiser.

Sie zögerte.

„Was hat das denn nun wieder zu bedeuten? Willst du mich hier vor der Tür stehen lassen? Ich bin gerade eineinhalb Stunden gefahren", fuhr er sie erneut an.

„Obwohl du mich nicht erreicht hast und gar nicht wusstest, ob ich zu Hause bin." Marina blieb ungewohnt ruhig. Der entspannende Trip zeigte seine Wirkung.

„Hhm", druckste Christian schließlich herum.

„Also, was ist los?", fragte sie ihn mit Nachdruck.

„Kann ich bitte erst einmal hereinkommen? Es gibt ein Problem. Ich brauche deine Hilfe", gab er überraschend zu.

Marina war alles andere als begeistert von dieser Eröffnung. Probleme hatte sie im Moment selbst genug, da brauchte sie nicht noch die von ihrem in letzter Zeit unzuverlässigen Freund. Am liebsten hätte sie ihm einfach die Tür vor der Nase zugeschlagen. Doch sie zögerte zu lange.

„Verdammt noch mal!" Plötzlich wurde er wütend, schob die Tür auf, um an ihr vorbei in Richtung Wohnzimmer zu schießen. Erschrocken sprang sie erst beiseite, schnappte sich dann ihr Mobiltelefon von dem Schuhschrank im Flur und folgte ihm schließlich. Sechzehn entgangene Anrufe! Sechzehn! Und alle von Christian. Offensichtlich gab es wirklich ein großes Problem!

„Also?" Vorsichtshalber blieb sie an der Tür stehen.

„Ich bin gefeuert worden!", platzte Christian heraus.

„Waaaaaas?" Marina war schockiert.

„Man hat mich reingelegt!", erklärte er in voller Überzeugung.

Natürlich traf ihn wie immer keine Schuld! Marina spürte wenig Muße, sich seine Geschichte anzuhören, geschweige ihm zu helfen. Warum war sie bei dem Gedanken, die Tür einfach zuzuwerfen, bloß nicht schnell entschlossen gewesen? Jetzt war es zu spät.

„Man hat dich reingelegt!", wiederholte sie seine Aussage mit einem ironischen Unterton „Natürlich! Dich trifft wie immer überhaupt keine Schuld. Was war es denn dieses Mal? Marihuana auf der Toilette? Eine Party in einem ungenutzten Hotelzimmer?"

„Wenn es nur das wäre ...", stammelte er vor sich hin.

„Nun sag schon!", forderte Marina mit steigender Ungeduld.

„Man wirft mir sexuelle Belästigung vor." Es war kaum mehr als ein Flüstern.

„Sexuelle Belästigung?" Sie konnte es nicht glauben.

Er nickte bloß.

„Und wer ist man?", hakte sie schließlich nach.

„Die Geschäftsleitung."

„Aha, und wie kommt die Geschäftsleitung auf so eine Idee? Da müssen sich doch Frauen über dich beschwert haben." Einen Moment später wurde sie blass. „Oder waren es etwa Männer?"

„Spinnst du?" Bei diesem Vorwurf fand Christian seine Sprache wieder. Entrüstet starrte er sie an.

„Ehrlich? Ich glaube eher, dass du spinnst. Und wie soll ich dir jetzt bei so einem Schlamassel helfen?", fragte Marina ungehalten.

„Willst du gar keine Einzelheiten wissen?", fragte er schließlich.

„Nein!" Am liebsten hätte sie ihn einfach rausgeschmissen.

Verblüfft schaute Christian sie an. „Ich glaub, ich brauche einen Scotch."

„Dann such dir eine Kneipe. Was du brauchst, ist wohl eher ein kompetenter Anwalt." Wütend starrte sie zurück.

„Marina, du kennst mich jetzt seit fünf Jahren. Traust du mir etwa sexuelle Belästigung zu?", fragte er, ohne auf ihre Bemerkung einzugehen.

Marina schwieg. Insgeheim traute sie es Christian sehr wohl zu, aber sollte sie ihm das direkt ins Gesicht schleudern? Er war schon erregt. Sie konnte auf eine Eskalation der Situation verzichten. Sie wollte ihn einfach nur loswerden. Nach dieser Eröffnung mehr denn je.

„Okay, das sagt alles. Ist ja kein Wunder, so wie du drauf bist", ging er zum Gegenangriff über.

„Geh einfach und lass mich in Ruhe. Ich bin nicht in der Stimmung, mir Vorhaltungen anzuhören, die deiner Misere entspringen. Du hast die Chance mit dem Superjob versaut. Da kann ich dir auch nicht helfen. Wir führen seit Monaten zwei getrennte Leben. Dabei haben wir irgendwie vergessen, einen endgültigen Schlussstrich zu ziehen. Das wollte ich dir heute Abend sagen. Geh jetzt einfach", forderte Marina ihn abschließend auf. Es tat gut, es endlich auszusprechen.

„Du schmeißt mich raus?", fragte er fassungslos.

„Ja!" Ihre Stimme war fest. Die Bestätigung kam ohne jeden Zweifel.

„Das wirst du bereuen." Seine Augen funkelten wütend, als sich ihre Blicke trafen.

„Nein, vermutlich nicht." Marina wurde mit jedem Wort ruhiger.

„Du bist so kalt. Wie konnte ich nur fünf Jahre mit dir verschwenden?" Christian spukte ihr die Worte geradezu vor die Füße, aber es berührte sie nicht mehr.

Marina schwieg. Auch wenn ein solches Ende sie schmerzte, sie wollte sich nicht weiter provozieren lassen. All die Ruhe, die sie sich heute erarbeitet hatte, würde er jetzt mit sich nehmen. Für einen sinnlosen Abschiedsstreit mit gegenseitigen Vorwürfen und Verletzungen hatte sie weder Kraft noch Nerv.

„Geh einfach", sagte sie stattdessen leise. „Alles, was wir uns nun noch an den Kopf werfen können, macht die Sache nicht mehr besser."

Ohne ein weiteres Wort hatte er ihre Wohnung verlassen.

Am nächsten Morgen an ihrem Schreibtisch sitzend, fühlte sie sich so ausgelaugt wie schon lange nicht mehr. Wie sollte sie nur diesen Tag überstehen?

Den Gedanken an das nächste Zusammentreffen mit der Kommissarin aus Hamburg hatte sie am gestrigen Tag verdrängt. Jetzt fragte sie sich, wie sie ihr begegnen sollte.

Alexander in Lindau

Ende Juni, sieben Jahre früher

Nach vier Terminen in zwei Wochen war Alexander nicht nur von der Kompetenz, sondern auch der notwendigen Herzlichkeit von Dr. Elvira Leisering überzeugt. Wenn jemand Lisa aus ihrem Schneckenhaus herauslocken konnte, dann diese ungewöhnliche Frau. Jedes Mal, wenn er nun das Gebäude betrat, in dem die Praxis untergebracht war und an dem Schild vorbeikam, musste er an die Geschichte denken, die die Psychologin ihm beim ersten Termin aufgetischt hatte. Noch traute er sich nicht zu fragen, ob sie ihrer Phantasie entsprungen war.

Die Gespräche glichen Alexander aus. Sein Optimismus auf ein positives Ende wuchs. Er hoffte, Lisa sanft von einer Mastektomie überzeugen zu können, die in seinen Augen nicht so verheerend war, wie sie es sich ausmalte. Sie blieb trotzdem eine

Frau – seine Traumfrau! Als ersten Schritt musste er sie davon überzeugen, an den Gesprächen mit der Therapeutin teilzunehmen. Lisa war so ein kraftvoller und optimistischer Mensch. Wenn jemand den Kampf gegen den Krebs aufnehmen konnte, dann sie.

„Alexander", unterbrach Elvira seinen Gedankenfluss. „Ich denke, wir sollten jetzt Ihre Frau in unsere Gespräche einbeziehen. Letztendlich haben wir keine Zeit zu verlieren. Jede Woche wächst der Krebs. Wie ist denn momentan Ihre Situation zu Hause? Reden Sie wieder miteinander? Wie wird Lisa derzeit behandelt?"

„Sie hat sich komplett zurückgezogen. Unsere Kommunikation beschränkt sich auf das Allernötigste. Seit dem heftigen Streit ist das Thema Krebs tabu. Derzeit verweigert sie jede Behandlung."

„Das werte ich als kleines Zeichen für eine Mastektomie. Vermutlich überwiegen derzeit ihre Ängste vor der ungewissen Zukunft und der möglichen Operation, die naturgemäß mit Risiken verbunden ist - und nicht zuletzt davor, Sie zu verlieren. Nicht mehr attraktiv für Sie zu sein."

„Sie weiß, wie sehr ich hinter ihr stehe, wie groß meine Liebe zu ihr ist."

„Da kämpft der Kopf gegen das Herz. Sie wissen selbst, dass unsere rationalen Gedanken nicht immer die Ängste wegzaubern."

Alexander nickte, das wusste er nur zu gut.

„Doch wie soll ich es schaffen, sie davon zu überzeugen, mich hierher zu begleiten?"

„Ich schlage vor, Sie lassen meine Visitenkarte offen in Ihrer Wohnung liegen, damit Lisa sie findet."

„Nichts für ungut, aber ist das nicht ein bisschen plump?" Alexander war enttäuscht. Er hatte einen raffinierteren Vorschlag von der Psychologin erwartet.

„Ja, es klingt simpel. Schauen Sie nicht so enttäuscht!" Als sie seinen Gesichtsausdruck wahrnahm, musste sie unwillkürlich schmunzeln. „Ich habe diese Strategie bereits häufiger vorgeschlagen. Meistens funktioniert sie."

„Meistens. Hhm, und wenn nicht, bricht zu Hause der Sturm wieder los?", fragte Alexander besorgt.

„Ja, das ist möglich. Vielleicht wird Lisa auch erst sauer, um dann nach einer Weile ihre Meinung zu ändern. Genau kann ich das leider nicht vorhersagen", gab Elvira eine ehrliche Antwort.

Alexander war noch nicht überzeugt. Die Psychologin gab ihm schweigend Zeit, sich an den Gedanken zu gewöhnen. Schließlich blickte Alexander ihr direkt in die Augen.

„Okay, versuchen wir es. Ich vertraue Ihnen."

Mit ein wenig Angst im Herzen drapierte Alexander die Visitenkarte, gleich als er nach Hause kam, neben seinen Schlüsseln auf der Kommode im Flur. Wenn er den Plan nicht sofort in die Tat umsetzte, würde er es eine Woche vor sich herschieben, so gut kannte er sich selbst. Es sollte wie achtlos abgelegt aussehen, doch Lisa war zu intelligent, um auf solche Manöver hereinzufallen. Sie würde genau wissen, warum er sie dort hingelegt hatte.

Da er sich Arbeit mitgebracht hatte, verkroch er sich im häuslichen Büro. Es gab Lisa außerdem Zeit über den Angriff, wie er es insgeheim nannte, nachzudenken, wenn sie heimkam. Vielleicht wollte sie sich erst einmal ins Wohnzimmer zurückziehen.

Als er schließlich die Wohnungstür klappen hörte, fing sein Herz an, wild zu hämmern. Gespannt lauschte er auf die

Geräusche aus dem Flur, versuchte aus ihnen abzuleiten, was Lisa gerade tat und ob sie die Visitenkarte bereits gefunden hatte. Mit einem Scheppern landete ihr Schlüssel auf der Kommode. Im Anschluss folgte Stille. Alexanders Handflächen waren feucht geworden. Er hatte das Gefühl, keine Luft mehr zu bekommen. Stand sie regungslos da oder war sie leise ins Wohnzimmer gegangen? War sie fassungslos oder wütend? Sah sie in dieser Einladung eine Chance?

Alexander hielt es kaum aus. Am liebsten wäre er von seinem Stuhl aufgesprungen, um nach Lisa zu schauen. Doch er musste das jetzt aushalten! Der erste Schritt sollte von ihr kommen. Elvira war in dieser Anweisung deutlich gewesen.

Nervös seine Hände an der Jeans abwischend, versuchte Alexander wieder ruhiger zu atmen. Um sich abzulenken, wandte er sich dem Fachartikel zu, mit dem er beschäftigt war, als Lisa nach Hause kam. Als er den Absatz zum dritten Mal gelesen hatte, ohne zu wissen, was in ihm stand, gab er auf. Er blieb einfach sitzen, atmete und wartete, ob etwas passierte.

Torge in St. Peter-Ording

Montag, den 04. September

Nachdem Marlene von Hofstetter sich mit einem Glas Wasser gestärkt hatte, begleitete Torge sie zu dem Bungalow in der ersten Wasserlinie, in dem die Frau des Schönheitschirurgen aus Hamburg schon den ganzen Sommer residierte. Entgegen seiner Erwartung hatte die alte Dame einen Schritt am Leib, der ihm Mühe bereitete, mitzuhalten. Das war ja wirklich eine erstaunliche Frau!

„Wo haben Sie denn Ihren Koffer gelassen, Frau Marlene?", fragte er atemlos.

„Der steht an der Rezeption. Ich denke, ich hole ihn erst, wenn ich mit Margarete geklärt habe, ob ich ihr zweites Schlafzimmer nutzen darf. Sonst rolle ich ihn nur sinnlos hin und her."

Torge zeigte Marlene während des Weges einige markante Punkte, anhand derer sie sich den Weg merken konnte, um ihn in beide Richtungen allein zu meistern. Sie nickte, legte die Strecke jedoch schweigsam zurück. Ganz offensichtlich war sie in Sorge um ihre Tochter. Je näher sie dem Bungalow kamen, desto verkniffener wurde ihr Gesichtsausdruck.

„Da vorne ist es, der Bungalow mit der Friesenbank neben der Tür", klärte der Hausmeister seine Begleiterin auf.

Marlene von Hofstetter blieb abrupt stehen und seufzte einmal tief.

„Können Sie mitkommen?", fragte sie in einem bittenden Tonfall, der es Torge unmöglich machte, *Nein* zu sagen. „Wenn Sie möchten, begleite ich Sie gerne."

„Danke, junger Mann …, äh Torge."

Den Rest des Weges ging sie langsamer, behielt jedoch ihre gerade Haltung bei. „Wie spät haben wir es jetzt?"

Torge warf einen Blick auf seine Armbanduhr, bevor er ihr antwortete. „Es ist jetzt fast halb neun."

„Halb neun, okay. Dann können wir es wohl wagen zu klingeln. Hat dieser Ferienbungalow überhaupt eine Klingel?", fragte sie, während sie nervös die Tür fixierte.

„Ja, und außerdem einen Türklopfer. Es ist kein Problem, sich bemerkbar zu machen", klärte Torge sie auf.

Sie nickte ergeben. Nachdem sie die letzten Meter zurückgelegt hatte, versuchte sie es im ersten Schritt mit der Klingel. Nach dem dritten Versuch betätigte sie kräftig den Klopfer. Keine Reaktion.

„Bitte schließen Sie mir die Tür auf, Torge. Sie sind doch sicherlich im Besitz eines Generalschlüssels", mutmaßte sie.

„Den darf ich nur im Notfall benutzen, Frau Marlene." Torge war gar nicht mehr wohl bei der Angelegenheit. Das würde im Zweifel wieder Ärger mit der Lessing geben!

„Tja, ob es ein Notfall ist, wissen wir noch nicht, denke ich. Ich will Sie nicht in Schwierigkeiten bringen." Sie schien zu überlegen, wie sie weiter vorgehen sollte. „Ich werde mich zuerst mit einem Frühstück stärken. Danach versuche ich es wieder. Wo finde ich das Restaurant?"

„Es ist nicht weit von hier. Sehen Sie?", Torge zeigte es auf dem Plan. „Wir sind jetzt bei diesem Kringel. Sie gehen den Weg bis zum Ende. Es ist ausgeschildert."

„Danke für Ihre Unterstützung. Ich wünsche Ihnen einen schönen Tag!" Nach einem Lächeln, das ein wenig schief geriet, schlug sie die beschriebene Richtung ein.

Bis zwölf Uhr war Torge mit seiner Verbrauchsmaterialbestellung beschäftigt. Nach seinem Gefühl dauerte es heute länger als sonst. Ständig schaute er auf sein Mobiltelefon, nicht nur nach der Uhrzeit, sondern auch in Erwartung einer SMS von Knud. Doch nichts passierte. Dreimal war er zwischendurch zum Kaffeeautomaten getigert, weil er es in seinem Kabuff nicht mehr aushielt. Obwohl er am Morgen diverse Donnerwetter befürchtet hatte, ließ sich niemand blicken. Die Lessing schien sich in ihrem Büro verschanzt zu haben, von Knud und der Wiesinger keine Spur. Merkwürdig!

Als endlich alles bestellt war, checkte er seine Mails. Auch die Reparaturaufträge und Sonderwünsche der Gäste wurden so an ihn weitergeleitet. Sein Posteingang war leer. Was für ein öder Tag! Das Auftauchen der Marlene von Hofstetter war also bisher das Highlight gewesen.

Er beschloss, einen Rundgang durch die Ferienanlage zu unternehmen. Auf dem Weg wollte er bei dem Bungalow vorbeischauen, an dem er die alte Dame heute Morgen abgesetzt hatte. Vielleicht brauchte sie ja weiterhin seine Hilfe. Seine Bedenken hatte er inzwischen verdrängt.

Tatsächlich sah er sie bereits von Weitem auf der weißblauen Bank sitzen. Ihre Beine baumelten frei in der Luft, was ihr ein verletzliches Aussehen verlieh.

„Moin Frau Marlene. Wie lange sitzen Sie denn schon hier?", fragte er leicht besorgt.

„Eine Weile", antwortete sie vage. „Ab und zu stehe ich auf, um die Klingel oder den Klopfer zu betätigen, aber es rührt sich nichts. Ihr Handy ist ausgeschaltet, alle Fenster zugezogen." Sie wiegte den Kopf. „Vielleicht handelt es sich jetzt doch um einen Notfall. Was meinen Sie, Torge? Wollen wir lieber einmal nachschauen?"

Der Hausmeister war hin- und hergerissen. Auf der einen Seite machte sie sowohl einen kultivierten als auch harmlosen Eindruck. Auf der anderen Seite war hier gerade ein Mord passiert, und er hatte sich schon ein paar Schnitzer geleistet. Wenn sie nicht die Mutter der Bungalow-Prinzessin war, sondern ... ja, was? Eine Stalkerin oder eine Bandenchefin, die den Weg bereitete, die Süßholz auszurauben? Das klang alles ziemlich weit hergeholt. Er überlegte fieberhaft, bei wem er sich absichern konnte. Da gab es eigentlich nur die Lessing. Was die ihm antworten würde, war klar.

Marlene von Hofstetter sah ihn erwartungsvoll an. Ihm wurde heiß unter dem Blick, was seinen Denkapparat nicht gerade schneller funktionieren ließ.

Warum kam immer er in solche Situationen? Wäre er doch bloß in seinem Büro geblieben, um in dem Fall Schwertfeger zu recherchieren! Jetzt saß er zwischen zwei Stühlen, die drohten, auseinander zu rutschen. Schon bei dem Gedanken daran tat ihm sein Hintern weh.

„Na, kommen Sie schon, Torge. Geben Sie sich einen Ruck und helfen Sie einer alten Dame bei der Mission ihre Tochter zu retten. Wir schauen nur mal hinein, ob sie noch lebt beziehungsweise ärztliche Hilfe benötigt."

Also warf Torge seine Bedenken erneut über Bord. Nachdem er der außergewöhnlichen Deern von der Bank geholfen hatte, holte er den Generalschlüssel aus der Tasche. Noch ein kurzes Zögern, dann steckte er ihn in das Schloss und öffnete die Tür.

„Frau Süßholz! Frau Margarete Süßholz! Hier ist der Hausmeister Torge Trulsen. Wir machen uns Sorgen um Sie. Ich schaue nur, ob es Ihnen gutgeht. Ich betrete jetzt den Bungalow", kündigte er sein Vorhaben an.

Keine Reaktion. Also wandte er sich an seine Begleiterin. „Ich denke, es ist besser, wenn Sie hineingehen. Ich warte hier im Vorraum."

„Wir schauen erst einmal im Wohnbereich. Wenn sie sich dort nicht befindet, gucke ich, ob sie im Bett liegt. Bitte warten Sie so lange im Wohnzimmer. Geht das?", fragte sie mit einem bittenden Blick.

Der freundlichen alten Dame konnte Torge einfach nichts abschlagen. Als er nickte, ging sie voraus. Wie erwartet, war der erste Raum leer.

„Ja, das dachte ich mir. Okay, ich bin gleich wieder zurück."

Als Marlene ihn allein gelassen hatte, regte sich Torges Neugier. Automatisch fing er an, das Zimmer in Augenschein zu nehmen. Es befand sich in einem recht unordentlichen Zustand. Klamotten waren achtlos über die Sofalehnen geworfen worden. Auf dem Boden neben dem Couchtisch standen einige leere Flaschen Wein, auf der integrierten Küchentheke die dazugehörigen benutzten Gläser, außerdem ein wenig Geschirr. Torge wanderte durch den Raum. Da die Jalousien heruntergelassen waren, zeigte sich alles in einem leicht diffusen Licht. Die Luft war außerdem abgestanden. Er überlegte, ob er die

Jalousien hochziehen und die Fenster öffnen sollte, entschied sich jedoch dagegen, weil es bestimmt übergriffig wirkte. Eigentlich war er ja gar nicht hier.

Also setzte er seine Wanderung fort und guckte sich die Gegenstände an, die herumlagen. Mitten auf dem Esstisch stand eine überdimensional große Obstschale aus Kristall, die nicht zu der Ausstattung des Ferienhauses gehörte. Die Früchte hatten ihren schmackhaftesten Reifegrad bereits überschritten. Darunter schien etwas Anderes zu liegen, das farblich hervorstach. Torge erkannte ein Schweizer Messer. Ein kostspieliges Teil mit zahlreichen Funktionen, die nicht zum Schälen oder Schneiden von Obst gedacht waren. Nach kurzem Zögern holte er es hervor. Schwer lag es in seiner Hand und fühlte sich großartig an. Schon immer hatte er sich so ein Messer gewünscht, aber manches Begehren blieb unerfüllt.

Bei näherer Betrachtung bemerkte er eine Gravur, die bei dem schlechten Licht nicht genau zu erkennen war. Der Griff nach seiner Lesebrille führte ins Leere.

Scheibenkleister! Die lag auf seinem Schreibtisch. Einem Impuls folgend ließ Torge das Messer in der Tasche verschwinden. Kurz darauf betrat Marlene wieder den Raum.

„Sie lebt", kommentierte sie trocken die Situation. „Es ging ihr allerdings bestimmt schon einmal besser. Ich werde mich jetzt um sie kümmern. Nochmals herzlichen Dank für Ihre Hilfe, Torge."

Charlie in Husum

Montag, den 04. September

Bevor Charlie zu Knud in den Wagen stieg, dachte sie, den Kater gebändigt zu haben, doch als sie losfuhren, war sie nicht mehr sicher. Immer wieder rollte eine Welle der Übelkeit vom Magen aus durch ihren gesamten Körper. Sie registrierte Knuds besorgte Blicke und freute sich insgeheim über seine Fürsorglichkeit. Seit Andreas nicht mehr da war, vermisste sie das Gefühl, umsorgt zu werden. Er hatte ihr immer eine starke Schulter geboten, wenn es nötig war – tja, bis er sie der Biegsamen zur Verfügung stellte. Bei dem Gedanken an den demütigenden Tag, an dem sie die beiden in flagranti erwischt hatte, kam die nächste Welle des Unwohlseins.

Sie spürte Knuds prüfenden Blick.

„Charlotte, wir können gerne kurz anhalten, damit Sie frische Luft in Ihre Lungen saugen. Sie sehen aus wie Weißbier mit Spucke."

„Geht schon", murmelte sie, obwohl sie diese Floskel eigentlich hasste.

„Sicher geht´s schon, aber vom Wohlfühlen sind Sie weit entfernt. Frische Luft wird Ihnen guttun." Knud blieb hartnäckig, was ihr ausnahmsweise gefiel.

Ja, es würde schon helfen, diesen Wagen zu verlassen, aber obwohl sie heute Morgen bei der Vorstellung einer gemeinsamen Nacht leichte Panik verspürt hatte, sehnte sie sich jetzt nach nichts mehr, als in den Arm genommen zu werden. Im Grunde wäre es nicht das Richtige, wahrscheinlich war auch Knud nicht der Richtige, sondern jetzt eben da. Seit sie den elendigen Zuhälter erschossen hatte, war ihr ganzes Leben aus dem Ruder gelaufen. Sie musste endlich wieder in die Spur kommen.

„Ich öffne stattdessen das Fenster", schlug sie sein Angebot endgültig aus.

Schweigend setzten sie die Fahrt nach Husum fort. Als sie fast pünktlich die Gerichtsmedizin erreichten, empfing sie ein strahlend gelaunter Ansgar Johannsen.

„Moin Knud. Moin Kommissarin. Na, das nenn ich ja mal eine Augenweide. Du hast mir nicht erzählt, dass deine neue Kollegin so eine attraktive Frau ist", schmeichelte er sich sofort bei Charlie ein.

„Moin, Herr Johannsen. Kommissarin Charlotte Wiesinger aus Hamburg. Vielleicht findet Knud mich nicht so attraktiv", ging sie auf das Geplänkel ein.

„Das ist ja nun keine Ansichtssache. Erfreulich, Sie hier im Team zu haben. Ich hoffe, Sie bleiben in unserem schönen Norden", entgegnete er überaus charmant.

„Da Sie noch nichts von meinem beruflichen Können wissen, ist das etwas sexistisch, finden Sie nicht?", fragte die Kommissarin herausfordernd. Für den Moment war die Übelkeit überwunden.

Aus den Augenwinkeln sah Charlie den Anflug eines Grinsens über Knuds Gesicht huschen, das den leicht genervten Ausdruck ablöste, der bei den Worten des Gerichtsmediziners entstanden war. Johannsen bekam von Knuds Gefühlsregungen nichts mit. Er konzentrierte sich voll auf Charlie. Sein Äußeres passte überhaupt nicht zu seinem nordischen Namen. Er war weder groß, blond oder breitschultrig. Die Kommissarin schätzte ihn auf nicht einmal 1,75m. Seine schwarzen Haare passten perfekt zu dem leicht olivfarbenen Teint, um den ihn bestimmt so manche Frau beneidete. Er hatte markant geschnittene Gesichtszüge sowie ein ausgeprägtes Kinn. Seine dunkelbraunen Augen fixierten sie, während er leicht amüsiert lächelte.

„Habe ich die Prüfung bestanden?", fragte er amüsiert.

Charlie wurde heiß bei seiner Bemerkung. Sie befürchtete, rot zu werden wie ein Schulmädchen.

Schon wieder ertappte sie sich bei einer mangelnden Konzentration auf den Fall. Dieser ganze Einsatz war bisher ein Fiasko. Wenn sie so weitermachte, würde der Hausmeister der Ferienanlage vermutlich den Fall lösen. Damit stand sie dann endgültig im Abseits. Also überging sie seine Frage.

„Wir würden uns jetzt gern den Obduktionsergebnissen zuwenden. Gibt es Übereinstimmungen in den Fällen Schwertfeger und Burchardt?", wechselte sie das Thema.

„Knud hat mir dazu eine eMail geschickt, und ich habe mir die Akte noch einmal angeschaut. Nun ja, beide sind letztendlich ertrunken. Schwertfeger verlor nach dem Schlag auf den Hinterkopf, der mit viel Kraft ausgeführt wurde, das Bewusstsein. Der

Täter muss auf jeden Fall über 1,80m gewesen sein. Ein Jammer!", kommentierte er seine Ausführungen.

„Aber bei Burchardt fehlt dieser Schlag?", schaltete Knud sich in das Gespräch ein.

„Das ist richtig. Keine äußerliche Einwirkung. Wir haben anfangs einen Herzinfarkt oder einen Gehirnschlag vermutet. Das ließ sich aber nicht nachweisen. Auf jeden Fall ist er ebenfalls in einem Priel ertrunken. Vielleicht war es einfach ein Schwächeanfall. Ob es da einen Zusammenhang gibt, kann ich nicht sagen. Das ist euer Job." Ansgar Johannsen schien damit vollauf zufrieden zu sein.

Knud nickte geistesabwesend. „Hast du sonst irgendwelche Spuren an Schwertfeger gefunden, die auf den Mörder hinweisen könnten?"

„Nein, tut mir leid. Da er eine Weile im Wasser lag, bevor er an den Strand gespült wurde, gab es nichts Verwertbares", antwortete Johannsen mit leichtem Bedauern.

„Kannst du sagen, womit ihm der Schlag versetzt wurde?" Knud ließ nicht locker.

„Es könnte ein Wagenheber gewesen sein", mutmaßte der Gerichtsmediziner. „Mit großer Wahrscheinlichkeit ein schwerer Gegenstand aus Metall."

Charlie war nicht zufrieden. Wieder gab es nichts Konkretes. Nichts, was sie in irgendeiner Form weitergebracht hätte. Dieser Fall war wirklich frustrierend. „Nun gut, dann sind wir hier fertig. Schade, dass Sie nicht mehr für uns haben."

„Tut mir leid, Kommissarin. Zaubern kann ich leider nicht. Jedenfalls nicht, was die Toten angeht. Darf ich Sie trotzdem zu einem Abendessen einladen? Wir haben hier in der Gegend herrliche Fischrestaurants. Als Hamburgerin mögen Sie doch sicherlich Fisch, oder?" Er guckte ihr erwartungsvoll in die Augen.

Eine derartige Offensive bei der ersten Begegnung verblüffte die Kommissarin. Einen Moment lang fehlten ihr die Worte, was ihr nur selten passierte.

Einen Moment, den Knud für sich nutzte: „Tut mir leid, Ansgar. Wir sind derzeit sehr in den Fall eingespannt. Da es nicht vorangeht, ermitteln wir quasi rund um die Uhr. Vielleicht, wenn der Fall abgeschlossen ist. Kommen Sie, Charlotte. Wir müssen weiter."

Nun war die Kommissarin endgültig sprachlos. Beinahe wäre ihr die Kinnlade heruntergefallen. Fassungslos wanderte ihr Blick zwischen den beiden Männern hin und her, die sich mittlerweile aufeinander konzentrierten – beide mit einem interessanten Mienenspiel.

Es wurde Charlie zu viel.

„Ja, wir haben viel zu tun. Vielleicht ein anderes Mal", wich sie der Einladung aus. „Erst einmal vielen Dank für die Ergebnisse."

„Was war das denn?" Charlie hatte ihre Fassung zurückgewonnen. Knuds übergriffiges Verhalten passte ihr überhaupt nicht. Die Übelkeit war vorüber, damit auch der Wunsch nach übermäßiger Fürsorge.

Äußerlich gelassen startete Knud den Dienstwagen, doch da er ihrem Blick auswich, war er vielleicht nicht ganz so cool, wie er vorgab zu sein.

„Was war was?", fragte er, als wisse er nicht, was sie meinte.

„Nun stellen Sie sich nicht dümmer, als Sie sind. Sie wissen genau, was ich meine. Also?", echauffierte sich Charlie.

Knud druckste herum, bevor er zu einer Antwort ansetzte. „Ich erkläre es Ihnen, aber drehen Sie bitte nicht gleich durch. Ich meine es ja nur gut."

„Das Gegenteil von gut ist gut gemeint", lamentierte sie.

„Kurt Tucholsky." Es kam wie aus der Pistole geschossen.

„Das ist nicht sicher", belehrte sie den neuen Kollegen. „Außerdem lenken Sie ab." Trotzdem war Charlie insgeheim beeindruckt, wodurch ihr Ärger bereits verrauchte.

Knud musste schon wieder lächeln. Charlie fragte sich, ob er jemals richtig übel gelaunt war.

„Ansgar Johannsen ist der Schürzenjäger hier in der Gegend. Er ist ein wirklich netter Typ, aber sein Frauenverschleiß ist legendär. Vermutlich stehen die Deerns auf sein südländisches Flair. Seine Mutter ist Spanierin. Sein Vater – ein waschechter Nordfriese - hat sie auf einer Reise durch Andalusien kennengelernt. Angeblich war er ihr spontan verfallen und hat sie vom Fleck weg geheiratet. Na ja, ist ja auch egal. Auf jeden Fall ist er nicht gut für Sie."

„Aha." Charlie war heute einfach nicht fit genug, um seinen Ausführungen mit Witz und Esprit zu begegnen. Ihre Wut war allerdings verraucht. Auch wenn Knud ein wenig überfürsorglich war und sie lieber selbst entschied, mit wem sie zu Abend aß, hatte er absolut recht, wenn das, was er ihr erzählte, stimmte. Würde er aus Eifersucht übertreiben? Möglich!

Sicherlich war aber genug an der Geschichte dran, um seinen Beschützerinstinkt zu wecken. Eine Affäre mit dem Casanova der Region würde ihr nicht nur emotional den Rest geben, sondern ihren Ruf komplett den Bach heruntergehen lassen. Endgültig!

„Danke", sagte sie leise.

„Wirklich? Na, Sie geben ja schnell auf. Das muss an Ihrem Kater liegen", bemerkte er frotzelnd.

Nun musste Charlie grinsen.

„Vermutlich. Wenn Sie sich dann wohler fühlen, halte ich Ihnen morgen eine Standpauke", schlug sie vor.

„Ich freu mich schon drauf", frohlockte er grienend.

Als Charlie feststellte, wie sehr sie seinen Humor mochte, waren sie an ihrem nächsten Ziel angekommen: dem Büro des Vorsitzenden der Schutzstation Wattenmeer Hinnerk Liesenfeld. Sie hoffte, an dieser Stelle etwas über Michael Schwertfeger zu erfahren, wodurch sie dem Mörder näherkamen.

Hinnerk Liesenfeld begrüßte die Kommissare in einem geräumigen, stilvoll eingerichteten Büro mit Blick auf den Husumer Hafen. Charlie war beeindruckt.

„Die Schutzstation scheint eine finanzkräftige Organisation zu sein. Das ist wirklich ein imposantes Büro, Herr Liesenfeld", stellte sie zur Begrüßung fest.

„Freut mich, dass es Ihnen gefällt. Es ist das Werk meiner Frau. Sie wird sich sicherlich über das Kompliment freuen. Allerdings gehört es zu meiner eigenen Firma. Den Vorsitz der Schutzstation ist lediglich eine ehrenamtliche Nebentätigkeit. Das kleine Budget für ein Arbeitszimmer habe ich Schwertfeger für seine Forschung zur Verfügung gestellt", erklärte er ihnen die Fakten.

„Womit wir auch schon beim Thema sind." Charlies Hoffnung, mehr zu erfahren, vergrößerte sich.

„Ja, der Tod von Michael Schwertfeger kam unerwartet und trifft uns schwer." Liesenfeld schüttelte bekräftigend den Kopf.

„Wir treten auf der Stelle, was das Mordmotiv angeht. Insofern erhoffen wir uns von Ihnen weitere Hintergrundinformationen", schaltete sich Knud in das Gespräch ein.

„Was genau wollen Sie wissen?", fragte Liesenfeld freundlich.

„Wir haben im Internet über ihn recherchiert. Es gibt allerdings nur wenige Details aus den letzten Jahren – sowohl von hier als auch aus Cuxhaven. Davor war er ein weißes Blatt", klärte Knud seinen Gesprächspartner über ihren Stand der Ermittlungen auf.

Liesenfeld nickte. „Ich fange am besten bei seiner Ausbildung an. Er war promovierter Meeresbiologe. Sein Studium hat er in Australien absolviert, dort schrieb er ebenfalls seine Dissertation, die bereits den Beginn der Forschung zum Thema hatte."

„Diese Papiere hat er Ihnen vorgelegt? Seine Abschlüsse?" Charlie wollte es genau wissen.

„Ja, natürlich", bestätigte Liesenfeld.

„Warum ist er wieder nach Deutschland gekommen?", fragte die Kommissarin weiter.

„Da waren persönliche Gründe ausschlaggebend. Seinen Eltern ging es gesundheitlich sehr schlecht. Also beschloss er, sich um sie zu kümmern."

„Sein Lebenslauf weist in dieser Zeit eine Lücke auf?", hakte Knud nach.

„Ja, die Pflege der Eltern hat seine Zeit komplett beansprucht." Liesenfeld schien das ganz entspannt zu sehen.

„Das war kein Problem für die Einstellung?", fragte Charlie verwundert.

„Frau Kommissarin, Schwertfeger war hochintelligent, bestens ausgebildet und dazu ein Andersdenker. Er hatte Visionen. Er forschte. Da ist eine Lücke im Lebenslauf völlig unerheblich."

„Woran forschte er denn?" Knud schien dieses Thema besonders zu interessieren.

„Schwertfeger wollte Mikroorganismen entwickeln, die den Plastikmüll der Weltmeere in organisches Material umwandeln." Stolz klang in der Antwort des Leiters der Schutzstation Wattenmeer mit, als sei es seine eigene Forschung.

„Das klingt ambitioniert." Knud war beeindruckt.

„Forschung ist immer ambitioniert. Menschen wollten fliegen, Krankheiten heilen, die Welt verbessern. Am Anfang klingt es unmöglich. Forschung beginnt mit einer Vision und endet mit einem Wunder. Oder einem Desaster, zumindest finanziell, wenn es nicht funktioniert. Schwertfeger hatte das Zeug dazu." Davon schien Liesenfeld überzeugt.

„Könnte in dieser Forschung ein Mordmotiv liegen?" Knud war fasziniert von dem Thema. „Können Sie sich vorstellen, dass ihm jemand deswegen nach dem Leben trachtete?"

„Jemand anders als Hentschel?" Kurz erschien eine Zornesfalte auf der Stirn von ihrem Gesprächspartner, dann hatte er sich wieder im Griff. „Entschuldigung, das war unsachlich und gemein."

„Was ist mit Hentschel?", hakte Charlie trotz dieser Bemerkung nach.

„Hentschel rechnete fest mit dem Job des Leitenden als Nachfolger von Theisen. Er hat mir eine riesige Szene gemacht, als ich Schwertfeger einstellte. Hentschel ist gut. Er ist fleißig, ehrgeizig und zuverlässig. Aber Schwertfeger war ausgezeichnet. Das war sowohl in der Qualifikation als auch im Denken gar kein Vergleich. Vermutlich wittert er jetzt wieder seine Chance."

„Und nach Ihrer Meinung könnte er etwas mit dem Mord zu tun haben?", wollte die Kommissarin es genau wissen. Hatten sie endlich einen Verdächtigen?

„Nein. Ich entschuldige mich nochmals in aller Form für die dumme Bemerkung. Hentschel war wütend. Stinksauer trifft es wahrscheinlich besser, aber er ist kein Mörder. Dafür ist er zu simpel gestrickt." Plötzlich grinste er. „Bitte behalten Sie das für sich."

Charlie und Knud versprachen es.

„Im Grunde war er wütend, seit seine Frau ihm Hörner aufsetzte. Anfangs war es lediglich eine Affäre mit einem Urlauber, der hier mit seiner Familie die Ferien verbrachte. Die beiden trafen sich in der Öffentlichkeit, stellten ihre Verliebtheit zur Schau, waren kein bisschen diskret. Das war nicht nur für

Hentschel peinlich. Ein paar Wochen kam der Liebhaber regelmäßig her, schließlich sind sie zusammen durchgebrannt. Das hat Hentschel ungemein zugesetzt. Eine Weile stand er neben sich, ohne die gewohnte Leistung zu bringen ..."

Unwillkürlich gab Charlie einen tiefen Seufzer von sich, was ihr einen langen Blick von Knud einbrachte. Leicht beschämt über diese Gefühlsäußerung blickte sie zu Boden.

„... schließlich stürzte er sich in die Arbeit, das Ziel des Leitungspostens vor Augen", schloss Liesenfeld seine Erläuterungen.

„Warum haben Sie ihn nicht befördert?", hakte Charlie an dem Punkt nach.

„Neben der unzureichenden fachlichen Qualifikation hat Hentschel kein Händchen für Mitarbeiter, vielleicht wegen seiner Unausgeglichenheit. Doch so schlimm es damals war, es liegt Jahre zurück. Irgendwann muss jeder nach vorne blicken und die alten Geister abschütteln", behauptete Liesenfeld im Brustton der Überzeugung.

„Aber es gibt hier nur zwei zusätzlich Beschäftigte, oder?", fragte Knud weiter.

„Ja, zwei feste Stellen. Dazu haben wir immer wieder Praktikanten."

„Praktikanten?", wunderte sich Charlie.

„In der Regel sind es Studenten der Meeresbiologie, die die Semesterferien als praktische Erfahrung nutzen. Manchmal bleiben sie ein halbes Jahr."

„Die Ferien sind wann?", wollte der Kommissar wissen.

„Von Februar bis April sowie ab Juli bis Oktober", gab Liesenfeld bereitwillig Auskunft.

„Haben Sie jetzt auch einen Praktikanten?"

„Nein, Schwertfeger teilte mir in diesem Frühsommer mit, er würde für die kommenden Semesterferien keine Praktikanten einstellen." Der Leiter der Schutzstation schien sich darüber selbst zu wundern.

„Hat er das begründet?"

„Er sagte, er bräuchte Zeit für seine Forschung", gab Liesenfeld achselzuckend zurück.

„Aber die Praktikanten nahmen ihm doch Arbeit ab, oder nicht?" Wie immer ließ die Kommissarin keinen Punkt offen.

„So sollte es sein. Manche verursachen jedoch mehr Aufwand, als zu entlasten."

Charlie nickte. „Gab es auch Weibliche?"

„Ja, Frau Kommissarin, wir sind eine moderne Organisation, die im 21. Jahrhundert angekommen ist." Liesenfeld lächelte.

„Können Sie uns eine Liste der Praktikanten aus dem letzten und diesem Jahr zur Verfügung stellen?", bat Knud freundlich.

„Gern."

Charlie war bisher nicht zufrieden. Nach ihrem Empfinden gab es zu viel Hentschel. Sie wusste mittlerweile mehr über ihn als über Schwertfeger. Er schien der Einzige zu sein, der ein Mordmotiv hatte – aber auch ein Alibi. Übersah sie etwas? So konnte sie das Gespräch mit Liesenfeld nicht beenden.

„Können Sie sich vorstellen, dass Hentschel einen Auftragsmörder engagiert hat?", fragte sie unvermittelt in das sich einstellende Schweigen hinein.

„Im Ernst?" Der Vorsitzende der Schutzstation Wattenmeer klang perplex.

„Bisher ist Hentschel der Einzige mit einem offensichtlichen Motiv", überlegte Charlie laut.

„Ein Mordauftrag, um einen Job zu bekommen?" Liesenfeld schien fassungslos.

„Ich muss Ihnen wohl nicht erklären, aus welchen nichtigen Gründen Morde passieren", antwortete die Kommissarin ungeduldig.

„Tja Frau Wiesinger, wir leben auf dem platten Land zwischen Schafen und Deichen. Morde passieren hier Gott sei Dank selten, über das Thema Auftragsmord habe ich bisher in meinem Leben noch nie nachgedacht. Das scheint mir weit weg zu sein."

„Und doch passiert es auch in friedlich scheinenden Gegenden. Immerhin ist Schwertfeger tot", bemerkte Charlie trocken.

„Ja, aber Auftragsmord?" Hinnerk Liesenfeld konnte sich offensichtlich nicht mit dem Gedanken anfreunden.

„Würden Sie es Hentschel denn zutrauen, oder ist er dafür ebenfalls zu simpel gestrickt?", blieb sie hartnäckig bei dem Thema.

„Ich fürchte, ich kann Ihnen diese Frage nicht beantworten. Für Sie ist Mord das tägliche Geschäft, wenn ich es einmal so salopp ausdrücken darf. Haben Sie schon einmal einen Menschen getötet?", wollte er nun von ihr wissen.

Unwillkürlich wurde Charlie rot. Die Blicke beider Männer ruhten auf ihr und sie wäre am liebsten im Boden versunken. Doch bevor sie sich wieder den lieb gewonnenen Träumen von der Suspendierung und der Karibik hingab, streckte sie ihren Rücken durch, um ihm trotzig in die Augen zu schauen.

„Ja, Herr Liesenfeld. Ich habe einen Menschen getötet. Der Mann war ein widerliches Zuhälterschwein, eigentlich immer bewaffnet. Ihm eilte der Ruf voraus, erst zu schießen und dann zu fragen. An jenem verhängnisvollen Tag glaubte ich, in Notwehr zu handeln. Leider stellte sich hinterher heraus, dass er keine Pistole mit sich führte. Vielleicht ist es ihm gelungen, sie verschwinden zu lassen. Wie dem auch sei. Er war tot." Sie war lauter geworden, als sie selbst beabsichtigt hatte. Ihre braunen Locken tanzten, während sie mit ausladenden Gesten sprach. Liesenfeld hatte mit seiner Frage ihren wunden Punkt getroffen. Bevor sie hinzufügen konnte *„und deshalb bin ich hier"*, biss sie sich auf die Zunge. Stattdessen fragte sie: „Was nützt Ihnen diese Information?"

Tatsächlich zog daraufhin eine leichte Röte über das Gesicht von Liesenfeld. „Ich möchte mich in aller Form entschuldigen. Das Thema Mord scheint mich zu allerlei unqualifizierten Bemerkungen zu verleiten. Das geht mich natürlich nichts an. Ich bin ehrlich gesagt, total schockiert über den Tod von Michael Schwertfeger. Ich trauere um den Menschen. Ich beklage aber auch den Verlust des hervorragenden Mitarbeiters. Ich habe keine Ahnung, wie ich ihn ersetzen soll."

Während Charlie ihm zuhörte, nahm sie aus dem Augenwinkel Knuds Blick wahr, der auf ihr ruhte. Er schien sie zu analysieren und langsam die Zusammenhänge zu begreifen, warum sie hier war.

Ihre Selbstkontrolle ließ wirklich zu wünschen übrig!

Sie konzentrierte sich wieder auf Hinnerk Liesenfeld, wobei sie hoffte, Knud würde es ihr gleichtun.

„Schon gut, ich nehme Ihre Entschuldigung an. Es wäre hilfreich, wenn Sie uns Informationen über Schwertfeger geben. Alle auf der Halbinsel ...", am liebsten hätte sie *auf dieser verfluchten Halbinsel* gesagt, „scheinen äußerst schockiert über seinen Tod zu sein. Niemand kann sich in seinem Umfeld Feinde vorstellen und doch wurde er ermordet. Wenn er in diesem Umfeld ein so friedlicher, sympathischer Mensch war, liegt das Motiv vermutlich in der Vergangenheit. Gibt es etwas, das er Ihnen erzählt hat, was möglicherweise zu dem Mord führte?", fragte die Kommissarin nun wieder konzentriert.

„So gern ich Ihnen helfen würde, da fällt mir nichts ein." Obwohl Liesenfeld ihr direkt in die Augen blickte, war sie sicher, dass er log. Er wusste etwas über Schwertfeger, was er nicht preisgab! Sie überlegte, ob sie mehr erfuhr, wenn sie die Strategie änderte. Leider hatte sie keinen Verdacht, worum es sich handelte. Es gab einmal eine große Liebe, die ihn verlassen hatte. Das war nichts Ungewöhnliches. Da musste jeder in seinem Leben durch. Die wenigsten waren deshalb ermordet worden.

Trotz bester Qualifikation hatte er einige Male den Job gewechselt, war gemobbt worden. Auch das kam vor. Nirgends steckte ein Mordmotiv.

Charlie sah ihre Rückversetzung nach Hamburg schwinden. Wenn es hier so weiterging, würde es mit einem Techtelmechtel oder einem alkoholischen Absturz enden. Vielleicht auch einer Mischung aus beidem. Aber nicht mit einem schnell gelösten Fall. Sie hatte rein gar nichts vorzuweisen!

„Haben Sie noch eine Frage?", gab sie die Führung an Knud ab.

„Ja, ich bin gedanklich nach wie vor bei Schwertfegers Forschung. Darin liegt nach meiner Meinung schon ein Mordmotiv. Möglicherweise hat jemand die bisherigen Ergebnisse gestohlen, um sie zu verkaufen oder um selbst weiter zu forschen. Wie weit war er denn damit?", wandte sich der Kollege wieder an den Leiter der Schutzstation.

Charlie warf Knud einen anerkennenden Blick zu. Ein guter Gedanke!

Liesenfeld druckste ein wenig herum, bevor er antwortete. „Das ist schwer zu sagen. Bei solch großen Projekten dauert es lange, bis der Durchbruch erzielt wird. Es gibt Fortschritte, manchmal winzig kleine. Darauf können Rückschläge folgen, wenn man in einer Sackgasse landet. Dann wird ein anderer Abzweig probiert. Schwertfeger steckte mittendrin. Er war entschlossen, dieses Problem zu lösen."

„Wo liegen die Daten zu der Forschung?", fragte Knud weiter.

„Schwertfeger hatte alles auf seinem Laptop. Außerdem gibt es zwei Sicherheitsbackups, auf unserem Server hier in Husum und auf einer externen Festplatte. Alles ist außerdem verschlüsselt", erklärte Liesenfeld seinen Besuchern.

„Den Computer haben wir sichergestellt, er ist in der KTU, aber die externe Festplatte war weder im Leuchtturm noch in seinem Büro", bemerkte Knud.

„Schwertfeger hat sie bestimmt an einem sicheren Ort aufbewahrt", gab Liesenfeld zu bedenken. „Vielleicht in einem Bankschließfach. Da er allerdings die Daten regelmäßig aktualisierte, halte ich ein Versteck im Turm für wahrscheinlicher. Dafür hatte ja nur er den Schlüssel."

„Wenn die Daten auf dem Laptop sind, brauchen wir nicht nach der Festplatte zu suchen", Charlie hatte wenig Lust in jeden Winkel in dem staubigen Turm zu kriechen.

Knud war anderer Ansicht. „Wenn die Festplatte gestohlen wurde, wäre das ein Hinweis auf die Forschung als Mordmotiv."

„Ja, aber vielleicht entdecken nicht einmal wir das Versteck", widersprach die Kommissarin vehement.

Schweigen breitete sich in dem Raum aus. Alle drei hingen ihren Gedanken nach. Schließlich bedankte sich Charlie bei Liesenfeld. So richtig zufrieden war sie nicht mit dem Gespräch. Der Fall war komplizierter als ursprünglich gedacht. Knud überreichte ihm zum Abschied seine Karte. „Bitte mailen Sie uns die Liste der Praktikanten der letzten zwei Jahre an diese Adresse. Wenn Ihnen noch etwas einfällt, rufen Sie uns bitte an."

Torge in St. Peter-Ording

Montag, den 04. September

Als Torge in sein Kabuff zurückkehrte, checkte er erstmal sein Postfach für mögliche Arbeitsaufträge. Tatsächlich hatte sich da einiges angesammelt, um das er sich jetzt kümmern musste. Er überflog die Liste, um zu prüfen, ob es einen Notfall wie eine verstopfte Toilette gab. Es handelte sich jedoch lediglich um Kleinigkeiten, die nach Uhrzeit der Meldung abgearbeitet werden konnten.

Ein Fernseher in einem Bungalow in der ersten Wasserlinie funktionierte nicht. Da war in der Regel nur ein Kabel locker. Manchmal waren die Gäste auch einfach zu dusselig, mit der Fernbedienung umzugehen – oder zu bequem, sich damit vertraut zu machen. Diese Typen gingen Torge richtig auf die Nerven. Außerdem gehörte es ja wohl nicht zu seinen Aufgaben, unbeholfenen Urlaubern die Technik der Ferienhäuser nahe-zubringen. Das gehörte nach seiner Meinung in den Bereich Animation. Er hatte mit der Lessing eine ausgiebige Diskussion zu diesem Thema geführt. Doch sie blieb natürlich stur und be-harrte auf Torges Einsatz. Vermutlich waren die Animateure selbst zu dusselig, den Gästen die Bedienung der Fernseher zu erklären. In Erwartung genau so eines Szenarios blieb Torge ab-rupt stehen. Drei Sekunden überlegte er, dann machte er kehrt, um zurück zu seinem Büro zu gehen. Sollten die doch selbst versuchen, den Fernseher in Gang zu bekommen. Es war schon häufiger nützlich gewesen, den Gästen einfach ein bisschen Zeit für die Problemlösung zu geben. Wenn das Glück auf seiner Seite war, kam er um die verhasste Lehrstunde herum.

Nochmals studierte er die Liste der Aufträge: ein gebrochener Gartenstuhl, ein nicht funktionierender Wasserkocher, ein dunkler Kühlschrank sowie ein tropfender Wasserhahn. Das Übliche.

Torge beschloss, sein selbst gebautes Dreirad zu aktivie-ren. Auf dieses Gefährt war er wirklich stolz! Er hatte die bei-den Fahrräder seiner Großeltern, die jahrelang unbeachtet im Schuppen gestanden hatten, zu einem Dreirad mit Ladefläche für Material und Werkzeug umgebaut. Schnell und ökologisch sauber bewegte er sich damit durch die Ferienanlage. Seit der feierlichen Taufe mit seinen Enkeln wurde es nun *Henriette* ge-nannt. Nachdem er die Ersatzteile herausgesucht hatte, mach-te er sich auf den Weg. Schnell waren Stuhl und Wasserkocher ausgetauscht, die tatsächlich defekt waren. Auch das hatte er schon erlebt: Es gab Feriengäste, die nicht in der Lage waren, mit einem Schnellkocher umzugehen. Wie das sein konnte, war Torge ein Rätsel! In dem Domizil mit der kaputten Kühlschrank-beleuchtung wurde er von einer drallen Frau mittleren Alters in einem geblümten Bademantel empfangen. In ihren Haaren steckten tatsächlich Lockenwickler, so etwas hatte Torge zuletzt bei seiner Oma gesehen. Deutlich war unter dem Braun der graue Ansatz zu erkennen.

„Moin! Ich bin Torge Trulsen, der Hausmeister der Anlage. In Ihrem Kühlschrank wird es nicht mehr hell?", versuchte er mit einem Scherz die Situation aufzulockern.

Kichernd nickte sie. „Ja, so kann man es nennen. Kommen Sie doch herein. Mein Name ist Gundula. Sie kennen sich ja aus. Kann ich Ihnen einen Kaffee anbieten?"

Das war eine Freundlichkeit, die ihm häufiger begegnete. Gern nahm er das Angebot an. Gemeinsam gingen sie in die Küche. Torge öffnete den Kühlschrank, der bis zum Rand gefüllt war. Um an die Beleuchtung zu kommen, musste er mindestens die Hälfte der Sachen ausräumen. Gundula machte sich derweil an der Kaffeemaschine zu schaffen.

„Wollen Sie Milch und Zucker?", fragte sie flötend.

„Nur Zucker", klang es etwas dumpf aus dem Kühlschrank. Torge hatte seinen Kopf in dem Gerät versenkt, um besser sehen zu können, warum sich die Schutzkappe der Beleuchtung nicht entfernen ließ. Als er wieder auftauchte, sah er, dass Gundula neben den Kaffeepott einen kleinen Teller mit drei Pralinen gestellt hatte.

„Die müssen Sie probieren, Torge. Die sind köstlich! Ich habe eine Schwäche für gute Schokolade", fügte sie entwaffnend ehrlich hinzu, was trotz der seltsamen Aufmachung einfach sympathisch wirkte.

„Vielen Dank. Das ist wirklich nett von Ihnen, min seute Deern", nahm er das Angebot an. „Erstmal muss ich aber Ihren Kühlschrank wieder zum Leuchten bringen."

Nochmals kichernd biss sie genüsslich in eine Praline mit Mandelsplittern. An ihrem verzückten Gesichtsausdruck war zu erkennen, wie sehr sie es genoss. Grinsend steckte Torge seinen Kopf wieder in den Kühlschrank. Einen Moment später war er erfolgreich. Der Rest war nur noch Routine.

„So, jetzt habe ich mir den Kaffee verdient." Nachdem er seine obligatorischen drei Löffel Zucker in das Gebräu geschaufelt hatte, rührte er kräftig um.

„Na, Sie sind aber auch ein Süßer!", flötete seiner Gastgeberin weiter.

Kurz war er irritiert, aber dann fiel der Groschen. „Kaffee muss süß sein. Nur dann schmeckt er richtig gut", parierte er. „So, und nun werde ich Ihre Schokolade probieren, Gundula."

„Und?", fragte sie erwartungsvoll.

„Wirklich köstlich!" Torge meinte es ehrlich.

„Es sind Belgische. Das sind die Besten", verriet Gundula ihm verschwörerisch.

Torge nahm eine zweite Praline, weil sie wirklich lecker waren. „So, Gundula. Genug getrödelt. Auf mich warten ein Wasserhahn und ein Fernseher. So gern ich weiter mit Ihnen schnacken würde. Jetzt muss ich wieder los."

Nachdem das Tropfen des Wasserhahns schnell abgestellt war, radelte Torge gemütlich zu dem Fernseher. Innerlich gewappnet, klingelte er an der Tür des Bungalows. Ein schnöseliger Typ, Anfang dreißig mit Weste und gegelten Haaren, riss die Tür auf. Er sah aus, als wäre er gerade aus einem Businessmeeting gefallen. Passend zum Outfit hielt er ein Mobiltelefon in der Hand. Er musterte Torge mit einem arroganten Blick.

„Na, endlich. Wieso dauert das so lange?"

Davon ließ Torge sich nicht aus der Ruhe bringen. Er hatte im Laufe der Jahre bereits in alle möglichen Abgründe der menschlichen Seele geblickt. Mit diesem Möchtegern würde er spielend fertig werden.

„Moin, Torge Trulsen. Ich komme wegen des Fernsehers", begrüßte er den Wichtigen gut gelaunt.

„Ja, weswegen auch sonst. Ich warte schon eine Ewigkeit", kam die pampige Antwort.

Torge sah seine Überzeugung zum Stellenwert des Fernsehens bei Feriengästen bestätigt. Er war sogar wichtiger als ein funktionierendes WC. In den letzten Jahren hatte das WLAN wohl die gleiche Priorität erlangt. Warum allerdings dieser Typ unbedingt Fernsehen musste, war ihm schleierhaft. Er passte eigentlich eher in die Kategorie Internetanschluss.

„Ja, was? Wollen Sie den Fernseher nun reparieren oder nicht?", motzte der Typ weiter.

„Selbstverständlich gern." Torge amüsierte sich innerlich köstlich. Er folgte dem Ungeduldigen in den kombinierten Wohn-Essraum, der mit einem Urlaubsdomizil nicht mehr viel gemein hatte. Es sah eher wie in einem Konferenzraum aus. Sogar ein mobiles Flipchart stand dort.

Beeindruckend!

Nachdem Torge die Kabel überprüft hatte, war die Fernbedienung an der Reihe. Das Kontrolllämpchen leuchtete, doch der Fernseher blieb tot. Na ja, wenigstens musste er diesem Schnösel keinen Vortrag halten. Das war doch schon was. Obwohl es an dem Flipchart vielleicht sogar Spaß gemacht hätte. Vielleicht.

„Der Fernseher scheint defekt zu sein. Ich muss ihn austauschen", informierte er den Bewohner.

„Ja, tun Sie das! In einer Stunde will ich hier ein wichtiges Konzept präsentieren. Dazu brauche ich den Fernseher. Das schaffen Sie ja wohl rechtzeitig, oder? Und bringen Sie mir kein kleineres Gerät als dieses hier!", instruierte er den Hausmeister.

„Wenn es keine außerordentlichen Vorkommnisse gibt, sollte in einer Stunde alles wieder laufen", gab Torge lapidar zurück.

Das neue Gerät ließ sich hoffentlich ohne Probleme an die schwenkbare Wandhalterung anschrauben. Dieses Modell war schon mindestens drei Jahre alt.

„Was für außerordentliche Vorkommnisse?", hakte der Geschäftstüchtige nach.

„Tja, kann man nie wissen." Es machte Torge Spaß, den Wichtigtuer ein wenig zu foppen. Schnell war der Fernseher von der Wand geschraubt. Er wickelte das Gerät in eine mitgebrachte Arbeitsdecke, um es sicher auf der Ladefläche des Dreirades zu verstauen.

„Bin gleich wieder da", verabschiedete er sich, worauf er lediglich ein „Hoffentlich" erntete.

So langsam ging ihm der Typ gehörig auf die Nerven. Er hatte nicht übel Lust, die Sache zu verzögern. Das würde ihm natürlich wieder einen Rüffel von der Lessing bescheren. Sein Kerbholz hatte schon etliche Markierungen. Er fragte sich, ob es die Sache wert war. Vielleicht sollte er sich sowas lieber für Sachen aufheben, die es wirklich wert waren - zum Beispiel für die Ermittlungen im Fall Schwertfeger. Die hatte er doch glatt in der letzten Stunde vergessen!

Seine Gedanken wurden durch das Klingeln des Handys unterbrochen. „Torge Trulsen."

„Moin Torge! Hier ist Klarissa vom Empfang. Wo steckst du?", fragte ihn seine Lieblingskollegin aufgeregt.

„Bin mit einem defekten Fernseher unterwegs ins Lager. Muss einen neuen montieren, dieser scheint tot zu sein", klärte er sie auf.

„Ich fürchte, das musst du unterbrechen. Wir haben ein verstopftes Klo bei einer Familie. Das hat Priorität." Ihre Stimme klang drängend.

Vielleicht klappte es doch mit den Wünschen beim Universum. Als Annegret ihm davon erzählte, hatte er es natürlich als dumm Tüch abgetan.

Doch bevor er sich der Toilette widmete, wollte er die Verantwortung für die Verärgerung des Wichtigen abgeben. „Klarissa, der Typ aus der Fünf ist jetzt schon genervt. Er will auf dem Fernseher in einer knappen Stunde eine Präsentation abhalten oder so. Wenn ich jetzt nicht zurückkomme, wird er vermutlich explodieren."

„Das ist Pech. Du kennst die Regeln. WC sticht Fernseher. Bitte fahr zum Bungalow 95. Ich kümmere mich um die Fünf. Er kann seine Präsentation in einem der Konferenzräume halten. Warum machen die Menschen nicht einfach

Urlaub?", wollte sie von Torge wissen, der so eine Frage natürlich nicht beantworten konnte.

„Tja, keine Ahnung. Na dann. Bin schon unterwegs." Torge machte noch einen Abstecher zu seiner Werkstatt, bevor er sich dem Notfall widmete.

Nach der Behebung des sanitären Problems fuhr Torge wieder zu dem *Ferienhaus Nr. 5.* Die Stunde war längst vergangen. Nun war er gespannt, wie der Schnösel das Präsentationsproblem gelöst hatte. Noch bevor er klingeln konnte, wurde die Tür aufgerissen. Sein heutiger Lieblingsgast empfing ihn mit zornesrotem Kopf.

„Sie haben meinen Termin sabotiert", polterte er ohne Begrüßung los.

„Moin Herr Wucherpfennig!" Torge hatte sich bei Klarissa nach dem Namen erkundigt. Er war fest entschlossen, sich nicht aus der Ruhe bringen zu lassen, was allerdings trotz solcher Vorsätze nicht immer klappte. „Genau genommen hat ein Tampon ihren Termin sabotiert." Für einen Moment war Wucherpfennig sprachlos. Seine Gesichtsfarbe nahm einen noch dunkleren Rotton an.

„Sie kommen sich wohl sehr witzig vor", raunzte er den Hausmeister an.

„Tja, ehrlich gesagt war das überhaupt nicht witzig. Ich hätte lieber Ihren Fernseher montiert, als ..." Torge verzichtete auf weitere Beschreibungen. Es war ja auch nur die halbe Wahrheit.

„Ich werde mich bei Ihrem Vorgesetzten beschweren", zeterte der Unzufriedene weiter.

Interessanterweise war das wohl bisher nicht passiert. Immerhin hatte er ja eine Stunde Zeit dafür gehabt.

„Wie Sie wollen. Meine Chefin ist die Managerin der Ferienanlage, Marina Lessing. Wenn es recht ist, würde ich jetzt gerne das Gerät an die Wand schrauben. Ich habe heute noch andere Dinge zu tun." An diesem Punkt blieb Torge ganz gelassen.

„Wie reden Sie eigentlich mit mir, Sie kleiner Hausmeister? Nur weil eine Frau Sie herumkommandiert, brauchen Sie nicht Ihren Frust an mir auszulassen. Ich erwarte mehr Respekt!", forderte der Gast lautstark, ohne sein zweierlei Maß zu bemerken.

„Ja, ich auch, Herr Wucherpfennig! Am besten beende ich jetzt meine Arbeit hier. Man weiß nie, wann das nächste Klo verstopft", bemerkte Torge trocken.

Erneut verschlug es dem Schnösel die Sprache. Zufrieden mit seiner Schlagfertigkeit machte sich Torge ans Werk. Zwanzig Minuten später verließ er den Bungalow zufrieden vor sich hin pfeifend.

Der Nachmittag war mit den Routineaufgaben im Fluge vergangen. Erst jetzt, als er ein wenig zur Ruhe kam, wunderte sich Torge, dass er nach wie vor nichts von Knud gehört hatte. Dann musste er eben alleine etwas herausfinden. Er nahm das

Schweizer Messer aus der abschließbaren Schublade, um es genauer zu betrachten. Es wies eine Gravur auf: MS – Maximilian Süßholz.

Es war nur ein diffuser Gedanke, der durch seinen Hinterkopf zuckte, aber irgendwie hatte er das Gefühl, diese Gravur schon einmal gesehen zu haben. Der Schönheitschirurg war bei Weitem nicht so häufig hier gewesen, wie man vermuten konnte, wenn die Ehefrau den ganzen Sommer in der Anlage verbrachte. Torge überlegte, ob es eine Begegnung gab, in der das Messer eine Rolle gespielt hatte. So sehr er sich anstrengte, ihm fiel nichts ein. Vielleicht kam er darauf, wenn er sich mit etwas anderem beschäftigte. Meist war es ja so.

Trotzdem ließ es ihm keine Ruhe. Er musste erneut in den Bungalow, in dem er das Messer gefunden hatte. Doch wie sollte er das anstellen? Einfach klingeln und die beiden Damen fragen, ob er das Ferienhaus durchsuchen könnte, weil er aufgrund eines gestohlenen Gegenstandes so eine Ahnung hatte? Selbst die leicht verrückte Marlene von Hofstätter würde ihm wohl nicht abnehmen, dass es sich um einen Notfall handelte.

Ein Notfall! Das war es!

Er musste den Moment abpassen, wenn die Frauen Hunger bekamen. Die Süßholz hatte sich seit Tagen in dem Ferienhaus verschanzt. Da gab es nichts mehr zu essen. Torge hoffte inständig, Marlene würde ihre Tochter zu einem Restaurantbesuch überreden. Nach seiner Einschätzung müsste ihr das gelingen. Immerhin war sie ja gekommen, um ihre Tochter vor der nächsten Depression zu bewahren. Sie musste unter Leute!

Das würde ihm ein Zeitfenster von mindestens einer Stunde öffnen, in der er das Haus durchsuchen konnte. Es war nur eine vage Ahnung, aber wie großartig wäre es, wenn er dort etwas fände, was den Fall voranbringen würde. Annegret hatte ihn gelehrt, auf sein Gefühl zu hören. Nachdem er es jahrelang als

Weiberkram abgetan hatte, musste er schließlich zugeben, dass da etwas dran war.

Er brauchte einen Plan. Denken konnte er am besten bei einem Kaffee. Eine Pause hatte er allemal verdient. Er schlenderte also in die Lobby, um sich zu versorgen. Auch wenn Annegret ihre Augenbrauen hochgezogen hätte, nahm er außerdem ein Franzbrötchen dazu. Seit einiger Zeit gab es diese Hamburger Köstlichkeit auch bei ihnen auf der Halbinsel. Der herrliche Zimtduft ließ Torge das Wasser im Mund zusammenlaufen.

Wieder an seinem Schreibtisch checkte er zunächst, ob die Bungalows in der Nachbarschaft zu den Süßholz-Damen belegt waren. Vielleicht konnte er sich im Garten eines freien Domizils zu schaffen machen. Tatsächlich! Ein Ferienhaus, von dessen Hecke er den Eingang bestens im Blick hätte, war erst ab Samstag wieder vermietet. Perfekt! Er schnappte sich *Henriette*, belud ihre Ladefläche mit einigen Gartengeräten und machte sich auf den Weg.

Nachdem er die Buchsbäume bereits eine halbe Stunde bearbeitet hatte, tauchte Marlene von Hofstätter in der Tür des Bungalows auf. Als sie ihn entdeckte, kam sie sofort auf ihn zu.

„Torge, wie schön, Sie heute noch einmal zu treffen. Das gibt mir die Gelegenheit, mich erneut bei Ihnen zu bedanken." Aus ehrlichen Augen strahlte die alte Dame ihn an.

„Ach, nicht der Rede wert. Ich hoffe, es geht Ihrer Tochter ein wenig besser?", fragte der Hausmeister ehrlich besorgt.

„Na ja, ihre Begeisterung über mein Auftauchen hält sich in Grenzen. Mütterliche Einmischung war noch das Harmloseste, was ich mir anhören musste. Ich glaube, sie wird ihre Meinung ändern, wenn es mit ihrem Gemütszustand wieder bergauf geht", weihte Marlene ihn ein.

„Ganz bestimmt. Vielleicht bereits, wenn sie etwas gegessen hat", lenkte Torge das Gespräch auf den Kern seines Interesses.

„Ja, ich habe versucht, sie zu überreden, heute Abend ins Restaurant zu gehen, aber sie will nicht." Betrübt schüttelte sie mit dem Kopf.

„So´n Schiet!", entfuhr es Torge.

„So´n Schiet?", fragte Marlene irritiert.

„Ich meine, das ist sehr schade. Es würde ihr bestimmt guttun, aus dem Haus und unter Leute zu kommen. Wenn ich es richtig weiß, hat sie den Bungalow seit Tagen nicht verlassen", versuchte er, seine spontane Bemerkung zu erklären.

„Mein Reden. Aber sie ist stur wie ihr Vater – möge er in Frieden ruhen. Da kann man nichts machen, Torge. Ich werde jetzt vor dem Essen am Strand spazieren. Danach bestelle ich etwas. Vielleicht ist sie morgen schon einen Schritt weiter und lässt sich zu einer Mahlzeit außerhalb des Bungalows locken. Sie wissen nicht zufällig, ob das Wasser jetzt da ist?", wechselte sie das Thema.

„Für Sie schaue ich gerne nach, Frau Marlene. Ich habe den Tide-Kalender auf meinem Smartphone. Einen Moment." Torge angelte das Telefon aus der Tasche. Schnell fand der die gewünschten Informationen. „Nein, leider nicht. Wir haben derzeit ablaufendes Wasser. Der niedrigste Punkt ist um 18.49 Uhr erreicht, dann kommt es wieder. Sie müssen sich also mit dem Watt zufriedengeben. Tut mir leid!"

„Oh, das braucht Ihnen nicht leidtun, junger Mann. Das Watt hat absolut seine Reize und ist ein sehr spannender Lebensraum. Nicht umsonst ist das Wattenmeer 2009 zum Weltnaturerbe ernannt worden", erklärte sie ihm, als ob er das nicht selber wüsste.

„Na, dann wünsche ich Ihnen viel Spaß." Torge meinte er es so, wie er es sagte, obwohl es ihn für diesen Tag nicht das gewünschte Ergebnis bescherte. Die kleine Deern mochte er wirklich.

Noch eine Weile setzte er seine Arbeit fort, dann packte er ein. Morgen würde er sich wieder auf die Lauer legen.

Alexander in Lindau

Ende Juli, sieben Jahre früher

Eine Stunde nachdem Lisa nach Hause gekommen war, saß er immer noch im Arbeitszimmer und wartete auf ihre Reaktion. Sein Herzschlag hatte sich wieder beruhigt, aber auf den Artikel konnte er sich nach wie vor nicht konzentrieren. Angestrengt lauschte er auf die Geräusche in der Wohnung. Als er schon fast so weit war, aufzugeben, stand sie plötzlich in der Tür. Sein Herz setzte einen Schlag aus, um dann wieder zu beschleunigen, als ihre Blicke sich trafen. Lisa wirkte ruhig, die Karte hielt sie in der Hand. Alexander wollte so viel sagen, doch er beherrschte sich. Auch wenn es ihm schwerfiel, wartete er ab, wie sie auf die Situation reagierte.

„Bist du schon dort gewesen? Hast du mit der Psychologin gesprochen oder ist das nur eine Empfehlung von Dr. Borck?", fragte sie mit ruhiger Stimme.

In der letzten Stunde hatte sich Alexander diverse Szenarien ausgemalt, so eine sachliche Lisa war nicht dabei gewesen. Nun hatte er Angst, seine Antwort würde sie verärgern.

„Ich habe bereits Gespräche mit ihr geführt - vier um genau zu sein", er bemühte sich ebenfalls um einen möglichst neutralen Tonfall.

„Vertraust du ihr?", fragte Lisa weiter.

„Ja, Lisa. Ich vertraue ihr", antwortete Alexander ehrlich.

Statt etwas hinzuzufügen, entschloss er sich, ihr die Gesprächsführung zu überlassen.

„Und jetzt willst du gemeinsam mit mir dorthin gehen." Es war mehr eine Feststellung als eine Frage. Weiterhin blieb sie ruhig, fast gelassen.

Sie hielten Blickkontakt. Alexander spürte Fluchtgedanken, wollte am liebsten ausweichen, aber der erste Schritt war getan. Lisa schien sich zu öffnen. Sie schaute ein klein wenig aus ihrem Schneckenhaus heraus. Wenn er die Zeichen richtig deutete, signalisierte sie Bereitschaft, sich auf das Gespräch mit der Psychologin einzulassen.

„Ich wünsche es mir", sagte er schlicht.

„Okay, dann mach einen Termin. Ich schau es mir an." Wie zur Verstärkung nickte seine Frau.

„Wirklich?" So einfach hatte Alexander es sich nicht vorgestellt.

„Ja, wirklich!" Zum ersten Mal seit vier Wochen sah er ein kleines Lächeln über Lisas hübsches Gesicht huschen. „Ich brauche dich. Allein schaffe ich es nicht. Du bist mein Seelenverwandter. Bitte bleib bei mir und hilf mir das durchzustehen."

Endlich konnte er von dem Stuhl aufstehen, um zu ihr zu gehen. Erleichtert schloss er sie in die Arme. Es war ein großartiges Gefühl, zu spüren, wie sie sich an ihn lehnte. Alexander atmete tief durch. Ruhe strömte durch seinen Körper und gab ihm Vertrauen in die Zukunft.

Der Start bei Dr. Leisering war verheißungsvoll. Lisa fasste schnell Vertrauen zu der Psychologin, die Gespräche waren konstruktiv, wenn auch schmerzhaft. Es flossen Tränen, die der Angst und Verzweiflung Ausdruck gaben, doch die Wut war verschwunden. Froh diese Phase überwunden zu haben, gab Alexander sich der Hoffnung hin, Lisa würde sich der Mastektomie als Behandlungsmethode öffnen. Beiden war bewusst, wie radikal der Eingriff war. Radikal genug, um wieder neue negative Emotionen auslösen zu können. In seinen Augen war es trotzdem der beste Weg, dem Krebs zu trotzen.

Elvira behandelte seine Liebste äußerst behutsam. Obwohl eine schnelle Entscheidung vorteilhaft war, agierte sie so, als hätten sie alle Zeit der Welt. Für sie stand im Vordergrund, Lisa weder zu drängen noch zu überreden. Dazu waren die Folgen zu weitreichend, auch die Ehe der beiden betreffend. Obwohl sie die Termine in kurzen Abständen legten, gingen einige Wochen ins Land, bis seine Frau plötzlich beim Frühstück verkündete, sie habe sich für die Operation entschieden.

„Bist du dir ganz sicher, Lisa?", wollte Alexander wissen.

„Ja, hast du deine Meinung geändert? Ich dachte, du würdest mir bei dieser Ankündigung um den Hals fallen. Das wolltest du doch die ganze Zeit", entgegnete sie verwirrt.

Nachdenklich betrachtete Alexander sie. „Gerade deswegen ist deine eigene Überzeugung wichtig. Du darfst nicht mir zuliebe zustimmen."

„Keine Angst. Ich habe mich für das Leben entschieden. Befürchtest du Vorwürfe, mich überredet zu haben?", hakte sie nach.

„Zumindest sollte es absolut deine Entscheidung sein. Es geht weniger um Vorwürfe, als mit den Folgen leben zu müssen", tat er seine Meinung kund.

„Na ja, es betrifft dich auch", gab sie zu bedenken.

„Ich habe damit kein Problem. Du sollst den Kampf gegen den Krebs gewinnen." Alexander war es wichtig, dass sie diesen Unterschied verstand.

„Ich weiß, aber was es aus uns macht, wenn ich keine Brüste mehr habe, das wissen wir heute nicht." Lisa schaute ihm direkt in die Augen.

„Da hast du recht, mein Liebes. Dr. Borck hat dir für den Fall der Mastektomie zu einem kosmetischen Wiederaufbau der Brüste geraten. Ziehst du das in Erwägung?", fragte er.

„Wäre es dir wichtig?", konterte sie mit der Gegenfrage.

„Ja, ich denke schon", gab Alexander zu.

„Für mich ist es sicherlich auch wesentlich einfacher, aber lass uns einen Schritt nach dem anderen gehen", schlug Lisa vor.

Der Operationstermin wurde für die folgende Woche angesetzt.

Charlie in St. Peter-Ording

Dienstag, den 05. September

Charlie war bei Weitem nicht so gut gelaunt wie Knud, als sie sich am Morgen in der Polizeistation trafen. Sie hatte am Abend einen langen Spaziergang durch das Watt gemacht. Nach einem Glas Rotwein war sie in einen tiefen, traumlosen Schlaf gefallen. Sie fühlte sich ausgeruht, aber nicht zufrieden mit den Ermittlungsergebnissen der letzten Tage.

„Es bringt nichts, so streng mit sich selbst zu sein, Charlotte. Lassen Sie uns einmal alles zusammenfassen, was wir bisher herausgefunden haben", versuchte Knud, sie mit nordischem Pragmatismus aufzuheitern.

„Das kann ja nicht lange dauern, und was machen wir dann?", fragte sie sarkastisch. „Ist der Laptop endlich aus der KTU zurück?"

„Es ist erst Dienstagmorgen. Die sind dort auch wie immer unterbesetzt. Mit Glück kommt er heute am Nachmittag." Knud ließ sich nicht aus der Ruhe bringen, was Charlie mit einem herzhaften Gähnen kommentierte.

„Sie brauchen dringend etwas Kaffee. Ich werde Ihnen einen extra großen Pott befüllen. Dann wird Ihre Laune sich bestimmt verbessern."

„Sie Optimist!" Die Kommissarin sah ihn wieder grienen, als er sich auf den Weg in die Küche machte. Es war angenehm, mit ihm zu arbeiten. Sie fühlte sich in seiner Gesellschaft immer wohler. Außerdem war er ein guter Polizist. Während sie sich gestern zu sehr auf Hentschel und Schwertfegers Vergangenheit konzentriert hatte, blieb Knud bei der Forschung. Lag darin das Mordmotiv?

Als ihr neuer Kollege mit dem größten Becher, den er auftreiben konnte, wieder im Büro erschien, verbesserte sich ihre Laune tatsächlich ein wenig.

„Sie haben recht. Lassen Sie uns alle bisherigen Ergebnisse und Spuren zusammenfassen. Daraus werden sich neue Fragen und Handlungsoptionen ergeben", lenkte sie schließlich ein.

„Sehen Sie, es funktioniert. Ein Pott Kaffee lässt Ihre Stimmung bereits aus der Ferne steigen", neckte er sie ein wenig.

„Her damit. Kann nur besser werden." Bereits der erste Schluck war eine Wohltat.

Knud postierte sich derweil neben dem Whiteboard. Mit Stiften in allen Farben bewaffnet, sah er sie erwartungsvoll an. „Wünschen Sie eine bestimmte Struktur?"

„Hhm, schreiben Sie erst einmal Schwertfeger oben in der Mitte auf", forderte sie ihn auf.

Der Kommissar tat wie ihm geheißen. Charlie widmete sich wieder ihrem köstlichen Gebräu. Beim nächsten Blick zur Tafel prustete sie los. „Knud, ist das eine fremde Sprache?

Nordfriesisch vielleicht? Geben Sie sich ein bisschen Mühe. Das kann ja kein Schwein lesen."

„Ich fürchte, da wird Mühe nichts nützen", kommentierte er ihre Kritik pragmatisch.

„Dann lassen Sie mich schreiben. Mal ehrlich, können Sie das selber lesen?", fragte sie ihn lachend.

Knud trat einen Schritt zurück, um sein Werk mit etwas Abstand zu betrachten. Schon wieder griente er. Das mochte Charlie ganz besonders an ihm: Diese Ausgeglichenheit. Andere hätten sich angegriffen gefühlt und losgepoltert. Der Nordfriese blieb lächelnd die Ruhe selbst.

„Wenn ich nicht wüsste, was es heißen soll?", fragte er schelmisch.

„Genau", bestätigte sie grinsend.

„Schwer zu sagen. Vielleicht sollten Sie lieber an die Tafel gehen." Gespielt konzentriert starrte er auf die Tafel.

Ergeben stand Charlie auf und tat wie geheißen. Sie nahm den Wischer von der Ablage, kam aber gar nicht hoch genug, um Knuds Gekritzel auszulöschen.

„Na, toll! Wer hat denn dieses Whiteboard montiert? Ist es wenigstens höhenverstellbar?", mokierte sie sich sofort.

Gerade hatte Charlie Knuds Ruhe bewundert, doch sie selbst schaffte es nicht.

„So modern sind wir leider nicht. Genau genommen hat dafür das Budget nicht gereicht", erwiderte er amüsiert.

„Dann müssen Sie es doch mit mehr Mühe versuchen. Schreiben Sie jeden Buchstaben einzeln, nicht diese Schreibschrift, die zu einer Sauklaue mutiert ist", kommandierte sie in strengem Tonfall.

„Jetzt lassen Sie aber den Frust über Ihre Körpergröße an mir aus. Das tut mir auch weh", tat Knud beleidigt.

Charlie warf ihm einen kritischen Blick zu. Er veräppelte sie doch, Oder? „Ich bin nicht über meine 1,58m frustriert, sondern weil bestimmt ein 1,90m großer Mann das hier aufgehängt hat. Also gebe ich Ihnen jetzt, Kaffee trinkend, Anweisungen während Sie auf die Tafel schreiben."

„Ja, Boss!" Knud stand stramm.

„Verarschen Sie mich nicht!" Charlie tat, als wollte sie einen Apfel nach ihm werfen. „Schreiben Sie! Fangen wir mit dem Thema Frauen an. Was wissen wir darüber? Schwertfegers große Liebe hat ihn verlassen. Wie lange das her ist, wissen wir nicht. Kann darin ein Mordmotiv liegen? Wohl kaum." Als sie Knuds Stichworte dazu sah, war sie begeistert. „Geht doch! Sie können es. Gehören Sie etwa zu den Männern, die das, worauf sie keine Lust haben, erst einmal vermasseln, damit es ihnen abgenommen wird?"

„Kein Kommentar!", murmelte er zerknirscht.

Diesmal grinste Charlie. „Also, was sagen Sie zu dieser Liebesgeschichte? Sie waren doch so begeistert, als wir den Brief im Turm gefunden haben."

„Fällt mir im Moment nicht mehr dazu ein. Wir sammeln erst einmal. Dann schauen wir uns das Gesamtbild an", antwortete er.

Charlie nickte. „Also gut. Ob es weitere Frauen gab, bevor er nach Westerhever kam, wissen wir nicht. Irgendetwas verheimlicht uns Liesenfeld. Den sollten wir in ein paar Tagen erneut befragen. Notieren Sie das auf der rechten Seite. Dann folgte die Beinahe-Affäre mit Marina Lessing. Was halten sie davon?"

„Zwei einsame Herzen, die sich zufällig trafen", kommentierte Knud nordisch knapp.

„Doch warum zog er sich so plötzlich zurück? Eine andere Frau? Immerhin war er nach dieser Liaison untypisch übellaunig, ja sogar ungerecht. Das weist nicht gerade auf eine glückliche Zeit hin", führte Charlie weiter aus.

Nickend beschrieb Knud das Board. „Mit dem Stichwort Liebe beziehungsweise Frauen kommen wir nicht weiter. Ich sehe da keine Ansatzpunkte", tat er seine Meinung dabei kund.

Charlie sah es genauso. „Setzen wir mit dem Thema Karriere fort. Im Mittelpunkt steht seine überdurchschnittliche Intelligenz, kombiniert mit der großartigen Ausbildung, die dann in der außergewöhnlich ambitionierten Forschung mündet."

„Ich hätte es nicht besser zusammenfassen können", neckte Knud sie ein wenig. Er war heute in einer seltsamen Stimmung.

Charlie war gespannt, wohin das führte. „Danke", entgegnete sie trocken. „Diesen Karriereknick finde ich merkwürdig. Da steckt mehr dahinter. Auch dazu weiß Liesenfeld mehr, da bin ich mir sicher. Fragt sich, ob wir diese Informationen auch von jemand anders bekommen können. Machen Sie dazu eine Notiz. Die Frage ist: Liegt in der Forschung ein Mordmotiv? Wir müssen herausfinden, wer außerdem an diesem Thema dran ist. Das ist ja sehr wahrscheinlich. Immerhin ist es ein großes Problem. Stellen Sie sich vor, Sie finden eine Lösung. Das würde nicht nur Ruhm und Ehre, sondern auch richtig viel Kohle bringen." Charlie dachte über das eben Gesagte nach, während Knud mit den Aufzeichnungen beschäftigt war. War Liesenfeld überhaupt in der Lage zu beurteilen, wie qualitativ Schwertfegers Forschungsergebnisse waren? Er schien ein absoluter Fan zu sein. Doch woher wusste er, ob sie tatsächlich zielführend waren? „Wir müssen an Schwertfegers Daten herankommen und ein Institut finden, das sie interpretieren sowie beurteilen kann."

„Welche Daten?" Knud guckte sie fragend an.

„Schwertfegers Forschung. Vielleicht war er gar nicht so toll, wie alle glauben. Was, wenn er ein Hochstapler war?", stellte sie einen neuen Aspekt in den Raum.

„Interessanter Gedanke. Halten Sie das für wahrscheinlich?", wollte er von seiner Kollegin wissen.

„Ehrlich? Ich habe keine Ahnung, irgendwie stochern wir im Nebel. Aber lassen Sie uns weiter alles aufschreiben, was uns in den Sinn kommt", forderte sie Knud auf.

„Ich schlage vor, alle Infos zu Hentschel unter einem separaten Punkt zu sammeln", sagte Knud. Als Charlie nickte, fuhr er fort: „Schwertfeger klaut ihm den Job. Zumindest ist das seine Ansicht. Wenn man dem Vorsitzenden des Vereins glaubt, hatte dieser ja nie eine Chance auf den Posten des Leitenden, aber sei´s drum. Bleiben wir bei Hentschel. Schwertfeger taucht aus dem Nichts auf. Obwohl er lange daraufhin gearbeitet hat, verpasst er die Beförderung – und das, nachdem ihm vor einigen Jahren die Frau ausgespannt wurde. Hentschel ist frustriert. Für die Mordnacht kann er allerdings ein geradezu perfektes Alibi vorweisen." Knud war richtig in Fahrt gekommen. „Ihre Idee mit dem Auftragsmord finde ich gar nicht so abwegig."

Charlie wiegte den Kopf hin und her. „Irgendwas stört mich daran, aber fragen Sie mich nicht, was. Schreiben Sie es auf jeden Fall auf." Die Kommissarin wartete einen Moment, bis er es erledigt hatte, dann brachte sie einen neuen Gedanken ins Spiel: „Was, wenn Hentschel die Daten geklaut hat? Angenommen die Forschung ist so großartig, wie Liesenfeld vermutet. Wenn schon wertvolle Ergebnisse vorliegen, bringt der Verkauf bestimmt ein ordentliches Sümmchen – für den Unterlegenen bei der Jobvergabe die perfekte Entschädigung."

Knud hörte aufmerksam zu. „Doch wie passt dann der Mord ins Bild?"

„Schwertfeger hat seine Daten gehütet wie eine Glucke ihre Küken. Bei dem Toten wurden keine Wertsachen gefunden: Schlüssel, Handy, alles weg." Charlie unterstrich ihre Aussage mit großen Gesten.

Aufgeregt fiel Knud ihr ins Wort: „Sie meinen, Hentschel engagiert einen Mörder, der gleichzeitig die Daten beschafft, während er auf Exkursion unterwegs ist, die ihm ein perfektes Alibi gibt."

„Wäre doch möglich", gab dieses Mal sie pragmatisch zurück.

„Wir landen immer wieder bei Hentschel. Wollen wir uns mit ihm auch noch einmal unterhalten?", fragte Knud Charlie nach ihrer Einschätzung.

„Ja, aber nicht sofort. Dafür brauchen wir eine ausgefeilte Strategie. Er darf auf keinen Fall vermuten, unser Hauptverdächtiger zu sein", gab sie die Richtung vor.

„Was mir gerade einfällt - vielleicht hat Schwertfeger im Sommer einen Rückschlag mit seiner Forschung erlitten. Wann hat er das Techtelmechtel mit der Lessing beendet?", brachte Knud einen weiteren Aspekt in ihre Überlegungen.

„Das habe ich mir aufgeschrieben. Warten Sie!" Die Hamburgerin blätterte in ihren Notizen „Da habe ich es: Mitte Mai."

„Mitte Mai. Es gab ja keinen offensichtlichen Grund, wie einen Streit oder so. Er zieht sich plötzlich zurück, ist mies gelaunt und wird sogar ungerecht. Ein Zusammenhang mit seinem Lebenswerk wäre doch möglich." Knud war ganz begeistert von der Idee.

„Ja, aber wohin führt uns dieser Gedanke?" Charlie war wie immer kritisch.

„Das weiß ich nicht. Lassen Sie sich darauf ein. Schwertfeger behandelt Hentschel noch schlechter ...", begann er den nächsten Satz, wurde aber sofort von Charlie unterbrochen.

„Wir landen wieder bei Hentschel? Kann der Weg auch in eine andere Richtung führen?", wollte sie von ihm wissen.

„Gute Frage", antwortete Knud leicht ausgebremst in seiner Euphorie über die Eingebung. „Aber Hentschel und Schwertfeger haben nach meiner Meinung einen zentralen Konflikt in diesem Szenario. Vielleicht gab es eine Dreiecksgeschichte. Was wäre, wenn Schwertfeger Hentschel zusätzlich in diesem Bereich dazwischengefunkt hat. Hentschel lernt eine Frau kennen, es entwickelt sich etwas und Schwertfeger spannt sie ihm aus. Das würde das Fass zum Überlaufen bringen."

Charlie war skeptisch. „Tja, wir sollten nichts abtun. Notieren Sie es auf unserer To-do-Liste. Befragen wir doch Katharina Schumacher dazu. Jetzt wird sich der erste Schock gelegt haben. Neulich war sie ja wie ein aufgeschrecktes Huhn. Vielleicht kann sie mehr zu dem Fall beitragen, wenn sie ruhiger geworden ist." Charlie streckte sich genüsslich und warf anschließend einen Blick in ihren leeren Kaffeepott.

„Lassen Sie uns kurz pausieren. Ich brauche definitiv Nachschub!" Dabei hielt sie schwenkend den Becher in die Höhe. „Danach tragen wir die letzten Punkte zusammen und erstellen einen Plan für den morgigen Tag."

Knud nahm sich der Kaffeeversorgung an. Charlie öffnete eins der großen Fenster, um die frische Nordseeluft in das Büro strömen zu lassen. Der Wind wehte stärker als an den vergangenen Tagen. Plötzlich hatte sie große Lust, den Fall für ein paar Stunden an die Seite zu schieben. Heute Mittag war Hochwasser. Die Kommissarin stellte sich die tosenden Wellen vor, wie sie an das Ufer brandeten, um hier oder dort ein wenig Strandgut zu hinterlassen. Vielleicht sollten sie wirklich die Mittagspause an der Wasserkante verbringen, um sich den Kopf richtig freipusten zu lassen. Nicht selten brachte das den Durchbruch in einem Fall.

Knud kehrte mit dem dampfenden Kaffee zurück in das Büro. „Na, da weht ja eine frische Brise heute. Sie müssten sich eigentlich einmal anschauen, wie rau die Nordsee bei solchem Wetter ist."

„Gerade beschlossen. Ich hatte denselben Gedanken. Wir beenden unsere Arbeit hier an dem Whiteboard. Weitere Ideen entwickeln wir während eines Spaziergangs." Strahlend schaute sie ihm direkt in die Augen.

Knud schien überrascht, anscheinend war seine Bemerkung nicht so ernst gemeint, doch dann nickte er zustimmend. „So machen wir es!"

Charlie nahm einen großen Schluck. Schließlich nutzte sie die kurze Unterbrechung für einige Lockerungsübungen. Als sie das Fenster schloss, stand Knud bereits wieder an der Tafel, um sein Werk zu vollenden.

„Was ist mit Harald Burchardt, dem toten Wattwanderer, der zwischen Amrum und Föhr gefunden wurde? Lohnt es sich diese Spur weiterzuverfolgen?", fragte er seine neue Kollegin.

„Ehrlich gesagt glaube ich nicht, dass es sich dabei um eine Spur handelt. Eher um eine Sackgasse. Burchardt hat weder einen Schlag auf den Schädel erhalten, noch sind ihm alle Wertsachen entwendet worden. Im Gegensatz zu Schwertfeger hatte der arme Mann einfach nur Pech. Er bekommt einen Schwächeanfall, fällt um und ertrinkt anschließend in einem Priel. Ging wahrscheinlich alles sehr schnell. Zumindest hat er nicht einmal versucht, sein Handy aus der Tasche zu ziehen." Charlie blätterte wieder in ihren Notizen. „Das ist im Grunde alles zu dem Fall. Nach meiner Meinung sollten wir da keine Energie hineinstecken."

„Okay", stimmte Knud zu. „Bleiben die Urlauber, die mit Schwertfeger eine Wattwanderung unternommen haben. Vermutlich war der Mörder nicht dabei, aber vielleicht finden wir etwas über den Einzelgänger heraus, was uns die Menschen von hier nicht sagen wollen."

„Keine schlechte Idee", kommentierte die Kommissarin den Vorschlag. „Das nehmen wir am Nachmittag in Angriff, wenn wir von unserer kleinen Strandwanderung zurück sind. Vielleicht ist die Lessing ja heute kooperativ genug, um uns einen Gastzugang für ihr Netzwerk zur Verfügung zu stellen."

Als sie mit einem Fischbrötchen bewaffnet am Strand ankamen, hatte der Wind weiter zugenommen. Er zauste in Charlies Locken, was bei ihr ein unerwartetes Glücksgefühl auslöste. Sie genoss das großzügig belegte Krabbenrundstück und vergaß dabei den exorbitanten Preis. Die Nordsee zeigte sich von ihrer rauen Seite, wie Charlie es vermutet hatte. In langen Wellen toste das Wasser auf den Strand. Ein paar Mal mussten sie sich schnell in Sicherheit bringen, um keine nassen Füße zu bekommen.

„Es scheint Ihnen zu gefallen, wenn es ein wenig stürmischer wird", brach Knud das Schweigen.

„Ja, ich träume zwar immerzu davon, am Strand zu liegen, aber im Grunde genommen ist mir das viel zu langweilig. Außerdem haben wir ihn so fast für uns allein. Gefällt mir besser." Einige Krabben drohten aus dem Brötchen zu fallen, so dass Charlie sich für einen Moment voll auf ihre nordische Spezialität konzentrierte. „Köstlich diese kleinen Scheißerchen", freute sie sich übermütig.

„Sie fangen an, ein Fan unseres Landstrichs zu werden. Wenn wir den Fall geklärt haben, wollen sie gar nicht mehr weg", mutmaßte ihr Kollege.

„So weit ist es noch nicht", grinste die Kommissarin. „Aber wer weiß, was noch kommt. In diesem Tempo der Ermittlung habe ich ja viel Zeit, die verlockenden Details kennenzulernen."

„Warum sind Sie nur immer so unzufrieden mit unseren Ergebnissen? Heute ist erst Dienstag. Für den dritten Tag haben wir doch schon eine Menge herausbekommen", widersprach Knud.

„Ich finde, wir treten auf der Stelle. Etwas wirklich Konkretes haben wir nicht." Vorbei war der magische Moment der Leichtigkeit. Charlie nahm den letzten Bissen. Genüsslich kauend beobachtete sie ein Schiff, das langsam am Horizont vorbeizog. Wieder kreischten einige Möwen.

„Oh, da haben wir ja Glück, dass die Aasgeier erst jetzt auftauchen", kommentierte Knud die Schreie. Als er ihren verständnislosen Blick bemerkte, setzte er fort: „Die Möwen sind mittlerweile so dreist, jedem, der nicht aufpasst, den Snack aus der Hand zu schnappen. Gerade freuen Sie sich auf Ihre kleine Mahlzeit, da beißen Sie ins Leere."

„Sie verarschen mich!", entgegnete Charlie skeptisch.

„Ich bin jetzt Ihr Partner. Sie müssen Vertrauen aufbauen", wies er sie mit einem schelmischen Lächeln zurecht.

„Na, das wird ja so bestimmt hervorragend klappen." Vor ihrem geistigen Auge sah sie ihn in diesem Moment wieder von einem Ohr zum anderen vor sich hin grienen. „Sagen Sie mal, Knud. Was macht denn eigentlich Ihr schrulliger Hausmeisterkumpel?", wechselte sie das Thema. „Den haben wir ja schon lange nicht mehr gesehen. Er hat das Interesse am Polizei spielen wohl doch wieder verloren."

„Wie nennen Sie Torge? Meinen schrulligen Hausmeisterkumpel? Das klingt aber ganz schön respektlos", entgegnete er lachend.

„Finden Sie?"

„Ja, allerdings! Torge gehört zu den Guten. Wenn Sie seine Sympathie gewinnen, können Sie alles von ihm bekommen. Ich habe selten einen so hilfsbereiten Menschen wie ihn erlebt. Leider verstehen das einige der Feriengäste nicht. Alles was Trulsen will, ist, mit Respekt behandelt zu werden. Dann rennt er für einen Sonderwunsch den ganzen Tag durch die *Weiße Düne*. Leider gibt es unter den Urlaubern immer wieder Idioten, die ihn nicht nur unfreundlich, sondern von oben herab behandeln. Da kann er nordisch stur werden und sie am langen Arm verhungern lassen." Knud legte nach der langen Rede eine Pause einlegen, während Charlie ihn nachdenklich betrachtete. „Seine Hobbyermittlungen wird er fortsetzen. Geben Sie sich nicht der Hoffnung hin, ihn kurzfristig loszuwerden." Knuds Frohnatur gewann bereits wieder Oberhand. „Das kann unter Umständen sogar nützlich sein. Torge kennt auf Eiderstedt Gott und die Welt."

„Aber wegen des Fernsehinterviews müssen wir ihn noch auf den Pott setzen", erwiderte sie streng.

„Hhm." Der Kommissar schien nicht überzeugt.

„Sind Sie etwa anderer Meinung?", entrüstete sich Charlie.

„Torge schlägt immer mal über die Stränge, aber er ist sich dessen bewusst. Zumindest im Nachhinein", fügte Knud gut gelaunt hinzu. Charlie mochte diese schelmische Mischung aus Lächeln und Grinsen immer mehr. Ihr Kollege setzte seine Ausführungen fort: „Er hat mich direkt nach dem Interview angerufen."

„Na toll, da war das Kind ja schon in den Brunnen gefallen." Charlie erinnerte sich nur zu gut an den tobenden Anruf von Matthias.

„Aber Schaden angerichtet hat er ja nicht, oder? Vielleicht sind Sie nur sauer, weil er uns nicht nur einen Schritt voraus war, sondern sich außerdem perfekt in Szene gesetzt hat." Als Charlie schwieg, setzte Knud noch einmal nach. „Hätten Sie gerne vor der Kamera gestanden?"

„Machen Sie nur so weiter, wenn Sie es sich mit mir verscherzen wollen", gab sie leicht beleidigt zurück.

Dieses Mal reichte Knud sein Grienen nicht aus, er fing lauthals an zu lachen. „Kommen Sie, wir gehen arbeiten. Ich schlage vor, Sie kümmern sich in der *Weißen Düne* um Ihren Gastzugang und gucken, ob Sie etwas von den Wattwanderern herausbekommen. Vielleicht treffen Sie ja auf meinen schrulligen Hausmeisterkumpel", stichelte er weiter. „Ich fahre derweil in die Polizeistation, um nach Instituten zu recherchieren, die mit der gleichen Forschung befasst sind, wie Schwertfeger es war. Was halten Sie davon?"

Eigentlich hätte Charlie die Ermittlungen lieber zusammen mit Knud fortgesetzt, mochte es aber nicht so deutlich sagen. Außerdem schien es, als wollte er noch etwas ohne sie erledigen. Also stimmte sie zu.

Torge in St. Peter-Ording

Dienstag, den 05. September

Am Dienstagmorgen hatte Torge immer noch nichts von Knud und der Kommissarin gehört. Es kribbelte ihm in den Fingern, die Nummer von seinem Kumpel zu wählen, um sich über den Stand der Ermittlungen zu informieren. Gab es nichts Neues oder war er mittlerweile ins Abseits geraten?

Es hatte sich wieder eine längere Liste von Aufträgen in Torges Postfach eingefunden. Er beschloss, sie nach der Nähe zu dem Süßholz'schen Bungalow zu sortieren. Vielleicht gingen die Damen ja zu einer der Mahlzeiten in das Restaurant. Doch zu welchen Zeiten aßen sie? Frühstück um zehn? Das war schwierig einzuschätzen. Er beschloss, sich doch erst einmal um die dringlichen Arbeiten der Ferienanlage zu kümmern, um dann gegen halb zwölf den Schnitt der Hecke in dem benachbarten Garten fortzusetzen.

Da es früh war, nahm der Hausmeister sich als Erstes ein unbewohntes Domizil vor. Die Kollegen von der Reinigung hatten einen Schaden am Laminat gemeldet. Torge sollte versuchen, ihn zu beheben. Nicht zum ersten Mal ärgerte er sich über den Mist, der verlegt worden war. Darauf war am Ende der Baumaßnahme zurückgegriffen worden, als alle Budgets ausgeschöpft waren. Es betraf nur zwanzig Bungalows, aber damit gab es immer wieder Ärger. Es brauchte nur ein schwerer kantiger Gegenstand auf den Boden zu knallen und schon gab es wieder eine hässliche Beschädigung. Ergeben packte Torge sein Werkzeug auf *Henriettes* Ladefläche. Die Reparatursets für Laminat aus dem Baumarkt taugten in seinen Augen überhaupt nichts. Er hatte seine eigene Methode entwickelt, die ihm stets ein Ergebnis lieferte, mit dem er höchst zufrieden war.

Trotz der konzentrierten Arbeit an dem Boden, waren seine Gedanken bei dem Fall. Torge zermarterte sich das Hirn, wo er ansetzen könnte, um herauszufinden, wer Michael umgebracht hatte. Wer wusste mehr über den Mann, der so zurückgezogen gelebt hatte? Was war das Mordmotiv? Und warum, verdammt noch eins, rief Knud ihn nicht an? War er sauer wegen des Fernsehinterviews? Das konnte sich Torge eigentlich nicht vorstellen. Knud selbst nahm solche Termine gar nicht gerne wahr. Sowas war hier bisher selten vorgekommen, aber wenn, dann hatte Knud immer Fiete vorgeschickt.

Warum hörte er also gar nichts mehr? Vielleicht gab es doch eine heiße Spur! Während er das Laminat reparierte, lösten die beiden den Fall. Torge wurde immer unruhiger. Ohne sagen zu können warum, war ihm klar, dass er unbedingt in den Bungalow der Süßholz musste. Eine andere Idee zündete derzeit nicht.

Schließlich kam ihm einmal wieder der Zufall zu Hilfe, oder war es Schicksal?

Als ihm von Klarissa ein ausgefallenes WLAN gemeldet wurde, war er spontan gar nicht begeistert.

„Sei nicht maulig, Torge", forderte sie ihn ungerührt auf. „Das ist dein Job. Ich schick dir die Daten aufs Handy. Es handelt sich um die bayrische Familie, die schon seit über zwei Wochen da ist und bis Samstag bleibt. Sehr nette Leute, die kein Theater machen, sondern sich nur dann melden, wenn es wirklich ein Problem gibt."

„Eine bayrische Familie?" Sofort klingelte etwas bei Torge. „Sind das die Würzburgers, die an einer Wattwanderung bei Schwertfeger teilgenommen haben?"

„Ja, Würzburger - eine Familie mit einem achtjährigen Sohn. Ob sie mit Schwertfeger unterwegs waren, weiß ich nicht. Wofür ist das wichtig?", fragte sie neugierig.

„Kannst du bitte eben nachschauen? Bitte, bitte", versuchte der Hausmeister, die Kollegin zu bezirzen, ohne ihre Frage zu beantworten.

„Als könnte ich dir etwas abschlagen, Torge. Also Bungalow 73. Alles Weitere bekommst du per SMS", antwortete sie gutmütig.

„Du bist die Beste, Klarissa. Ich danke dir!", freute er sich.

„Schon gut. Das mache ich doch gerne."

Tatsächlich handelte es sich um die Familie, an die Torge gleich gedacht hatte, als er den Namen hörte. Sein Gedächtnis ließ ihn nur selten im Stich. Der dreiwöchige Aufenthalt war ihm gleich aufgefallen, als er direkt nach dem Mord die Listen der Wattwanderer analysiert hatte.

Von den Gästen wurde er bereits erwartet, als er bei dem Bungalow eintraf.

„Grüß Gott! Sie sind sicherlich Torge Trulsen. Bitte entschuldigen Sie die Umstände, aber heute brauche ich das Internet unbedingt, um größere Datenmengen ins Büro zu schicken", begrüßte ihn Frau Würzburger freundlich.

War hier eigentlich keiner im Urlaub? Ständig wurde Torge mit Arbeitsanforderungen konfrontiert.

„Meine Frau hat dem dreiwöchigen Urlaub nur unter der Bedingung zugestimmt, in der dritten Woche bereits an einem Projekt arbeiten zu dürfen", schaltete sich Herr Würzburger in die Begrüßung ein, indem er Torge gleich Interna anvertraute. „Aber kommen Sie hinein in die gute Stube. Dürfen wir Ihnen einen Kaffee anbieten?"

„Moin! Ja, gern. Bitte schildern Sie mir erst einmal, was genau nicht mehr funktioniert." Zuerst wollte er das WLAN wieder in Gang bringen.

„Bitte folgen Sie mir, Herr Trulsen. Ich zeige Ihnen die Fehlermeldung. Mein Mann wird sich derweil um den Kaffee kümmern." Offensichtlich war die Rollenverteilung in der Familie nicht klassisch, aber alle schienen sich damit wohl zu fühlen. Der Sohn war nicht zu sehen.

Spontan war Torge davon überzeugt gewesen, das Internet sollte in erster Linie für das Kind funktionieren. Er folgte Frau Würzburger zu dem Esstisch, an dessen Kopfende sie ihr kleines Büro aufgebaut hatte. Mittels einiger Klicks mit der Maus zeigte sie ihm, worin das Problem bestand. Nickend ging der Hausmeister ans Werk. Er meinte, diesen Fehler schon einmal gesehen zu haben, und kramte in seiner Erinnerung, wie er es derzeit gelöst hatte. Mal sehen, ob er sein gerade angestimmtes Loblied auf das eigene Gedächtnis weiter singen durfte. Erfreulicherweise fand Torge die Lösung schnell. Als der Hausherr mit dem Kaffee an den Tisch trat, war er schon fast fertig.

„Möchten Sie Milch und Zucker?", kümmerte sich Herr Würzburger um die Details.

Torge warf einen Blick auf die Tassengröße. „Drei Löffel Zucker, bitte. Meine Frau versucht mir das abzugewöhnen, aber für mich muss Kaffee einfach süß sein", eröffnete er die Plauderei, mit dem Ziel, das Gespräch gleich auf die Urlaubsaktivitäten der Familie samt der Wattwanderung mit Schwertfeger zu lenken.

Würzburger lachte. „Ja, die Frauen sind immer besorgt um unsere Ernährung. Das kenne ich." Er warf seiner Gattin einen liebevollen Blick zu. „Dabei achten sie selbst nicht immer so auf sich, wie sie sollten."

„Du hast diesem Projekt zugestimmt. Also bleib friedlich", nahm sie den Ball an, um ihn gleich wieder zurückzuwerfen.

„Alles gut, meine Zuckerschnecke, lass dich von mir nicht ärgern. Ich wollte dich nur ein bisschen foppen", glättete er gleich die Wogen, um sich dann Torge zuzuwenden. „Hier ist Ihr Zucker mit Kaffee." Offensichtlich war er eine Frohnatur.

„Vielen Dank. Es läuft wieder. Ihrem Projekt stehen keine technischen Probleme mehr im Wege", wandte er sich an die Geschäftsfrau.

„Wie haben Sie das denn so schnell hinbekommen? Das ist ja großartig. Vielen Dank!" Frau Würzburger strahlte über das ganze Gesicht.

„Manchmal reichen einige Klicks, damit alles wieder funktioniert", Torge überlegte, wie er den Übergang zu dem Mordfall bekam. Als er nach dem Kaffeepott griff, kam ihm Würzburger zu Hilfe.

„Na, so schnell wie das ging, können Sie sich doch sicherlich Zeit für eine kleine Pause nehmen, oder? Wir haben von dem schrecklichen Mordfall gehört. Gibt es da schon eine Spur?"

„Das kann ich Ihnen leider nicht sagen. Haben Sie auch eine Wattwanderung mit Michael Schwertfeger unternommen?", fragte Torge arglos.

„Ja, deshalb sind wir so schockiert. Wir haben an der letzten Tour teilgenommen, die er für die Gäste dieser Ferienanlage durchgeführt hat. Ich bin ein wenig mit ihm ins Gespräch gekommen", weihte Herr Würzburger ihn ein.

„Tatsächlich?" Torge war begeistert. Vielleicht war der Ausfall des WLANs in diesem Haus heute sein großes Glück.

„Lukas, unser Sohn, hatte zu dem Ausflug überhaupt keine Lust mitzukommen. Wir sind die Woche davor mit dem Schiff zur Hallig Hooge gefahren. Davon war er absolut begeistert. Nicht nur die Überfahrt, sondern auch die Besonderheit dieses flachen Eilandes hatte es ihm angetan. Hingerissen erzählte er tagelang von der Kutschfahrt, den Häusern auf den Warften, die er kleine Hügel nannte sowie dem Sturmkino. Davon war er richtig beeindruckt. Ehrfurchtsvoll saß er in dem Filmtheater. Wie die Menschen sich bei Sturmflut auf so einer kleinen Insel, die praktisch komplett überflutet wird, schützen und es aushalten, während die tosende Nordsee quasi bis an ihre Haustür reicht, hat uns überwältigt."

Torge fragte sich mittlerweile, wann die Ausführungen bei Schwertfeger ankommen würden, aber er ließ den Mann reden. Eine Pause war okay. Auf keinen Fall wollte er Würzburger unterbrechen und damit seinen Redefluss stoppen.

„Lange Rede, kurzer Sinn: Lukas wollte unbedingt noch einmal auf die Hallig. Meine Frau setzte sich jedoch mit der Wattwanderung durch, die sie gern erleben wollte. Unser Sohn kam also lustlos mit. Wahrscheinlich wissen Sie, wie anstrengend es ist, einen Achtjährigen zu etwas zu motivieren, was er partout nicht will. Ich musste ihn geradezu ins Watt schleifen."

In Torges Kopf entstand dazu sofort ein Bild, was ihn zum Schmunzeln brachte. Würzburger nickte daraufhin.

„Ich sehe, Sie stellen es sich vor. An diesem Punkt kam Schwertfeger ins Spiel. Wussten Sie, wie gut er mit Kindern umgehen konnte? Es war phantastisch. Obwohl Lukas den ganzen Vormittag über die langweilige Schlammwüste herumnörgelte, war dieser Mann in der Lage, ihn binnen kürzester Zeit für das Watt zu begeistern. Er fragte meinen Sohn, ob er die *Big Five* aus Afrika kannte, was Lukas bestätigte. Dann fing Schwertfeger an, ihm von den *Small Five* des Wattenmeeres zu erzählen. Ganz gespannt lauschte unser Sohn den Ausführungen, die ihm von den kleinen Meeresbewohnern berichteten, die an Überflutung und an Trockenfallen angepasst sind, Salzwasser und Regen gleichermaßen ertragen, außerdem nicht nur Frost, sondern auch sommerliche Hitze überdauern. Dass sie sich darüber hinaus einer Vielzahl von Fressfeinden widersetzen, war uns nicht bewusst."

„Und können Sie sie noch aufzählen?", fragte Torge schelmisch.

„Aber hallo. Während Schwertfegers kleinem Vortrag bin ich den beiden nicht von der Seite gewichen. Sie fordern mich also heraus, wollen vermutlich testen, ob ich in der Heimat dann Schmarrn erzähle." Würzburger war nicht so leicht aus der Ruhe zu bringen. „Na gut: Wattwurm, Herzmuschel, Sandkrabbe, Wattschnecke und Nordseegarnele. Letztere sind übrigens sehr schmackhaft. Da sind wir selbst zu Fressfeinden geworden."

„Ich bin beeindruckt!", entgegnete Torge.

„Ja, das war mein Sohn ebenfalls. Lukas´ Unwillen war wie weggeblasen. Nachdem seine Sinne geschärft waren, ging er mit einem anderen Kind zusammen auf Erkundung. Bewaffnet mit einem Eimer sowie einem Fotoapparat war der Ausflug nach kurzer Zeit ein Abenteuer. Ich bedankte mich bei Schwertfeger, aber er winkte ab. Er freue sich über jeden, den er für diesen

Lebensraum begeistern könne und außerdem kämen wir ja aus seiner alten Heimat. Da fühle man sich ein wenig mehr verbunden."

Torge horchte auf. Die lange Geschichte hatte ihn ein wenig eingelullt, wodurch seine Konzentration nachließ. Doch bei den letzten Worten Würzburgers war Torge wieder hellwach.

„Schwertfeger kam aus Bayern?", fragte er erstaunt.

„Das hat er gesagt", antwortete der Urlauber.

„Gab es dazu genauere Informationen?", wollte Torge wissen.

„Wie meinen Sie das?" Würzburger schien leicht irritiert.

„Hat er das weiter spezifiziert? Haben Sie über den Ort gesprochen?" Der Hausmeister musste sich zusammenreißen, um nicht ungeduldig zu werden.

„Nein, im Gegenteil. Ich fand das ebenfalls überraschend, weil man es überhaupt nicht hörte, wenn er sprach. Ich sagte, wir kämen aus dem Allgäu. Auf meine Frage, von wo genau er käme, wechselte er das Thema. Nachgehakt habe ich nicht."

Schade, aber vielleicht konnten sie mit der Information trotzdem etwas anfangen.

„Ist Ihnen sonst noch etwas aufgefallen? Ich meine, in Hinsicht auf den Mord, der nur einen Tag später passierte." Torge gab sich alle Mühe, um dem Gast noch eine Information abzuringen.

„Darüber habe ich mir den Kopf zerbrochen, aber an dem Tag war alles entspannt. Nichts deutete auf dieses schreckliche Ereignis hin."

Es wurde Zeit aufzubrechen, um wieder an die Arbeit zu gehen.

„Vielen Dank für den Kaffee. Genießen Sie die restlichen Urlaubstage in unserem schönen Norden", verabschiedete Torge sich von der freundlichen Familie.

Am liebsten hätte er sofort bei Knud angerufen, doch er beschloss, ein wenig darüber nachzudenken, ob diese Tatsache bedeutsam war.

Den Tag verbrachte er mit Routinearbeiten. Wie schon manches Mal fragte Torge sich heute mal wieder, warum eigentlich ständig so viel kaputt gemacht wurde. Zu Hause hielten die Gegenstände definitiv länger. Da schmiss man eine Jalousie oder einen Wasserkocher weg, weil man ihn nicht mehr sehen konnte oder endlich einmal etwas Neues wollte. In einem Ferienhaus mussten sogar Staubsauger ständig erneuert werden. Viele der Gäste behandelten die überlassenen Sachen nicht achtsam. Darüber würde Torge viel lieber einen Vortrag halten, als über die Funktionsweise einer Fernbedienung.

Zum Mittagessen fuhr er ausnahmsweise zu Annegret nach Tating, weil sie heute ihren Geburtstag feierte. Der große bunte Blumenstrauß brachte sie regelrecht in Entzücken. Normalerweise versuchte er sich an diesem Tag frei zu nehmen, aber im Moment war einfach zu viel los.

„Na, wie kommt Ihr denn mit dem Fall Schwertfeger voran?", kam sie das Thema zurück, über das sie seit dem Wochenende nicht mehr gesprochen hatten.

„Nicht so schnell wie erhofft. Ich könnte deine Dienste als Hilfssheriff gebrauchen. Hast du eine Idee, wer etwas aus seiner Vergangenheit weiß? Er kam ursprünglich aus Süddeutschland.", versuchte Torge, seine seute Deern mit einzuspannen.

„Du meinst als Hilfssheriff des Hilfssheriffs?", fragte sie amüsiert.

Torge zog eine Grimasse. „Ja, so ungefähr. Weißt du etwas?"

Annegret wiegte beim Nachdenken den Kopf. „Er hat ja nie viel geschnackt, wenn man ihn irgendwo getroffen hat. Ich glaube, redselig war er nur, wenn es um das Wattenmeer ging."

„Hhm, ja. Schade. Ich hatte die Hoffnung, dass du etwas mitbekommen hast. Irgendein Gerücht, oder so. Na, macht nichts. Sei nicht böse, ich muss wieder los. Heute Abend wird es nicht so spät."

Zurück in der *Weißen Düne* beschloss Torge, sich wieder auf die Lauer zu legen, ob die Süßholz´schen Damen das Haus verließen. *Henriette* brachte ihn und die benötigten Gartengeräte zum Nachbargrundstück, wo er sein Werk des Vortages fortsetzte. Vielleicht hatte er ja Glück und die Frauen verspürten schon bald das Bedürfnis, frische Luft zu schnuppern. Das Geburtstagsessen am Abend war ihm bei seiner gestrigen Planung entfallen. Sein heutiges Zeitfenster war also kleiner als gedacht. Torge wollte ungern einen weiteren Tag verlieren.

Torge in St. Peter-Ording

Donnerstag, den 07. September

Erst am Donnerstag wurde Torges Hartnäckigkeit belohnt. Der Garten vor dem Süßholz´schen Bungalow war mittlerweile der Gepflegteste der gesamten Ferienanlage. Bisher hatte die Lessing von seinem Übereifer nichts mitbekommen, sonst wäre er auf jeden Fall mit anderen Aufgaben betraut worden.

Endlich gegen 18 Uhr tat sich etwas. Beide Frauen erschienen aufgebretzelt vor der Tür. Als Marlene Torge entdeckte, winkte sie ihm fröhlich zu. Er interpretierte die Geste als Aufforderung, sich zu nähern.

„Guten Abend, Torge. Schön Sie wiederzusehen. Heute ist es soweit. Ich habe es geschafft, meine Tochter von einem Restaurantbesuch zu überzeugen. Wir haben uns ein Taxi bestellt, um ins Dorf zu fahren. Ich glaube, es geht bergauf", weihte sie ihn bestens gelaunt in ihre Fortschritte ein.

„Guten Abend, die Damen. Das klingt wundervoll. Da wünsche ich Ihnen einen nordischen Appetit", freute sich Torge sowohl für die alte Dame als auch für sich selbst und seine Pläne.

„Danke, den werden wir haben", entgegnete Marlene von Hofstetter. Ihre Tochter ignorierte den Hausmeister komplett.

Gemütlich schlenderten sie in Richtung Rezeption. Eine Fahrt ins Dorf! Das war ja besser als gewünscht, denn es öffnete ihm ein ausreichend großes Zeitfenster, um das Ferienhaus in Ruhe zu durchsuchen. Seine Haut begann zu kribbeln. Schnell packte er die Gartengeräte auf *Henriettes* Ladefläche und stellte sie so auf dem Grundstück ab, dass sie vom Weg aus nicht sofort zu sehen war.

Mit etwas weichen Knien gelangte er zu dem Objekt des Begehrens. Als er vor der Haustür stand, wurde er trotzdem von Zweifeln übermannt. Genau genommen war er im Begriff, in den Bungalow einzubrechen. Wenn das herauskam, verlor er vielleicht seinen Job. War es die Sache wert?

Die Gedanken an den toten Michael Schwertfeger ließen die Bedenken wieder schrumpfen. Torge konnte seine Ahnung nicht konkretisieren, aber da war etwas. Er musste in diesen Bungalow! Ach, was sollte es. Es war eben ein Rauchmelder angesprungen, weswegen er gezwungen war, nach dem Rechten zu schauen. Eben ein Notfall. Marlene würde das verstehen.

Kurz entschlossen streifte Torge die mitgebrachten Handschuhe über und öffnete die Tür. Dieses Mal wurde er von Helligkeit empfangen. Das erleichterte sein Unternehmen, obwohl er an eine Taschenlampe gedacht hatte. Nach kurzer Überlegung beschloss er, im Wohn-Esszimmer mit seiner Suche zu beginnen. Er schätzte, mindestens eineinhalb bis zwei Stunden Zeit zur Verfügung zu haben, bis die Frauen zurückkehrten.

Im Gegensatz zu seinem Besuch vor einigen Tagen war es dieses Mal picobello aufgeräumt. Torge sah sich um. Viele Möglichkeiten, etwas zu verstecken, gab es nicht. Er bewegte sich langsam durch den Raum, um erst mal an den Plätzen zu schauen, die offen einsichtig waren. Das Messer hatte ja einfach in der Obstschale gelegen. Seit es in seinem Besitz war, schaute er es sich jeden Tag mehrmals an, aber es klickte nicht. Trotzdem brachte er etwas damit in Verbindung, was noch im Dunkeln lag.

Der erste Raum gab nichts her. Selbst in die Küchenschränke warf er einen Blick. Wieder fragte sich Torge, ob der Mord hier auf der Halbinsel ihm den Verstand vernebelte. Einen Moment war er versucht, die Aktion abzubrechen, einfach nach Haus zu fahren, um das freie Wochenende mit Annegret zu genießen. Es wurde Zeit, sich wieder um den eigenen großen Garten zu kümmern. Der war sein ganzer Stolz!

Unschlüssig blieb er in der Tür des Schlafzimmers stehen, das eindeutig von Margarete Süßholz genutzt wurde. Bis hierhin hatte die ordnende Hand ihrer Mutter es offensichtlich nicht geschafft. Klamotten lagen in großen Stapeln auf den Sesseln. Torge fragte sich unwillkürlich, ob die Schränke leer waren. Befand sich dazwischen etwas von Bedeutung? Nur ungern würde er sich durch die Kleidung wühlen.

Gehen oder weitersuchen? Torge gab sich einen Ruck. In die Nachttische wollte er eben noch gucken. Er nahm sich zuerst den auf der von Frau Süßholz benutzten Seite vor. Langsam zog er die Schublade auf. Taschentücher, Medikamente, Streichhölzer von Restaurantbesuchen, Süßigkeiten und sogar eine Bibel lagen neben anderem Krimskrams in der Schublade. In dem offenen Fach darüber befand sich nur ein Roman. Torge konzentrierte sich wieder auf das Sammelsurium. Er legte die Streichholzschachteln oben drauf, um das erste Foto zu knipsen.

Während er in der Schublade kramte, entdeckte er ganz unten eine Mappe. Er zog sie hervor und klappte sie auf.

Darin befanden sich Zeitungsartikel. Torge begann zu lesen. Es handelte sich um einen Kunstfehlerprozess ihres Mannes, des Schönheitschirurgen Maximilian Süßholz. Warum hob sie das hier in ihrer Nachttischschublade auf?

Schon wollte Torge die Mappe wieder zurücklegen, da stutzte er plötzlich. Der Mann auf dem Foto hatte große Ähnlichkeit mit Michael Schwertfeger!

Eine Gänsehaut prickelte ihm von den Unterarmen bis zu den Schultern. Die Bildunterschrift lautete: der Kläger Alexander Blumenthal mit seinem Anwalt Harald Bodenstecker.

Enttäuscht ließ Torge die Mappe sinken. Einen Moment hatte er geglaubt, dass seine Ahnung doch richtig gewesen sei und er nun etwas Wichtiges entdeckte. Die Gedanken kreisten. Er holte die Taschenlampe heraus, um das Foto genauer zu betrachten. Erstaunlich! Der Mann auf dem Bild war stattlicher, wog bestimmt zwanzig Kilo mehr als Schwertfeger. Außerdem trug er einen kurzen Bart und die Haare anders, ebenfalls kürzer. Aber die Ähnlichkeit war groß.

Eine neue Aufregung erfasste Torge. Seine Handflächen wurden feucht. Hastig blätterte er weiter in der Sammlung, die den Fortschritt des Prozesses dokumentierte. Der letzte Artikel berichtete von dem Sieg Blumenthals gegen Süßholz. Wieder gab es ein Foto mit dem Rechtsbeistand, welches den Kläger mit unbewegter Miene zeigte. Freude über den positiven Ausgang war ihm nicht anzusehen. Torges Interesse war geweckt. Um die Einzelheiten zu lesen, fehlte ihm die Zeit. Kurz überlegte er, die Mappe einzustecken, verwarf diese Idee jedoch schnell wieder. Vor seinem geistigen Auge waren sofort die mahnenden Gesichter der Lessing, der Kommissarin Wiesinger aus Hamburg und sogar das von Knud erschienen. Schnell holte er sein Handy aus der Tasche, um die Artikel zu fotografieren. Besonderen Wert legte er dabei auf das Erscheinungsdatum und die Quelle, dann konnte er sich die Originale im Internet besorgen. Als das erledigt war und er die Mappe wieder unter den Kram in der Schublade schieben wollte, entdeckte er dort noch ein gefaltetes Blatt Papier.

Als er es auseinanderfaltete; folgte der Gänsehaut ein eiskalter Schauer über den Rücken: Ein Erpresserbrief!

100.000 EURO FÜR MEIN SCHWEIGEN!
DEPONIEREN SIE DAS GELD IN KLEINEN UNNUMMERIERTEN SCHEINEN BIS ZUM 31. AUGUST IN DAS SCHLIESSFACH 313 AM HAMBURGER HAUPTBAHNHOF. ANSONSTEN ÜBERGEBE ICH DEN FILM AN DIE PRESSE!

Torge stockte der Atem! Einen Moment war er unfähig, sich zu bewegen. Eine Erpressung? Hatte die etwas mit dem Mord an Schwertfeger zu tun? Am liebsten hätte er sofort Knud angerufen, doch was sollte er ihm sagen?

„Hey alter Kumpel, ich bin gerade in das Ferienhaus der Süßholz eingebrochen. Stell dir vor, sie sind erpresst worden." Was für ein Schlamassel!

Schnell fotografierte er den Brief, bevor er alles wieder in der Schublade verstaute. Sah es so aus wie vorher? Torge war sich nicht sicher, wollte jetzt aber schnell aus diesem Bungalow heraus. Seine Ahnung hatte ihn also nicht getrogen! Nun brauchte er Zeit, um über die nächsten Schritte nachzudenken. Wer konnte ihn dabei unterstützen, mehr herauszufinden, bevor er seine Ermittlungsergebnisse Knud und der Wiesinger präsentierte?

Als er wieder ruhiger auf dem Weg nach Hause in seinem Auto saß, kam ihm die Idee! Wenn einer wissen musste, ob Blumenthal und Schwertfeger ein und dieselbe Person waren, dann Hinnerk Liesenfeld. Torge fuhr rechts heran, um die Mobilnummer des Bekannten herauszusuchen. So richtig dicke Freunde waren die beiden nicht, aber neulich in Büsum hatte Hinnerk ja bereitwillig Auskunft gegeben. Vielleicht schaffte Torge es noch einmal, ihm Informationen zu entlocken. Erfreulicherweise erreichte er ihn auf Anhieb.

„Liesenfeld", meldete dieser sich knapp.

„Moin, Hinnerk. Torge hier. Sag mal, wo bist du? Ich muss ganz dringend mit dir schnacken!", sprudelte es aufgeregt aus dem Hausmeister heraus.

„Worum geht es denn?", fragte der Angerufene verhalten.

„Es geht um den Mord an Michael. Ich habe neue Informationen, aber da ist etwas unklar", stellte Torge fest, um die Neugier seines Gesprächspartners zu wecken.

„Ich kann dir nicht mehr zu dem Fall sagen", versuchte Liesenfeld Torge abzuwimmeln.

„Ich glaube doch." So leicht gab der Hausmeister nicht auf.

„Wie meinst du das?", fragte Hinnerk.

„Hast du eine halbe Stunde Zeit? Ich möchte dir etwas zeigen und deine Meinung dazu hören", wich Torge aus, indem er gleichzeitig versuchte, seinen Gesprächspartner beim Ego zu packen.

„Na, wie es aussieht, werde ich dich sowieso nicht los. Ich bin wieder auf dem Weg nach Büsum, um das Schiff vorzubereiten. Morgen wollen wir einen Törn segeln. Komm auf ein Bier dorthin, dann schnacken wir", lud er Torge ergeben ein.

„Bin schon auf dem Weg", beendete dieser zufrieden das Telefonat.

Charlie in St. Peter-Ording

Freitag, den 08. September

Da die letzten beiden Tage so ereignislos vor sich hindümpelten, stellten sich bei Charlie Zweifel ein, den Fall jemals aufzuklären. Ständig rechnete sie mit einem Anruf von ihrem Chef Matthias aus Hamburg, der sie wieder mit Vorhaltungen überhäufte, weil sie keine Ergebnisse lieferte. Doch nicht einmal das passierte.

Als sie beim Klingeln ihres Smartphones dann seine Nummer erkannte, war sie fast erleichtert.

„Moin Matthias! Ich weiß, ich hätte mich mal melden sollen...", begrüßte sie ihn freundlich.

„Hallo, Charlie. Na, du scheinst ja angekommen zu sein. Moin – nett. Hör zu, ich habe keine Zeit für langes Geplänkel. Wir haben hier einen Mordfall", informierte er sie knapp.

Charlies Herz machte einen Satz. Ein Mordfall in Hamburg! Matthias hatte endlich seinen Fehler, sie auf diese Halbinsel zu verbannen, eingesehen. Nun wollte er sie zurück in das Team in der Hansestadt!

Doch seine nächsten Worte gaben dem Gespräch eine andere Richtung.

„Der Tote scheint mit eurem Fall in Verbindung zu stehen. Na ja, es ist nicht sicher, aber nimm die Angelegenheit bitte unter die Lupe. Du hast doch Kapazitäten frei, oder?", fragte er in einem neutralen Tonfall.

Charlie hätte fast laut losgelacht – oder geweint. Ob sie Kapazitäten frei hatte? Die letzten beiden Tage waren eher von Langeweile geprägt gewesen. Ihre Recherchen hatten sie nicht weitergebracht. Aus diesem Grund hielt sie die Sehnsucht nach Hamburg kaum noch aus. Die Versuchung sich einfach ins Auto zu setzen, war so übermächtig gewesen, dass sie alle Kraft benötigte, zu widerstehen. Ohne Knud hätte sie der Versuchung nachgegeben.

„Charlie? Bist du noch dran?", fragte Matthias ungeduldig.

„Ja, natürlich. Ich kann mich darum kümmern, kein Problem. Welche Fakten hast du für mich?", wollte sie von ihm wissen.

„Der Verblichene heißt Rudolf Schmidt, wohnhaft in Köln. Wir haben seine Leiche am Hamburger Hauptbahnhof gefunden. Über die Todesursache kann ich noch nichts Genaues sagen. Es gibt aber eine Einstichstelle und wie ein Junkie sieht er nicht aus. Die Kollegen in Köln haben die Witwe aufgesucht", führte ihr Chef aus.

„Ich verstehe nicht so ganz, was das mit unserem Fall hier zu tun hat. Schwertfeger wurde erschlagen. Hamburg. Köln. Wo siehst du da eine Verbindung?", hakte die Kommissarin nach.

„Schmidt und seine Frau haben ihren Sommerurlaub in der Ferienanlage *Weiße Düne* verbracht." Matthias war geradezu euphorisch bei dem letzten Satz.

„Das ist alles? Weil sie hier Urlaub gemacht haben, steht sein Tod in Verbindung mit unserem Mord?" Das fand Charlie sehr weit hergeholt.

„Ich bin fest davon überzeugt, dass Schmidt ermordet wurde", insistierte Matthias.

„Das kann aber auch ein Zufall sein", gab Charlie zu bedenken.

„Ja, möglich", räumte ihr Chef ein. „Erfahrungsgemäß gibt es jedoch keine Zufälle. Schmidt hat laut seiner Witwe keine Verbindungen nach Hamburg, keine Freunde, keine Verwandten. Sie kann sich überhaupt nicht erklären, was er hier wollte. Sein Radius ist wohl sehr klein gewesen. Der Nordseeurlaub war ein Gewinn bei einem Preisausschreiben, sonst wäre es finanziell gar nicht möglich gewesen, sich so eine Reise zu leisten. Und dann liegt er tot am Bahnhof in Hamburg. Das stinkt doch zum Himmel!"

„Aber es braucht trotzdem überhaupt gar nichts mit unserem Fall zu tun zu haben!", beharrte die Kommissarin auf ihrer Meinung.

„Charlie, wenn ich die Fakten richtig interpretiere, hast du nicht gerade eine heiße Spur. Fordere bitte den Bericht aus Köln an. Wenn es sich lohnen könnte, fahr zu der Witwe, um selbst ein Gespräch mit ihr zu führen", forderte ihr Vorgesetzter sie auf. Wieder schien seine Ungeduld zu steigen.

„Wenn mein Bauchgefühl es mir sagt?", frotzelte sie.

„Charlotte Wiesinger, du bewegst dich auf dünnem Eis. Also verarsch mich nicht! Lös den Fall, indem du tust, was dafür nötig ist. Ich schicke dir gleich eine Mail mit allen Fakten, die mir bisher vorliegen. Wenn es Neuigkeiten gibt, sende ich die hinterher. Halte mich im Gegenzuge auf dem Laufenden. Tschüss." Ohne eine Erwiderung abzuwarten, hatte Matthias aufgelegt.

Charlie starrte vor sich hin, bis Knud sie aus ihren Überlegungen holte.

„Schlechte Nachrichten?", fragte er besorgt.

„Wie man es nimmt. Mein Chef aus Hamburg hat einen Fall, bei dem er eine Verbindung zu Schwertfeger vermutet", murmelte die freudlos.

„Tatsächlich?" Knud reagierte ebenfalls überrascht. „Erzählen Sie!"

Charlie wiederholte die Informationen aus dem Telefonat. „Er schickt gleich eine Mail, aber ich glaube, mehr weiß er auch noch nicht."

„Und Sie sollen nach Köln fahren?", hakte er noch einmal nach.

„Hhm, ja. Ich bin von der Idee nicht überzeugt. Würden Sie mich begleiten?", bezog sie ihn mit ein.

Bevor Knud antworten konnte, betrat Trulsen die Polizeistation.

„Ich muss euch unbedingt sprechen. Es ist unglaublich!", tönte es bereits von der Tür.

Knud und Charlie wechselten einen Blick.

„Wissen Sie, was Trulsen zu berichten hat?", fragte die Kommissarin ihren Kollegen.

„Nein, ich bin genauso ahnungslos wie Sie, Charlotte. Aber wenn Torge so aufgeregt ist, kann es eigentlich nichts Gutes bedeuten", unkte Knud leicht belustigt.

„Vermutlich im doppelten Sinne", brummelte Charlie vor sich hin, während Trulsen ihre Schreibtische erreichte.

„Das werdet Ihr nicht glauben!" Bevor er weiterredete, musste er erst einmal tief Luft holen. „Wie es aussieht, hat Schwertfeger den Schönheitschirurgen Maximilian Süßholz aus Hamburg erpresst. Deshalb ist er im Watt erschlagen worden", ließ er die Bombe platzen.

„Waaaaaas?" Knud und Charlie bekundeten ihre Ungläubigkeit wie aus einem Mund.

„Sind Sie jetzt komplett übergeschnappt? Wie kommen Sie denn auf so eine Theorie?" Charlie hätte den Hausmeister am liebsten sofort aus dem Büro geworfen.

„Torge, du kanntest Michael. Das wäre überhaupt nicht seine Kragenweite. Wie kommst du eigentlich darauf?", versuchte Knud, das Gespräch zu versachlichen.

„Lasst mich doch berichten! Dann erfahrt Ihr die Einzelheiten. Schwertfeger hieß nicht immer Schwertfeger! Bei der Hochzeit nahm der den Namen seiner Frau an, die Blumenthal hieß. Als sie starb, verklagte er Süßholz wegen eines Kunstfehlers. Das ist allerdings schon ein paar Jahre her. Jetzt hat er ihn erpresst", sprudelten die Informationen aus dem Hausmeister heraus.

Nicht nur Charlie, sondern auch Knud war fassungslos über den zusammenhanglosen Redefluss.

„Ob er was genommen hat?", fragte Charlie ihren Kollegen. Vergessen waren der Anruf von Matthias und der Mord in Hamburg.

„Eine andere Erklärung fällt mir gerade nicht ein", gab Knud trocken zurück.

„Ich kann euch hören!" Trulsen schien etwas beleidigt zu sein, weil er nicht ernst genommen wurde.

„Nun mal ganz langsam!" Wieder war es Knud, der versuchte, Ordnung in die Situation zu bekommen. „Schwertfeger hat also seinen Namen geändert. Das ist selten, kommt aber vor. Woher weißt du das eigentlich?"

„Von Hinnerk Liesenfeld", gab der Gefragte die knappe Antwort.

„Dachte ich es mir doch, dass Liesenfeld mehr über Schwertfeger weiß", schaltete sich Charlie wieder in das Gespräch ein. „Ihnen hat er es erzählt? Das wundert mich. Er erweckte nicht den Eindruck, als würde er mehr preisgeben wollen."

Als Torge schwieg, ergriff Knud wieder das Wort. „Das ist doch nicht alles. Jetzt mal *Butter bei die Fische*. Hier hereinstürmen, um uns mit Halbwahrheiten abzuspeisen, ist nicht fair."

„Hast ja recht", murmelte Trulsen schuldbewusst. „Ihr müsst mir aber versprechen, nicht auszuflippen."

„Du hast wieder über die Stränge geschlagen", stellte Knud emotionslos fest.

„Hhm, ja, so könnte man es wohl ausdrücken", gab der Hausmeister ein wenig kleinlaut zu.

„Liesenfeld hat Ihnen die Info also nicht gegeben?" Charlie wollte endlich Genaues wissen.

„Er hat es bestätigt", stellte Trulsen es richtig.

„Jetzt erzähl die Geschichte von vorne. Setz dich hin, wir sind ganz Ohr", forderte der Kommissar seinen Kumpel auf.

Torge tat wie ihm geheißen. Er berichtete von dem Auftauchen der Marlene von Hofstetter; des Messerfundes, der ihn animierte in diese Richtung weiter zu forschen. Als er bei dem Notfall mit dem Rauchmelder angelangt war, weswegen er gezwungen war, in den Bungalow einzudringen, verdrehten Knud und Charlie die Augen. Die Kommissarin setzte zu einer beißenden Bemerkung an, doch Knud brachte sie mit einer Geste zum Schweigen.

Trulsen setzte seinen Bericht mit dem Fund der Zeitungsartikelmappe und dem Erpresserbrief fort.

„Letzte Nacht habe ich mir die Zeitungsartikel im Internet herausgesucht. Es gab dazu einen Hintergrundbericht, der nicht in der Mappe war. Lisa-Marie Blumenthal, also Schwertfegers Frau, ist an Brustkrebs erkrankt. Glücklicherweise ist er sehr früh erkannt worden. Weil es keine Metastasen gab, führte eine Brustamputation zu einer vollständigen Genesung. Da die psychische Belastung jedoch groß war, entschied sie sich mit der Unterstützung ihres Mannes für eine kosmetische Aufbauoperation."

„Und da kommt Süßholz ins Spiel", unterbrach Charlie den Redefluss des Hausmeisters.

„So ist es!" Wie, um die Stimmung zu verbessern, fügte er hinzu, er wäre am liebsten gleich zu den Ermittlern gekommen, habe sich aber aufgrund der halbgaren Begehung des Ferienhauses nicht getraut. Deshalb ist er erst einmal zu Liesenfeld, der nach einigem Sträuben bestätigte, Schwertfeger und Blumenthal seien dieselbe Person.

„Immerhin ist Ihnen bewusst, die Grenzen einmal wieder überschritten zu haben." Charlie tat entrüstet, war insgeheim jedoch beeindruckt über die Abgebrühtheit, mit der Trulsen ans Ziel gekommen war. „Trotzdem ergibt die Geschichte keinen Sinn. Wenn der Prozess bereits über fünf Jahre her ist, warum sollte Schwertfeger Süßholz jetzt erpressen, und womit? Haben Sie den erwähnten Film gefunden?"

„Nein, mehr war da nicht", musste Trulsen zugeben.

„Wir bekommen aufgrund dieser Sachlage auf keinen Fall einen Durchsuchungsbeschluss für das Ferienhaus", sinnierte Charlie, bevor Knud sich in das Gespräch einschaltete: „Wieso hast du eigentlich das Messer mitgenommen? Was ist daran besonders?"

„Als ich das Messer gesehen habe, hat etwas Klick gemacht. Ich habe es einfach eingesteckt, ohne lange zu überlegen. Es weist eine spezielle Gravur auf", informierte Torge die beiden Kommissare.

„Hast du es dabei?", fragte Knud sofort.

„Ja." Torge zog es aus der Tasche. „Ich habe es sofort, als ich in meinem Büro war, in diese Tüte gesteckt. Vielleicht sind verwertbare Fingerabdrücke darauf."

So unbedarft schien der Hausmeister gar nicht zu sein, „Das ist gut, Trulsen. Geben Sie es Knud, damit er es sich genauer anschauen kann."

Dieser brauchte nur einen Blick auf das Messer zu werfen. „Das gehörte Schwertfeger, da bin ich mir sicher", kommentierte er spontan.

„Wie kommen Sie darauf?", fragte Charlie verwundert.

„Sehen Sie die Gravur?" Er reichte es ihr weiter.

„MS. Das kann auch Maximilian Süßholz gehören", bemerkte sie.

„Schauen Sie genauer hin. Das M ist ursprünglich einmal ein A gewesen, da ist ein feiner Querstrich in dem halben M."

„Tatsächlich." Charlie war überrascht.

„Ich habe dieses Messer bei Schwertfeger gesehen. Wir haben einmal darüber gesprochen. An den Zusammenhang kann ich mich nicht mehr erinnern, aber er zeigte es mir, wobei mir diese besondere Gravur auffiel", erklärte Knud seinen gespannt lauschenden Zuhörern.

„Schwertfeger war also in dem Bungalow?!" Während sie es aussprach, versuchte Charlie, eine Erklärung dafür zu finden. „Was könnte er dort gewollt haben? Ein spätes Gespräch mit Süßholz, um irgendetwas zu klären?"

„Fünf Jahre nach dem Prozess? Das halte ich für unwahrscheinlich", tat Knud seine Meinung kund.

Charlie nickte. „Wir müssen auf jeden Fall selbst in dieses Ferienhaus. Wie stellen wir das an?"

„Vielleicht gibt der Rauchmelder noch einmal Alarm. Die Biester sind recht instabil", schlug der Hausmeister konstruktiv vor.

„Trulsen, wir sind Polizisten. Wir können nicht einfach in einen Bungalow hineinmarschieren, um ihn zu durchsuchen. Wenn wir wirklich etwas Interessantes finden, ist es nicht verwertbar, wenn es illegal beschafft wurde. Aber für einen Durchsuchungsbeschluss haben wir zu wenig", klärte die Kommissarin den Hobbyermittler auf.

„Das Messer ist recht aussagekräftig", gab Knud zu Bedenken.

„Ja, aber wie kam es zu Trulsen?", fragte Charlie kritisch.

„Bei meinem ersten Aufenthalt war ich in den Bungalow eingeladen worden", stellte dieser klar.

„Wie gut kennen Sie den Richter?", wollte Charlie von Knud wissen.

„Ich kann es gerne versuchen." Wie immer scheute der Kollege keine Mühe.

„Okay, obwohl die Geschichte einfach nicht schlüssig ist." Sie wandte sich wieder an Trulsen. „Wo hat das Ehepaar Blumenthal denn gewohnt? In Hamburg?"

„Nein, das ist mir auch aufgefallen. Sie haben in Lindau am Bodensee gelebt." Trulsen schien gut informiert zu sein.

„Dort gibt es eine sehr bekannte Klinik für Schönheitschirurgie, oder?", hakte Charlie nach.

„Ja, ich habe gestern Nacht noch weiter recherchiert", erklärte Trulsen nicht zufrieden.

„Warum sagen Sie das nicht gleich?", fragte Charlie ihn aufgebracht.

„Es ging ja gerade um das Messer. Ich erzähle es Ihnen doch", verteidigte sich der Gescholtene. „Schwertfeger alias Blumenthal war in Lindau eine bekannte Persönlichkeit. Schon damals war er an dieser Forschung dran. Es gab also weitere Artikel in der lokalen Presse. Seine Frau Lisa-Marie stammte aus Hamburg. Schwertfeger war gerade in einer wichtigen Projektphase und hatte zu wenig Zeit für sie, deshalb entschied sie sich, die

Operation in der Hansestadt durchführen zu lassen, um dort Unterstützung von ihrer Mutter zu erhalten."

„Das haben Sie alles aus der Presse?", hakte die Kommissarin nach.

„Ja, ich habe umfangreich recherchiert." Der Stolz war ihm anzuhören.

„Brutal, was alles in der Zeitung steht, wenn man prominent ist", zeigte sich Charlie erschüttert.

„Es gibt noch mehr: Nachdem Schwertfeger den Prozess gewonnen hatte, versuchte er weiterzumachen wie vorher. Doch das gelang ihm nicht. Zwei Jahre später nahm er sich eine zwölfmonatige Auszeit. Ich habe ein Interview gefunden, in dem er sehr offen berichtet. Er warf sich vor, seine Frau zu der ersten Operation überredet zu haben. Als dann der kosmetische Aufbau bevorstand, war er nicht ausreichend für sie da. Das konnte er sich nicht verzeihen. Wäre sie in der Klinik am Bodensee behandelt worden, würde sie vermutlich heute noch leben. Wie gesagt, zwei Jahre nach dem Prozess unterbrach er seine Arbeit, um auf Reisen zu sich selbst zu finden. Er wollte in Australien starten, wo er gelebt hatte, bevor er Lisa-Marie kennenlernte", teilte der Hausmeister sein Wissen mit den Ermittlern.

„Nach einem Jahr kehrte er jedoch nicht nach Lindau zurück, sondern fing mit geändertem Namen in Cuxhaven an", fasste Knud zusammen.

„Ja, er nahm wieder seinen Geburtsnamen an. Michael war sein zweiter Vorname." Trulsen hatte wirklich gründlich recherchiert. „Optisch verändert versuchte er einen Neustart, doch der erste Versuch misslang. Er tauchte wieder eine Weile unter, um dann hier in Westerhever seine Forschung fortzusetzen."

„Was bedeutet dann der Liebesbrief, den wir im Turm gefunden haben?" Weil der Brief bei Knud einen so großen

Eindruck hinterlassen hatte, erinnerte er sich als Erster wieder daran.

„Vermutlich hat sie ihn geschrieben, als sie bereits wusste, dass sie sterben würde." Charlie wurde bei diesem Gedanken von einer spontanen Traurigkeit erfasst. „Was für eine Tragödie! Und trotzdem klärt es unseren Fall nicht auf."

„Ob der Mord in Hamburg wirklich im Zusammenhang mit unserem Fall steht?", erinnerte Knud an das Telefonat mit Matthias.

„Keine Ahnung.", gab Charlie ehrlich zu.

„Ein Mord in Hamburg?", fragte Trulsen interessiert.

„Ja, am Hauptbahnhof ist ein Toter gefunden worden. Er hat hier im Sommer Urlaub gemacht – in der *Weißen Düne*. Der Chef der Kommissarin glaubt an einen Zusammenhang", klärte Knud seinen Freund auf.

„Tatsächlich? Glauben Sie das auch, Kommissarin Wiesinger?", wollte dieser es ganz genau wissen.

„Klingt etwas weit hergeholt, finde ich", gab Charlie zu.

„Wo sollte da ein Zusammenhang bestehen? Haben Sie Ideen dazu?" Trulsen ließ nicht locker.

Bei Anblick der beiden Männer, die sich sichtbar den Kopf zerbrachen, musste sie an sich halten, um nicht breit zu grinsen.

„Denken Sie ein bisschen weiter. Ich hole uns mal Kaffee." Schon auf dem Gang fügte sie murmelnd hinzu „Dieser Fall macht mich fertig." Dabei überlegte sie, ob es sinnvoll war, nach Köln zu fahren. Auf der einen Seite war es der ersehnte Ausflug in die Großstadt, auf der anderen Seite vermutete sie darin eher eine Zeitverschwendung. Gerade sah es so aus, als würden sie hier ein wenig Licht ins Dunkel bekommen. Wusste Frau Süßholz etwas, was die Kommissare der Aufklärung näherbringen würde? Wenn sie sich richtig erinnerte, verbrachte die Frau des Schönheitschirurgen wegen einer Depression den ganzen Sommer hier an der Nordsee. Wäre ein Gespräch mit ihr hilfreich oder würde sie bei dem Paar nur schlafende Hunde wecken? Gab es etwas, dass die beiden vertuschen konnten, wenn sie sie zu früh konfrontierte? Was war auf dem Film, mit dem der Erpresser Schweigegeld von Süßholz forderte? Charlie kam nicht weiter und war gespannt, ob die Männer Ideen dazu entwickelten. Nachdem sie die dampfenden Kaffeepötte vor sie hingestellt hatte, guckte sie sie erwartungsvoll an.

„Vielleicht gab es wieder einen Kunstfehler. Auf dem Film könnte ein Gespräch zwischen dem Ehepaar Süßholz sein, das jemand mitgeschnitten hat. Aber passt es zu Schwertfeger? Hat er das Paar beobachtet?" Trulsen sprach seine Gedanken aus, wie sie ihm durch den Kopf gingen, etwas unsortiert und unausgegoren.

„Aber wozu?", nahm Knud den Faden auf. Er hatte den Prozess ja gewonnen. Süßholz' Schuld stand fest. Wie ist eigentlich das Urteil ausgefallen?"

„Es gab lediglich eine Bewährungs- und Geldstrafe, da es sich natürlich nicht um Vorsatz handelte. Komplikationen sind möglich, deshalb können die Mediziner nicht gleich in den Knast gesteckt werden", teilte der Hausmeister sein Wissen mit den anderen.

„Für Schwertfeger bestimmt ein unbefriedigender Abschluss. Kein Grund, nach so vielen Jahren plötzlich zum Stalker der Süßholz zu werden und sie dann zu erpressen. Schließlich sah es ja so aus, als würde er wieder Fuß fassen, indem er seine Forschung fortsetzte. Hier scheint er ja den richtigen Rahmen dafür gefunden zu haben." Charlie überlegte, welche Mosaikteilchen außerdem in das Bild passten. „Nur mit der Beziehung zu Marina Lessing war er wohl noch überfordert."

„Wer wäre das nicht?", murmelte Trulsen vor sich hin.

„War der Grund für seine schlechte Laune im Sommer das Bewusstsein, sich nach mehreren Jahren noch nicht wieder auf eine Frau einlassen zu können?" Knud war skeptisch.

„Ich glaube, da steckt mehr dahinter!", behauptete Charlie.

„Der Mord in Hamburg?", fragte der Kollege. „Ich sehe zwar keinen Zusammenhang, aber vielleicht sollten wir wirklich nach Köln fahren, um die Witwe zu befragen. Ist eine Sechs-Stunden-Fahrt. Zu verlieren haben wir nichts."

Charlie freute sich insgeheim über Knuds Aussage, an dem Ausflug teilnehmen zu wollen. Matthias hatte es quasi angeordnet. Damit lag die Verantwortung für die Kosten bei ihm. Wenn nichts dabei herauskam, war es nicht ihre Schuld.

„Gut, nehmen Sie Kontakt mit der Witwe auf. Wir fahren morgen früh." Als sie den erwartungsvollen Blick des Hilfssheriffs sah, ergänzte sie nüchtern: „Sie können auf keinen Fall mitfahren, Trulsen. Behalten Sie die Süßholz-Frauen im Auge, aber vermeiden Sie es, wieder in den Bungalow einzubrechen. Wir müssen die Beweismittel auf legalem Weg beschaffen."

„Ja, das habe ich jetzt verstanden", gab dieser ein wenig kleinlaut zu, obwohl Charlie sich sicher war, dass er schon wieder etwas im Schilde führte.

Torge in St. Peter-Ording

Samstag, den 09. September

Endlich am Samstag konnte sich Torge wieder dem Fall widmen. Am Tag zuvor, nachdem er auf der Polizeistation gewesen war, gab es so viel zu tun, dass er die Morde zeitweilig ganz vergessen hatte. Doch heute an seinem freien Tag wollte er etwas herausbekommen.

Knud war mit der Wiesinger nach Köln aufgebrochen, um die Witwe zu befragen. Einerseits wäre Torge zu gerne mitgefahren, andererseits kam sicher nicht viel dabei heraus. Während die Kommissarin am Vortag den Kaffee geholt hatte, war Torge so frei gewesen, die Mail ihres Chefs zu lesen. Der Tote hieß Rudolf Schmidt, war im Sommer zu Gast in der *Weißen Düne* gewesen und nun am Hamburger Hauptbahnhof einem Verbrechen zum

Opfer gefallen, vermutlich durch eine Giftspritze. Das würde die Untersuchung der Gerichtsmedizin ergeben.

Für Torge sah es nicht so aus, als gäbe es einen Zusammenhang. Was sollte ein Urlauber mit dem alten Konflikt zwischen Schwertfeger und Süßholz zu schaffen haben? Doch der Hausmeister beschloss, gründlich vorzugehen, also würde er auch in diese Richtung ermitteln.

An erster Stelle stand jedoch, erneut den Bungalow der Süßholz aufzusuchen. Torge war sicher, den Film dort zu finden, vermutlich auf einer Speicherkarte oder einem USB-Stick. Wenn sie den Erpresserbrief aufhoben, dann erst recht das Video. Bislang hatte er keine Idee, wie er das anstellen sollte, also konzentrierte er sich auf die Recherche.

Rudolf Schmidt war mit seiner Frau Rita im August für eine Woche in der *Weißen Düne* gewesen. Ihr Ferienhaus lag jedoch weit von dem der Süßholz entfernt. Das überraschte Torge nicht. Sie hatten einmal an einer geführten Wattwanderung von Schwertfeger teilgenommen, die am Tage stattfand. Außerdem waren acht weitere Personen mitgekommen, Margarete Süßholz war dabei gewesen, ihr Mann nicht. Das war schon mal sehr unspektakulär.

Torge schob den Fall Schmidt vorerst zur Seite, um sich wieder auf die Verbindung zwischen Schwertfeger und dem Schönheitschirurgen zu konzentrieren.

Warum war Michael in dem Bungalow gewesen?

Margarete Süßholz hatte außerdem im Mai zweimal an einem Ausflug ins Watt teilgenommen. Ihr Mann dagegen überhaupt nicht. Was konnte Schwertfeger gefilmt haben, womit sich 100.000 Euro fordern ließen? Trotzdem: Michael als Erpresser? So richtig passte es nicht zu dem Bild, das Torge von ihm hatte, aber was wusste er schon? Vieles war in letzter Zeit ans Tageslicht gekommen, mit dem niemand gerechnet hatte.

Gab es vielleicht doch einen Zusammenhang zu Schmidt? War er am Ende der Auslöser für den Mord oder hatten beide gemeinsame Sache gemacht? Vielleicht kannten sie sich auch von früher? Je länger Torge darüber nachdachte, desto unwahrscheinlicher hielt er es. Michael war hochintelligent und bestens ausgebildet. Schmidt dagegen war Busfahrer, dessen Frau die Reise in einem Preisausschreiben gewonnen hatte. So viel wusste die Hamburger Polizei bereits. Auch regional gab es keine Überschneidungen. Bestand trotzdem eine Verbindung zwischen den beiden Mordfällen?

Der Film war des Rätsels Lösung! Er musste unbedingt in den Bungalow der Süßholz, daran ging kein Weg vorbei. Er war überzeugt, ihn dort zu finden, wenn er nur genug Zeit hätte, um gründlich zu suchen.

Gegen 10 Uhr packte er einige Gartengeräte, eine Leiter, seine Werkzeugkiste sowie Ersatz-Rauchmelder auf die Ladefläche von *Henriette*, um dann zu dem anvisierten Ferienhaus zu radeln. Er hoffte, nicht der Lessing zu begegnen. Unter Umständen würde es eine sinnlose Diskussion nach sich ziehen, wenn sie ihn an seinem freien Tag im Einsatz erwischte. Wieder wirbelte er in dem Garten, von dem aus er am besten sah, ob die beiden Damen den Bungalow verließen. Tatsächlich wurde seine Hartnäckigkeit gegen 11.30 Uhr belohnt. Dieses Mal wollten sie scheinbar nicht essen, sondern waren in Richtung Strand unterwegs. Damit müsste er mindestens eine Stunde Zeit haben, um nach dem Film zu suchen – vermutlich mehr. Er blieb in Deckung, bis sie um die Ecke verschwunden waren. Bewaffnet mit den Alibi-Utensilien machte er sich ans Werk. Für den Fall, dass er plötzlich überrascht werden sollte, arrangierte er eine kleine Rauchmelder-Baustelle, bevor er mit der Suche begann. Im Schlafzimmer überprüfte er den Nachttisch, den er bereits beim letzten Mal durchsucht hatte, doch der Inhalt war unverändert.

Als er sich dem Kleiderschrank der Hausherrin zuwandte, fing seine Haut an zu kribbeln. Mit feuchten Händen nahm er jedes Teil einzeln aus dem Schrank, um die Taschen zu durchforsten. Seine Nervosität stieg, als bereits eine knappe halbe Stunde vergangen war.

Die Schlafräume und das Bad waren ohne Ergebnis abgeschlossen, blieb der Wohn-Essbereich mit der offenen Küche.

Als er die dritte Schublade der Einbauschränke öffnete, wurde er fündig. Zwischen dem Kochbesteck lag ein kleiner silberner USB-Stick, gerade einmal zwei Zentimeter lang. Zitternd nahm Torge ihn an sich. War das der gesuchte Film? Der Fundort war allemal außergewöhnlich. War das ein Indiz für den Erfolg seiner Suche? Sollte er an dieser Stelle abbrechen oder die restlichen Schubladen auch noch checken?

Er stand nach wie vor unentschlossen in der Küche, als er ein Geräusch an der Tür hörte. Er spürte, wie sich seine Nackenhaare aufstellten, ein Schweißtropfen löste sich und rann ihm mit einem leichten Kitzeln den Rücken herunter. Um zu der arrangierten Baustelle zu hasten, war es zu spät.

Gerade als er das nächste Schubfach öffnete, betrat ein breitschultriger Mann den Raum. „Was tun Sie hier?", bellte er in Torges Richtung.

„Moin, mein Name ist Trulsen, ich bin der Hausmeister der Ferienanlage. Die Rauchmelder piepen immer wieder, deshalb tausche ich sie aus. Herr Süßholz, nehme ich an?", ergriff er die Flucht nach vorn.

„Ja, Süßholz. Dr. Süßholz! Wer sonst?", antwortete der Gefragte weiterhin ungehalten. „Und was kramen Sie da in unseren Sachen?"

Torge ließ sich nicht so schnell einschüchtern. „Nichts für ungut, aber das sind hier genau genommen unsere Sachen. Außerdem krame ich nicht. Es wurde eine klemmende Schublade reklamiert, was ich gerade überprüfe." Froh über seine Schlagfertigkeit stellte sich trotzdem die Frage, ob er zu weit gegangen war. Die Schläfe des über 1,90m großen Mannes pochte verdächtig, seine Gesichtsfarbe war wohl als dunkelrot zu bezeichnen. Mit gespielter Ruhe überprüfte Torge weitere Schubladen, dem stechenden Blick aus den funkelnden schwarzen Augen ausweichend.

„Hören Sie auf mit dem Quatsch. Hier funktioniert alles einwandfrei. Wonach suchen Sie dort?" fragte er wütend.

Torge fand es sehr verdächtig, von Süßholz einer Durchsuchung bezichtigt zu werden. Trotzdem war es Zeit, den Rückzug einzuleiten.

„Wo ist meine Frau?", schoss der Chirurg die nächste Frage ab.

„Das kann ich Ihnen nicht beantworten, Dr. Süßholz", antwortete Torge ehrlich.

„Packen Sie Ihren Kram ein und verschwinden Sie. Ich werde mich bei der Geschäftsleitung beschweren", motzte Süßholz weiter.

Das hatte Torge befürchtet. Wie sollte er erklären, warum er an seinem freien Tag Reparaturen durchführte? Schnell schraubte er den Rauchmelder unter die Decke. Nachdem er alles eingesammelt hatte, suchte er das Weite.

Immerhin war der USB-Stick jetzt in seinem Besitz. Keine Minute zu früh hatte er ihn gefunden. Er konnte es kaum abwarten, den Inhalt zu überprüfen.

Charlie in Köln

Samstag, den 09. September

Charlie hatte am gestrigen Nachmittag die gleiche Recherche über Schmidt vorgenommen wie Trulsen. Doch die Kenntnis über die genaue Zeit deren Aufenthalts in der *Weißen Düne*, die Lage des Ferienhauses sowie den Tag der gemeinsamen Wattwanderung mit Schwertfeger brachte sie nicht weiter. Noch immer nagten große Zweifel an ihr, ob es sinnvoll war, nach Köln zu fahren. Schweigsam saß sie hinter dem Steuer. Auch Knud hing seinen Gedanken nach. Nachdem sie gestern alle möglichen Querverbindungen des Falles diskutiert hatten, die zu keiner interessanten These führten, war nun alles gesagt. Beide waren gespannt, ob die Witwe irgendetwas zu der Lösung des Falles beitragen konnte. Es schien der Kommissarin so, als sei ihr neuer Kollege etwas optimistischer als sie selbst.

Kurz vor Dortmund gerieten sie in einen Stau. Das Schneckentempo zerrte an Charlies Nerven. Erneut verfluchte sie Matthias, der sie in diese Situation gebracht hatte. Die Vermutung, beide Morde würden zusammenhängen, war wirklich dünn. Sie konnte sich etwas Besseres vorstellen, als den Samstag auf der Autobahn zu verbringen. Um nicht zu maulen, schwieg sie weiter beharrlich, hätte sich aber gerne gepflegt aufgeregt, um ihrem Ärger Luft zu machen. Knud schien weiterhin ungerührt. Charlie fragte sich unwillkürlich, ob ihn überhaupt je etwas aus der Ruhe brachte – außer einem wild flirtenden Ansgar Johannsen.

Knuds Handy meldete den Eingang einer SMS. Nachdem er sie gelesen hatte, starrte er weiter auf das Display, ohne einen Kommentar abzugeben. Charlie wurde bewusst, nicht viel von dem privaten Knud Petersen zu wissen. Gab es Schwierigkeiten? Während sie unschlüssig überlegte, ob sie fragen sollte, ergriff Knud das Wort.

„Die Nachricht ist von Trulsen", bemerkte er knapp.

„Aha, und was schreibt er?" Unwillkürlich wurde ihre Neugier geweckt.

„Moin Knud. Schaut in der Wohnung von Schmidt nach dem Film. Vielleicht ist er der Erpresser", las er die SMS vor.

„Was hat das nun wieder zu bedeuten?" So langsam ging ihr der Hausmeister gehörig auf die Nerven. Was glaubte er eigentlich, wer er war? Seine halbgaren Alleingänge konnten nur im Fiasko enden.

„Wenn ich in Torges Kopf gucken könnte, wäre mein Leben vermutlich erheblich leichter", seufzte Knud.

Charlie musste unwillkürlich lachen. Nicht nur sie hatte also mit den Aktionen des Hausmeisters zu kämpfen.

„Warum ruft er nicht einfach an, wenn er Infos für uns hat?", fragte sie Knud, obwohl der das natürlich auch nicht wissen konnte.

„Auf diese Frage kann ich Ihnen wieder die gleiche Antwort geben. Vielleicht vermutet er, dass wir schon vor Ort sind und will das Gespräch mit der Witwe nicht stören. Ich versuche es mal bei ihm."

Da sie mit Knuds Dienstwagen fuhren, war sein Telefon in die Freisprechanlage eingeloggt, wodurch die Kommissarin das Gespräch mithören konnte. Trulsen nahm nach dem ersten Klingeln ab.

„Moin Knud. Danke für den Anruf. Ich habe die Verbindung gefunden. Na ja, es ist noch nicht sicher, deshalb solltet Ihr bei Schmidt unbedingt nach dem Film suchen." Wieder schien Trulsen so aufgeregt, was den Sinn seiner Ausführungen verschleierte.

„Torge, mal ruhig. Erzähl von Anfang an", versuchte der Kommissar, seinen Kumpel zu beruhigen.

„Ich habe den Film gefunden", platzte dieser heraus.

„Sie haben den Film gefunden?", schaltete sich Charlie ungläubig in das Gespräch ein. „Wo? Und was ist drauf?"

„Ihr werdet es nicht glauben!" Trulsen genoss ganz offensichtlich, den beiden Ermittlern eine Information voraus zu sein. Er kostete es aus, die Spannung auf den Höhepunkt zu treiben.

„Nun sag schon. Wir quälen uns hier durch einen fiesen Stau, da können wir eine Aufmunterung gebrauchen." Selbst Knud wurde jetzt ungeduldig.

„Schwertfeger und die Süßholz", ließ Trulsen die Bombe platzen. „in einer ..., na ja, sagen wir mal ... intimen Situation."

„Was?" Weder Charlie noch Knud konnte es glauben.

„Die beiden hatten anscheinend eine Affäre. Vermutlich hat dieser Rudi Schmidt sie vor seine Linse bekommen, wahrscheinlich rein zufällig. Irgendwie hat er dann von dem Wohlstand der Süßholz Wind bekommen und sie erpresst." Trulsen überschüttete sie mit seinen Mutmaßungen.

„Torge, wo ist der Sinn? Warum ist dann Schwertfeger erschlagen worden?", tat Knud seine Zweifel kund.

„Tja, ich weiß es nicht. Sucht trotzdem bei Schmidt nach dem Film." Der Tonfall des Hausmeisters wurde eindringlich. Ganz offensichtlich war er von seiner Theorie überzeugt.

„Wo haben Sie ihn überhaupt gefunden?" Charlie war sich nicht sicher, was sie mit Trulsens Ausführungen anfangen sollte. Ihr schwante jedoch, dass die Beschaffung des Films einmal wieder auf zweifelhaften Weg geschehen war. Selbst am Telefon konnte sie hören, wie er herumdruckste. „Lassen Sie mich raten. Die Rauchmelder in dem Süßholz´ schen Bungalow haben wieder Alarm gegeben."

„Tja, es war sozusagen ein Notfall", bestätigte er die Vermutung der Kommissarin.

„Und der Film befand sich in einem der Rauchmelder, in dem sie ihn ganz zufällig gefunden haben", spann sie den Faden weiter.

„Ja, das wäre doch eine Lösung, mit der wir arbeiten könnten." Trulsen war begeistert von Charlies Vorschlag.

Die Kommissarin schwankte zwischen Amüsement und Wutanfall. Bevor sie sich entscheiden konnte, wie sie darauf reagieren sollte, ergriff Knud wieder das Wort.

„Torge!", war alles, was er sagte, aber es genügte.

„Es wurde mir außerdem eine schwergängige Küchenschublade gemeldet", blieb er bei seiner Version der Geschichte „also habe ich die überprüft. Bei den Kochlöffeln lag ein kleiner USB-Stick."

„Das ist ja sehr viel Engagement an deinem freien Tag", frotzelte Knud.

„Du kennst mich doch." Torge war in seinem Element.

„Also gut. Über Ihr Vorgehen müssen wir noch einmal ein ernstes Gespräch führen. Auf so einem Weg beschaffte Beweise halten vor Gericht nicht stand, das habe ich doch gestern erst erläutert, Trulsen. Sie können nicht einfach alles einstecken, was Ihnen auf Ihren Raubzügen vor die Flinte kommt. Sie vernichten Beweise. Ich dachte, ich wäre da deutlich gewesen." Charlie kürzte ihre Rede ab: „Halten Sie jetzt die Füße still, damit wir unsere Arbeit erledigen können."

„Ja, Kommissarin." Nach dieser Standpauke war Trulsen wieder kleinlaut.

„Fahren Sie nach Hause. Wenn Sie uns weiter dazwischenfunken, rede ich mit der Lessing." Das klang sogar in ihren eigenen Ohren wie eine hilflose Drohung.

„Ich wollte ja nur helfen", versuchte er, sich zu verteidigen.

„Sie haben jetzt genug geholfen." Mit einer Handbewegung signalisierte sie Knud, das Gespräch zu beenden, was dieser nach einer kurzen Verabschiedung tat.

Eine Weile hingen beide ihren Gedanken nach. Schließlich fragte Knud: „Was halten Sie davon, Charlotte?"

„Von den Grenzüberschreitungen Ihres Hausmeisterkumpels, während er in den Bungalow einbricht und Beweismittel vernichtet?" Charlie konnte es selbst nicht glauben.

„Ein privat vermietetes Ferienhaus sollte das Personal wirklich nur im Notfall betreten. In so einer Ferienanlage ist das wie ein Hotelbetrieb ...", wollte Knud schlichten.

Charlie brachte nicht die Geduld für eine Rechtsbelehrung auf. Sie fiel Knud ins Wort: „Dass das gar nicht der Punkt ist, wissen Sie genau, Knud. Trulsen hat den Bungalow durchsucht. Das ist ja wohl auch in der *Weißen Düne* illegal!"

„Ja, das ist richtig", lenkte er ein. „Aber was halten Sie von den Fakten? Von der Affäre zwischen der Süßholz und Schwertfeger - sowie der Erpressung?"

„Für mich klingt es nach wie vor alles sehr undurchsichtig." Die Kommissarin konnte sich keinen Reim darauf machen.

„Fangen wir mit der Affäre an. Was meinen Sie, warum die beiden sich darauf eingelassen haben?", wollte der Kommissar ihre Einschätzung hören.

„Bei Frau Süßholz weiß ich es nicht. Vielleicht war sie gelangweilt oder hat sich vernachlässigt gefühlt. Schwertfeger war jünger, recht attraktiv", überlegte sie laut.

„Wusste sie, wer er war?", stellte Knud die nächste Frage.

„Schwer zu sagen. Wenn ja, ist es noch merkwürdiger, dass sie gerade mit ihm etwas anfängt. Lassen wir das einmal beiseite. Das Ehepaar Süßholz können wir befragen, wenn wir zurück sind. Was ist mit Schwertfeger? Ich vermute, er hat sie erkannt. Er lässt die junge, knackige Marina Lessing sausen, um in das Bett der Frau zu steigen, dessen Mann seine große Liebe auf dem Gewissen hat." Weiterhin dachte die Kommissarin aus Hamburg laut.

„Rache!", kommentierte Knud. „Seine eigene Ehe ist zerstört. Nun funkt er bei dem Ehepaar Süßholz dazwischen."

„Wäre möglich. Und die Erpressung? Glauben Sie, er hat Schmidt angeheuert, den Film zu drehen, um Süßholz damit zu erpressen?", wollte sie nun von Knud wissen.

„Sie oder ihn?", kam die prompte Gegenfrage.

„Wie bitte?" Charlie wusste nicht, was er damit meinte.

„Wurde Frau oder Herr Süßholz erpresst?", präzisierte Knud.

„Auch eine gute Frage. Aber zurück zu Schwertfeger. Glauben Sie wirklich, er beauftragt einen Urlauber, sich selbst mit einer Frau bei dem intimen Akt zu filmen? Da glaube ich eher an einen Zufall. Während Schmidt mit seiner Kamera durch die Dünen stromert, bekommt er die beiden vor die Linse. Die Information über deren Status bringt ihn auf die Idee, seinen eigenen Kontostand aufzubessern", führte sie ihre Überlegungen aus.

Knud wiegte skeptisch den Kopf. „Aber warum wird dann Michael erschlagen?"

„Weil Süßholz genauso wie Sie vermutet hat, Schwertfeger würde hinter der Erpressung stecken." So langsam verstand Charlie die Zusammenhänge.

Diese Aussage schien Knud zu erschüttern. „Mein Gott! Ja, so könnte es gewesen sein. In der Überzeugung, ihn dadurch loszuwerden, erschlägt Süßholz Schwertfeger im Watt. Doch die Forderung wird erneut gestellt, weil Rudolf Schmidt der Übeltäter ist. Am Hauptbahnhof wartet der Chirurg dann mit einer Giftspritze auf den Abholer des Geldes."

„Wenn sich das so abgespielt hat, hätte Matthias mit seiner vagen Vermutung doch recht." Insgeheim ärgerte Charlie sich über den guten Riecher ihres Chefs.

„Schauen wir, was wir bei der Witwe herausbekommen." Wie immer blieb Knud pragmatisch.

Beim Anblick der Hochhäuser im Stadtteil Chorweiler im Norden von Köln bekam Charlie einen Kloß im Hals. Erinnerungen kamen hoch, mit denen sie sich am liebsten nicht mehr auseinandersetzen wollte, schon gar nicht in Gegenwart eines neuen Kollegen. Die Wohnblöcke strahlten nicht nur Armut, sondern auch Trostlosigkeit aus. Vielleicht kam es der Kommissarin auch nur so vor, weil sie genau wusste, was sich hinter solchen Fassaden abspielte. Heutzutage wurde es sozial benachteiligt genannt, doch der ständige Geldmangel, der neben Hunger auch Hoffnungslosigkeit zur Folge hatte, die nicht selten in Gewalt sowie Alkoholismus mündete, wurde durch diese Phrase nicht annähernd realistisch abgebildet. Warum musste sie ausgerechnet heute an ihre Kindheit erinnert werden?

„Charlotte? Was ist los? Wollen wir hineingehen?" Knud holte sie aus ihren Gedanken zurück.

Der Versuch, die aufwallenden Emotionen beiseitezuschieben, misslang. Dazu hätte sie ins Auto steigen und wegfahren müssen.

Sie räusperte sich. „Sie sind der Bad Cop."

„Wie bitte?" Knud sah sie fragend an.

„Vielleicht erleben Sie mich gleich bei der Schmidt etwas zahm. Sie übernehmen dann die Rolle des Unerbittlichen, falls das nötig sein sollte", antworte sie und hoffte, dass er nicht nachfragen würde.

„Sind Sie sicher?" Ihr Kollege schien verunsichert.

„Fragen Sie nicht. Ich erkläre es Ihnen später. Vielleicht." Leise setzte sie hinzu: „Viel später."

Knuds Miene zeigte erneut Besorgnis. Charlie fing an, sich an sein beschützendes Verhalten zu gewöhnen. Trotzdem war es in diesem Moment gerade unerwünscht. Also versuchte sie, sich auf die Aufgabe zu konzentrieren. Möglicherweise lag hinter diesen Mauern die Lösung des Falles. „Gehen wir!"

In der obersten Etage wurden sie von der aufgelösten Rita Schmidt empfangen. Charlie schätzte sie auf Anfang fünfzig. Sie war einfach gekleidet, machte jedoch einen gepflegten Eindruck. Gleiches galt für die Wohnung. Die Kommissarin hätte sich gefreut, wenn es bei ihr zu Hause immer so aufgeräumt und sauber wäre.

„Darf ich Ihnen einen Kaffee anbieten? Wollen Sie ein Stück Kuchen dazu? Sie sind ja lange unterwegs gewesen", stellte sie freundlich fest.

„Machen Sie sich keine Umstände", übernahm Knud vorerst die Gesprächsführung. „Setzen wir uns einfach."

Rita Schmidt tat wie geheißen. „Ich verstehe das alles überhaupt nicht. Warum kommen Sie jetzt extra aus Hamburg zu mir? Ich habe den hiesigen Beamten schon gesagt, was ich weiß. Im Grunde genommen weiß ich ja nichts."

Nach einem kurzen Blickwechsel mit Knud begann Charlie zu sprechen. „Frau Schmidt, nach unserer Vermutung steht der Tod Ihres Mannes mit einem anderen Mord in Verbindung. Wir kommen aus St. Peter-Ording ..."

„Aus St. Peter-Ording? Da haben wir dieses Jahr Urlaub gemacht! Aber was hat das mit Rudis Unfall zu tun?", fragte sie irritiert.

„Frau Schmidt, Ihr Mann hatte keinen Unfall. Wir gehen davon aus, dass er ermordet wurde!", ließ die Kommissarin die Bombe platzen.

Alle Farbe wich aus dem Gesicht der Witwe. Zitternd flüsterte sie: „Ermordet? Mein Rudi? Aber warum sollte jemand meinen Rudi umbringen? Er kommt immer mit allen gut aus."

Das schien zu diesem Fall zu gehören. Während Charlie noch überlegte, welche Frage sie als Nächstes stellen sollte, brach Rita Schmidt plötzlich in Tränen aus.

„Was soll denn nun werden? Was soll ich ohne meinen Rudi machen? Durch mein Rheuma kann ich nicht mehr voll arbeiten. Wie soll ich allein über die Runden kommen?" Schluchzend drückte sie sich ein Taschentuch ins Gesicht.

In der Kommissarin wallte Mitleid auf. Sie konnte die Existenzsorgen, die sogar in einer solchen Situation in den Vordergrund rückten, gut verstehen. Am liebsten hätte sie sie in den Arm genommen, hielt sich aber zurück.

„Soll ich Ihnen ein Glas Wasser holen?", bot Knud an.

Schniefend nickte sie kurz. „Bitte fassen Sie seinen Mörder!", forderte sie ihn außerdem auf. Nach dem ersten Schluck beruhigte sie sich wieder. „Warum sind Sie aus St. Peter-Ording gekommen? Hat es mit dem Mord an dem Wattführer zu tun? Ich habe davon im Fernsehen gesehen. Der nette Hausmeister hat ein Interview gegeben. Ich glaube, er hat den Toten gefunden."

„Ja, so war es. Möglicherweise gibt es eine Verbindung zwischen den beiden Fällen. Vielleicht können Sie uns bei der Aufklärung helfen", bestätigte Charlie.

„Ich? Ich wüsste nicht, wie." Wieder drang ein Schluchzen durch das Taschentuch.

„Ihr Mann hat doch gerne fotografiert?", übernahm Knud nun wieder. Als die Schmidt nickte, fuhr er fort: „Hat er auch Filme gedreht?"

„Nein, Rudi hat keine Kamera, mit der er Filme drehen kann. Es ist nur ein Fotoapparat. Ich habe ihn im Preisausschreiben gewonnen, so wie die Reise an die Nordsee", presste sie zwischen den Schluchzern hervor.

„Können wir ihn einmal sehen?", hakte Knud weiter nach.

„Ja, natürlich, kein Problem. Ich hole ihn." Leicht schwankend ging sie zu dem monströsen Wohnzimmerschrank und kehrte kurz darauf mit dem Apparat zurück.

Nach kurzer Betrachtung des Gerätes stellte Knud fest: „Das ist eine moderne Digitalkamera aus dem mittleren Preissegment. Sie können damit Filme drehen, so wie mit jedem Smartphone."

„Wir haben nur ein einfaches Handy", erwiderte ihre Gastgeberin automatisch.

„Darf ich die Kamera einschalten?", fragte der Kommissar.

Wieder nickte Rita zustimmend.

„Und, was ist drauf?", meldete sich Charlie zu Wort.

„Hhm, Fotos von einer Feier." Knud schaute weiter.

„Das war der Geburtstag von Kuno, unserem Kegelbruder. Letzte Woche Freitag. Rudi holt die Fotos immer nach kurzer Zeit auf den Computer, dann schauen wir sie uns gemeinsam an", erklärte Rita ihre Routine.

„Welchen Computer?", fragte Charlie sofort.

Die Witwe zeigte auf die Ecke des Zimmers. Dort stand ein kleiner Tisch, mit einem, dem Bildschirm nach zu urteilen, uralten PC.

„Soll ich ihn einschalten? Wollen Sie die anderen Bilder sehen?", fragte sie entgegenkommend.

„Sehr gerne." Knud nickte freundlich.

Es dauerte eine geraume Weile, bis der Computer hochgefahren war. Rita Schmidt nutzte die Zeit, um ein vorbereitetes Tablett mit Kaffee und Kuchen aus der Küche zu holen. Dieses Mal verteilte sie die kleine Mahlzeit an ihre Gäste, ohne zu fragen. Schließlich setzte sie sich vor den Bildschirm, um den Ordner mit den Bildern zu öffnen.

„Wollen Sie zuerst die Fotos von unserem Urlaub sehen?", bot sie ihren Besuchern an, was diese bejahten.

Sowohl Knud als auch Charlie waren aufgestanden. Die Kommissarin spürte ein Kribbeln in der Magengegend. Jetzt wurde es spannend. War der Film dabei? Oder zumindest einige Fotos, die auf die Erpressung oder den Zusammenhang mit dem Mord an Schwertfeger hinweisen? Sie nahm den Platz ein, auf dem eben noch die Witwe gesessen hatte. Schmidt hatte zahllose Fotos geschossen, die von unterschiedlicher Qualität waren. In der Übersicht versuchten sie, sich einen Überblick zu verschaffen, ob etwas Aussagekräftiges dabei war. Knud zeigte auf eine Serie, die im Watt aufgenommen war. Charlie klickte das erste Foto an, wodurch es sich in einem Viewer öffnete.

„Das war bei unserer ersten geführten Wattwanderung. Sehen Sie, das ist Herr Schwertfeger", kommentierte die Schmidt die Fotos. Charlie klickte weiter.

„Das da ist eine Prominente aus Hamburg. Sie heißt Margarete Süßholz und ist mit dem bekannten Schönheitschirurgen verheiratet", folgte die nächste Erklärung.

„Woher wissen Sie das? Haben Sie mit ihr gesprochen?", hakte die Kommissarin nach.

„Nein, wo denken Sie hin? So eine wie ich es bin, sieht die überhaupt nicht. Sie war die meiste Zeit ein wenig abseits der Gruppe und hat höchstens mit dem Wattführer geredet. Ich habe sie jedoch gleich erkannt. Es gibt immer mal wieder Fotos von ihr in meiner Zeitschrift, die ich abonniert habe." Rita wies auf ein Exemplar, das auf einer Kommode neben dem Computer-tisch lag.

„Haben Sie mit Ihrem Mann darüber gesprochen?", wollte Charlie als Nächstes wissen. Das war eine Möglichkeit, wie Rudi Schmidt auf die Idee gekommen war. Vermutlich interessierte er selbst sich kaum für solchen Klatsch.

„Na ja, ich war ein bisschen aufgeregt über so eine bekannte Person in unserer Gruppe. Das habe ich Rudi natürlich erzählt, aber es hat ihn nicht wirklich interessiert", erklärte die Witwe weiter.

„Trotzdem hat er Fotos von ihr gemacht", bemerkte Knud.

„Ja, er knipst ständig in alle Richtungen. Der Fotoapparat ist sein ganzer Stolz." Rita Schmidt sprach immer noch in der Gegenwart von ihrem Mann. Tat sie so harmlos oder wusste sie wirklich nichts? Die Kommissarin beschloss, ihr auf den Zahn zu fühlen. Sie schienen nah dran zu sein, den Fall aufzuklären, die Schwäche war überwunden. Jagdfieber hatte sie erfasst. Nach-dem sie zu der Übersicht der Fotos zurückgekehrt war, scrollte sie durch die Dateien. Bewegte Bilder waren nicht dabei.

„Kann ich einmal schauen, ob es noch einen anderen Ordner mit Filmen gibt?" Da Charlie keinen Durchsuchungsbeschluss für den Computer bzw. die gesamte Wohnung vorweisen konn-te, holte sie für jede Handlung das Einverständnis der Witwe ein.

„Ja, machen Sie ruhig." Sie nickte zustimmend.

Während Charlie nach dem Beweis für die Erpressung suchte, führte Knud das Gespräch weiter. „Nutzen Sie auch ein Mail-Programm?"

„Rudi schreibt Nachrichten mit ein paar Kumpels aus dem Fußballverein, aber ich nutze den Computer so gut wie gar nicht. Eigentlich schaue ich mir nur die Fotos an."

Charlie war dem Gespräch gefolgt. Den Film konnte sie nicht finden, also schaute sie nach einem Mail-Programm. Auf dem Desktop lag eine Verknüpfung zu einem Webmailer.

„Kennen Sie seine eMail-Adresse und das Passwort, mit dem er sich anmeldet?", meldete sich die Kommissarin zu Wort.

„Nein, tut mir leid."

Dann kamen sie an dieser Stelle nicht weiter. Am besten nahmen sie den Computer mit in die KTU. Wenn Rita Schmidt den Rechner nicht nutzte und außerdem nicht in die Erpressung verwickelt war, hatte sie vermutlich nichts dagegen.

„Dürfen wir den Computer mitnehmen, damit unsere Kollegen aus der kriminaltechnischen Abteilung ihn gründlich untersuchen? Möglicherweise finden wir dabei Hinweise, die uns zu dem Mörder Ihres Mannes führen", versuchte Charlie, sie zu überzeugen.

Rita Schmidt zögerte. Aus irgendeinem Grund war sie von dem Vorschlag nicht begeistert. Wusste sie doch etwas? „Ich bekomme ihn aber wirklich zurück, oder? Wenn Sie ihn mit nach St. Peter-Ording nehmen ... das ist weit weg. Wer bringt ihn mir dann wieder hierher? Ich habe die Fotos von Rudi doch nur auf diesem Computer."

Charlie atmete auf. Es erleichterte sie, dass die Frau anscheinend nicht in die Erpressung verwickelt war. Ihr Leben war schon schwierig genug.

„Frau Schmidt, ich verspreche Ihnen, Sie bekommen den Rechner mit allen Fotos wieder zurück", versicherte die Kommissarin der aufgelösten Frau.

„Also gut. Dann nehmen Sie ihn mit. Der Mörder von meinem Rudi soll auf jeden Fall gefasst werden."

Epilog

Torge freute sich, an der Abschlussbesprechung teilnehmen zu dürfen. Insgeheim war er der Überzeugung, es sich redlich verdient zu haben. Immerhin hatte seine Durchsuchung des Süßholz'schen Bungalows den Durchbruch erzielt.

Nachdem die beiden Kommissare aus Köln zurückgekehrt waren, untersuchte die KTU den PC von Rudi Schmidt im Eiltempo. Im Anschluss hatten sich die Ereignisse überschlagen. Nun saßen sie zu viert mit Fiete Nissen auf der modernen Polizeistation in Sankt Peter-Ording bei einem Pharisäer und einem schmackhaften Kirschkuchen, den Torges Frau Annegret für sie gezaubert hatte. Charlotte Wiesinger fasste gerade die Ergebnisse der letzten Tage zusammen.

„Auf dem Computer aus Köln hat die kriminaltechnische Untersuchung tatsächlich eine Mail an den Chirurgen Maximilian Süßholz gefunden. Rudi Schmidt war der Erpresser, der auch den ersten Brief per Post an Frau Süßholz abgeschickt hat. Danach luden wir das Ehepaar vor, um sie getrennt voneinander zu befragen. Sie schwieg beharrlich, doch er hielt dem Druck des Verhörs nicht lange stand. Nachdem er die ganze Geschichte erzählt hatte und final ein Geständnis zu den beiden Morden ablegte, wirkte er regelrecht erleichtert."

„Erzählen Sie uns bitte die Einzelheiten, Kollegin Wiesinger. Ich bin immer noch erschüttert, was sich hier zugetragen hat, während ich mir den Rücken massieren ließ", bat Fiete Nissen.

„Da sie den ganzen Sommer in der Ferienanlage weilte, brachte Süßholz seiner Frau regelmäßig ihre Post aus Hamburg mit. Als sie den Film verbunden mit der Drohung sah, vertraute sie sich ihm an, weil sie sich mit der Situation komplett überfordert fühlte. Er räumte ihre Eheprobleme ein, wobei seine eigene Untreue wohl ein Auslöser für die Affäre zwischen Margarete Süßholz und Schwertfeger gewesen war."

„Aber hat er wirklich geglaubt, dass Michael nicht nur verantwortlich für die Filmaufnahme, sondern auch die Erpressung war?", staunte Fiete.

„Er beteuerte, dass bei ihm alles aussetzte, als er den Film sah. Auch wenn der Kunstfehler zu dem Prozess, seinem angeknacksten Selbstbewusstsein und dem leicht beschädigten Ruf führte, so machte er doch Schwertfeger beziehungsweise Blumenthal dafür verantwortlich. Dieser hatte ihn vor Gericht gezerrt. Auch seine Ehe litt im Anschluss darunter. Als Süßholz Schwertfeger dann zusammen mit seiner Frau in einer intimen Situation sah, brannten ihm die Sicherungen durch. Er war sicher, sein Widersacher steckte auch hinter der Drohung. Also folgte er ihm in der besagten Nacht ins Watt, um ihn zu erschlagen."

„Warum hat der Kölner ... wie hieß er noch?" Offensichtlich hatte Fiete den Überblick über all die Namen verloren.

„Rudi Schmidt", antwortete Charlotte Wiesinger lächelnd.

„Ja, danke. Also warum hat er denn die zweite Erpressung per eMail an den Chirurgen geschickt?"

„Tja, darüber können wir nur mutmaßen. Vielleicht wollte er die Sache beschleunigen und hat nur seine eMail-Adresse herausgefunden. Keiner kann uns Auskunft über Rudis Gedankengänge geben. Rita Schmidt war in den Fall nicht involviert. Sie hat ihn lediglich auf die Idee gebracht, den zufällig gedrehten, pikanten Film zu Geld zu machen. Als sie ihm arglos erzählte, dass es sich bei Frau Süßholz um eine Prominente mit einem gut gefüllten Bankkonto handelte, sah er das wohl aus Ausweg aus ihrer finanziellen Misere", erklärte Knud die vermutlichen Abläufe.

„Es muss für Süßholz ein Schock gewesen sein, als die zweite Drohung kam", bemerkte Torge.

„Ja, das hat er unumwunden zugegeben. Er war überzeugt, Schwertfeger nun endlich los zu sein. Als die eMail kam, hat er kurz überlegt, ob er sich die Spritze selbst geben soll." Knud schüttelte mit dem Kopf.

„Warum setzte Schmidt die Sache überhaupt fort? Er erfuhr doch aus dem Fernsehen von Schwertfegers Tod im Watt", wunderte sich Torge.

„Auch da sind wir auf Mutmaßungen angewiesen. Vermutlich fühlte er sich im Gewühl des großen Bahnhofs sicher. Immerhin hat er das Geld erst 48 Stunden später abgeholt."

„Süßholz hat am Bahnhof zwei Tage auf den Erpresser gewartet?", fragte Fiete staunend.

„Ja, es steckt ihm anscheinend immer noch in den Knochen. Dadurch haben wir jetzt so ein schnelles Geständnis von ihm bekommen. Damit ist der Fall tatsächlich abgeschlossen." Kommissarin Wiesinger lehnte sich zurück. Die Erleichterung war ihr anzusehen.

„Bleibt die Frage, was Sie nun vorhaben, Charlotte", schaltete sich Knud nochmals in das Gespräch ein. „Wollen Sie bei uns bleiben oder sind Sie froh, wenn Sie wieder nach Hamburg zurückdürfen?"

„Darüber habe ich, ehrlich gesagt, noch gar nicht nachgedacht. Es ist ja auch nicht meine alleinige Entscheidung. Mit Matthias habe ich bisher nur über den Fall gesprochen. Er ist übrigens überzeugt davon, den maßgeblichen Impuls zur Aufklärung des Falles gegeben zu haben."

„Im Grunde war es ja eher Torge mit seiner – zugegebenermaßen etwas übermütigen – Durchsuchung im Bungalow der Süßholz", gab Knud zu bedenken.

Der Hausmeister der *Weißen Düne* freute sich riesig über diese explizite Erwähnung, auch wenn die Kommissarin daraufhin mit den Augen rollte. Sie duldete ihn bei diesem Gespräch, also akzeptierte sie ihn bereits. Nach Torges Vermutung würde sie in Sankt Peter-Ording bleiben.

Er konnte es nicht weiter erklären, es war einfach so eine Ahnung.

Die Handlung und alle handelnden Personen sind frei erfunden. Jegliche Ähnlichkeit mit lebenden oder realen Personen wäre rein zufällig und nicht beabsichtigt.

Kleines Lexikon
norddeutscher Begriffe

Moin/Moin Moin	Begrüßung für den ganzen Tag
zu Potte kommen	weitermachen, fertig werden
Gosch	Fischrestaurant aus Sylt
sabbelig	redselig
piesacken	zusetzen, triezen
Gezuckel	langsames Fahren
„mach hinne"	mach weiter, werde fertig!
Klönschnack	gemütliche Plauderei
schnacken	sich unterhalten
dumm Tüch	dummes Zeug
lütt	klein
Buddel Köm	Flasche Korn
scheun	schön
grienen	Grinsen, lächeln
Priel	Rinne im Wattenmeer, in der sich auch bei Ebbe Wasser befindet
min seute Deern	mein süßes Mädchen
vertellen	erzählen
Schiet	Scheiße
Kopp in Nacken	Kopf in den Nacken
verklickern	erklären
Friesengeist	nordischer Schnaps
Pharisäer	Kaffeespezialität mit Rum und Schlagsahne
Pott Kaffee	Becher Kaffee

aufgebretzelt	chic angezogen/zurecht gemacht
schnieke	Chic
Rundstück	einfaches helles rundes Brötchen
Alsterwasser	Bier und weiße Limonade
Gedöns	als überflüssig erachtete Gegenstände
Scheibenkleister	s. Schiet
Butter bei die Fische	Klartext reden, nichts zurückhalten
Auf dem Kieker	Besondere Aufmerksamkeit, wörtlich Fernglas
Franzbrötchen	Plunderteig mit Zimt und Butter, ursprünglich aus Hamburg
Jo	Ja
fünsch	wütend, ärgerlich
vertüdeln	vergeuden
Wo geiht di dat?	Wie geht es Dir?
Klönschnacktür	Zweigeteilte Außentür, bei der man einen Klönschnack halten kann, indem man nur den oberen Teil öffnet
Mors	Hinterteil
Friesenschnitten	Blätterteig, Pflaumenmus, Sahne
Kluntjes	Kandiszucker
Graue Stadt am Meer	Husum, der Begriff wurde von dem Dichter Theodor Storm geprägt
Rungholt	1362 versunkene Siedlung im nordfriesischen Wattenmeer
Edomsharde	Verwaltungsbezirk im Mittelalter
Grote Mandränke	Verheerende Sturmflut 16. Januar 1362

Danksagung

Wenn ein Buch in der ersten Fassung fertig ist, erfüllt mich das mit Freude und Erleichterung. Ein großes Stück Arbeit ist geschafft. Ich räume meinen Schreibtisch auf und bringe die Notizen sowie die zahlreichen Erinnerungszettel für Recherchedetails ins Archiv oder werfe sie in den Papierkorb.

Dann wird der Text mehrfach überarbeitet! Ich freue mich sehr, dass ich dafür so großartige Unterstützung habe. Ich danke meinem Lektoren-Team Elke und Wolfgang Lensch. Mir ist niemand bekannt, der mehr Kriminalromane gelesen hat als diese beiden Experten, die außerdem auf lange Jahre der redaktionellen Arbeit zurückblicken. Danke für Eure Anregungen und Eure kritischen Augen.

Ich danke meinem Korrektor Sándor Sima, der mit seiner gründlichen Arbeit dazu beiträgt, das Buch möglichst fehlerfrei zu produzieren. Großer Dank gebührt meiner Illustratorin Sabine Schulz, die Torge genau das Gesicht verliehen hat, das in meiner Vorstellung war. Großartig!

Schließlich gilt mein Dank zahlreichen Testlesern und Torge-Fans, die bereits im Schreibprozess entstanden sind und mich immer wieder motiviert haben, die Geschichte bis zum Ende zu erzählen. Danke auch Euch für die Anregungen, die halfen, den Text zu verbessern.

Vielen Dank!
Stefanie Schreiber

Hat Ihnen
die Geschichte gefallen?

Dann freue ich mich sehr über eine positive Rezension bei amazon oder auf einem anderen Portal, denn Bewertungen werden für uns Autoren immer wichtiger.
Das muss kein langer Text sein, schreiben Sie einfach, was Sie anderen Lesern gerne zu dem Buch mitteilen wollen. (Aber natürlich nicht verraten, wie die Geschichte endet.)
Ich danke Ihnen im Voraus!

Herzlich
Ihre Stefanie Schreiber

KAMPENWAND
VERLAG

Und Sie können auch gleich weiterlesen:

Leseprobe:

Todesfalle Hochzeit

in St. Peter-Ording

Der
2. Fall für
Torge Trulsen
und Charlotte
Wiesinger

Prolog

Als die Tür ins Schloss fiel, blieb sie wie erstarrt am Tisch sitzen. Niemals hätte sie vermutet, dass er ihr so etwas antun würde. Seine schmeichelnden Worte und seine Beteuerungen waberten wie Nebel durch ihr Bewusstsein. Eine Gänsehaut prickelte über ihre Arme, zog von den Händen hinauf zu den Schultern bis in den Nacken. Wie oft hatte er ihre Bedenken zerstreut, sie mit seinem Charme eingewickelt! Die vielen Aufmerksamkeiten und Reisen über das Wochenende sowie sein stets offenes Ohr für ihre Träume oder auch Sorgen hatten sie von der Ernsthaftigkeit ihrer Beziehung überzeugt. Er schmiedete Pläne mit ihr und sie hatte ihm vertraut!

Mit dem Schreien des Babys kehrte sie in den Raum zurück. Ihr Blick fiel auf den Tisch, auf dem das Bündel Geldscheine sie verhöhnte. Heiße Wut stieg in ihr hoch und verdrängte für einen Moment das Gefühl der Demütigung. Nicht einmal die Mühe, die Scheine in einen Umschlag zu stecken, war sie ihm wert gewesen, zog der banale Gedanke durch ihren Kopf.

Das Schreien des Säuglings im Nebenzimmer wurde lauter.

Sie packte das Bündel, um es mit voller Wucht gegen die Wand zu schleudern. Wie ein zerschnittener Regenbogen segelten die bunten Noten fast lautlos an der Wand herunter. Vielleicht schien es auch nur so, weil der Kleine nebenan erneut an Lautstärke zulegte.

Der Ausbruch hatte ihre Stimmung nicht verbessert, doch es war Bewegung in ihren Körper gekommen. Noch etwas schwerfällig erhob sie sich, warf einen letzten Blick auf das wirre Durcheinander, das der Geldregen nun auf dem Boden bildete, um sich dann um ihren Sohn zu kümmern.

Mit dem Baby auf dem Arm wanderte sie schließlich durch die Wohnung. Der Körperkontakt hatte beide beruhigt, aber ihre Gedanken liefen Amok.

Sie erinnerte sich genau an den Tag vor einem halben Jahr, als sie ihm von der Schwangerschaft erzählen wollte. In ihrer kleinen Küche hatte sie ein köstliches Drei-Gänge-Menü gezaubert, den Tisch hübsch eingedeckt, Kerzen aufgestellt und extra eine gute Flasche Wein gekauft. Ihr Herz hatte bis zum Hals geklopft, als er mit einem Strauß herrlich weißer Rosen vor der Tür stand. Sofort nach dem Eintreten, bemerkte er die besondere Stimmung. Charmant wie immer nahm er sie in seine Arme und konnte es nicht abwarten, zu erfahren, was sie ihm zu sagen hatte. Sie ließ ihn bis zum Dessert zappeln, mehr aus Angst vor seiner Reaktion, als um die Spannung ins Unermessliche steigen zu lassen.

Mit dem Nachtisch stellte sie ihm die kleine Tüte mit den Babyschühchen auf seinen Platz. Keine ausgesprochen originelle Idee, aber sie war sich sicher, kein Wort herauszubekommen, um ihm die Neuigkeit mitzuteilen. Gegen ihre Erwartung freute er sich wie ein kleines Kind zu Weihnachten, wenn alle Geschenke von dem Wunschzettel erfüllt wurden. Er nahm sie wieder in seine Arme, wirbelte sie herum und tanzte mit ihr durch die Wohnung, wobei er schrecklich falsch eine Melodie dazu pfiff.

In diesem Moment des großen Glücks war sie sicher, er würde seine Frau endlich verlassen, um mit ihr ein neues Leben anzufangen. Sie wusste, wie sehr er sich eine Familie, insbesondere einen Stammhalter wünschte!

Doch die Wochen vergingen. Aus Wochen wurden Monate. Außer ihrer ständig sinkenden Stimmung veränderte sich nichts. Sie sahen sich regelmäßig, er brachte ihr Geschenke für das Ungeborene mit, aber seine Frau verließ er nicht.

Sie beruhigte sich wieder einmal mit allen erdenklichen Argumenten. Das ging eben nicht so schnell. In seiner Position musste er erst alle möglichen Dinge regeln, um eine schmutzige öffentliche Scheidung zu vermeiden. Es sprach für ihn, dass er seine Frau nicht einfach wie ein altes Möbelstück in die Ecke stellte, weil sie nicht schwanger wurde.

Im Nachhinein wurde ihr klar: Sie hatte nach und nach seine feigen Ausreden übernommen, um die ganze Situation zu ertragen.

Was für eine großartige Manipulation!

Ihre Zweifel waren über die Wochen gewachsen wie ihr Bauch, doch war es sowieso zu spät gewesen, irgendetwas zu ändern. Sie hatte sich selbst in diese Lage gebracht – natürlich gegen die gut gemeinten Ratschläge ihrer Freundinnen. Nun musste sie da durch, die Hoffnung starb zuletzt.

Und an jenem Tag war es soweit. Die Hoffnung starb mit einem Paukenschlag, den sie sich bei allen Zweifeln so nie ausgemalt hätte.

Wieder kam sie bei ihrer Wanderung durch die eigene Wohnung an dem Durcheinander aus Geldscheinen vorbei. Wieder kochte die Wut in ihr hoch, als seine Worte, mit denen er sie ihr übergeben hatte, in ihr widerhallten.

Seine Frau sei auch schwanger, bereits seit ein paar Monaten. Sie hätte die kritische Zeit nun überstanden, nach zwei Fehlgeburten waren sie beide sehr erleichtert. Das müsse sie verstehen, unter diesen Umständen könne er sein Leben nicht komplett umkrempeln.

Er würde aber für sie und das Baby in finanzieller Hinsicht sorgen. An diesem Punkt hatte er in die Tasche gegriffen und das Bündel Geldscheine herausgeholt. Ohne ein weiteres Wort hatte er es vor sie auf den Tisch gelegt, war aufgestanden, um daraufhin nicht nur die Wohnung, sondern auch ihr Leben zu verlassen.

Sie konnte sich nicht daran erinnern, dass er auch nur einmal gesagt hätte, es täte ihm leid.

Bettina in Friedrichstadt

Obwohl es an diesem Frühlingstag bereits ungewöhnlich warm war, prickelte beim Anblick der strahlenden Braut in der offenen Kutsche eine Gänsehaut über ihre Arme. Ein nicht eingeweihter Beobachter hätte dies als sentimentale Anwandlung und Freude für ihre kleine Schwester werten können, doch Bettina von Haferkamp wusste es besser. Kalt schloss sich die Hand um ihr Herz, als das prunkvolle Gefährt vor dem Rathaus anhielt und Constanze der wartenden Hochzeitsgesellschaft zuwinkte. Das edle weiße Satinkleid, dezent mit schimmernden Perlen bestickt, schmiegte sich eng an ihre schmale Taille. Ein Windhauch erfasste den Schleier sowie die lockigen blonden Haare, um für einen Moment das perfekte Bild zu zerstören, doch das milderte Bettinas innere Aufruhr nicht. Sie hätte hier und jetzt lächelnd von Verwandten, Freunden und dem Bräutigam empfangen werden sollen!

Als im letzten Jahr ihr Hochzeitstermin mit Konstantin Winkler festgelegt war, schwebte sie auf Wolke sieben. Trotz ihrer zweiundvierzig Jahre hatte sie noch nicht viel Romantik erlebt. Die Angst, dass sich Männer mehr für ihr Vermögen als für sie selbst interessierten, hatte so manche Beziehung im Keim erstickt. Bis ihr Vater Johannes von Haferkamp ihr im letzten Jahr auf einem Ball Konstantin vorstellte. Da er nicht nur gutaussehend war, sondern ebenfalls aus einer wohlhabenden Unternehmerfamilie der Hotelbranche kam, schob sie alle Bedenken beiseite und gab sich seinem charmanten Werben hin. Sie verbrachten einige gemeinsame Monate, die Bettina als die glücklichsten ihres Lebens empfand. Er war nicht nur unbeschwert, sondern immer fröhlich, steckte ständig voller neuer Ideen, womit er sie komplett aus ihrem Trott herausriss. Zwei-, dreimal pro Woche holte er sie ab, zeigte ihr ungewöhnliche Orte in Hamburg, entführte sie in exotische Restaurants, berauschte sie mit seinem frühen Heiratsantrag – bis zu jenem verhängnisvollen Abend, an dem die frohe Botschaft der Familie verkündet werden sollte. Zu der kleinen Verlobungsfeier luden ihre Eltern Marion und Johannes in ihre Villa an der Alster ein. Da Bettina auf den engsten Kreis bestanden hatte, kam außerdem nur ihre jüngere Schwester Constanze mit ihrem Lebensgefährten Felix. Sie waren bereits fünf Jahre zusammen und ihre Beziehung schien nicht nur stabil zu sein, sondern auch Zukunft zu haben. Immer wieder fragte sich Bettina nach diesem Abend, wie sie es hätte verhindern können, dass sich Konstantin scheinbar sofort in ihre Schwester verknallte. Als sein Flirten erwidert wurde, begann der Albtraum Gestalt anzunehmen. Nur wenige Wochen später löste Konstantin die Verlobung, woraufhin Constanze ihrem Felix den Laufpass gab.

Ihre eigene Schwester stahl ihr die Hochzeit und das Lebensglück!

Als Bettina aus ihren düsteren Gedanken wieder zu dem Marktplatz des kleinen nordfriesischen Luftkurortes zwischen Eider und Treene zurückkehrte, stieg Constanze gerade mit einem glücklichen Lächeln aus der Kutsche.

Am liebsten wäre sie selbst vor einigen Tagen in ein Flugzeug gestiegen, um an das andere Ende der Welt zu entfliehen. Einzig ihr Vater hatte sie davon abhalten können – und die Loyalität zu dem Familienunternehmen. Außerdem hätte es der Demütigung die Krone aufgesetzt, nun noch mit diesem Skandal durch die Klatschpresse zu wandeln.

Der Bereich vor dem Rathaus füllte sich. Nicht alle Gäste würden nach Friedrichstadt kommen, da der Raum des Standesamtes nicht groß genug war, sondern erst der Feier in ihrer Ferienhausanlage *Weiße Düne* in St. Peter-Ording beiwohnen, die sich seit langen Jahren im Besitz der Familie befand und einfach einer ihrer Lieblingsplätze war.

Gerade umarmte Constanze ihre Großmutter Martha, die es sich trotz ihrer 92 Jahre nicht hatte nehmen lassen, an die Nordsee zu reisen, um die Hochzeit ihrer Enkelin mitzuerleben. Wie die meisten anderen wusste sie nichts von dem Konflikt zwischen den Schwestern. Bettina war einfach zu unsicher gewesen, um ihre neue Liebe früh in der gesamten Familie publik zu machen. Stolz ließ sich die alte Dame mit ihrer Tochter und Enkelin fotografieren. Ihr Vater Johannes stand einige Meter entfernt. Nur Bettina sah ihm die gemischten Gefühle an, die sicherlich nicht auf das Gespräch mit seinem Bruder Karl zurückzuführen waren, obwohl sich deren Verhältnis erheblich verschlechtert hatte, als Karl seine erste Frau wegen einer fünfundzwanzig Jahre Jüngeren verließ. Solche Allüren waren dem erzkatholischen Johannes fremd; sie passten seiner Meinung nach nicht in ihre Familie. Mittlerweile war Karl lange mit Andrea verheiratet; ihre 15-jährigen Zwillinge Larissa und Janina waren in der Ferienanlage geblieben.

Nachdem ihr Blick den gesamten Marktplatz mit seinen wartenden Gästen erfasst hatte, bemerkte Bettina, dass etwas nicht stimmte.

Wo war eigentlich der Bräutigam Konstantin Winkler?

Torge in Friedrichstadt

Samstag, den 09. Mai

Torge Trulsen hatte wochenlang in der Ferienanlage *Weiße Düne* gewirbelt, damit für die Hochzeit der Eignertochter mit ihrem einflussreichen Bräutigam an diesem Tag alles perfekt war. Die meisten der 150 Bungalows am Rand der Dünen von St. Peter-Ording waren für die Gäste des großen Ereignisses vorbereitet worden. Torge hatte jede Glühlampe, jede Schranktür und jeden Wasserhahn überprüft. Auf allen Matratzen wurde probegelegen, ständig war er mit dem selbstgebauten Lastenfahrrad, das er mit seinen Enkeln auf den Namen *Henriette* getauft hatte, zwischen den Feriendomizilen unterwegs gewesen, um zu kontrollieren, zu reparieren und zu verbessern. Immerhin war es in der Wintersaison etwas ruhiger in der Anlage, sodass er über die letzten Monate alles auf einen großartigen

Stand bringen konnte. Abschließend war er jetzt in jede Ecke gekrochen, um sich von der Sauberkeit sowie der perfekten Präsentation der einzelnen Ferienhäuser zu überzeugen. Das Ergebnis ließ sich sehen und stellte ihn zufrieden. Die Familie von Haferkamp würde von seiner Arbeit sehr angetan sein, da war er sicher!

Das Einzige, was ihm gerade die Laune verhagelte, war Annegrets Wunsch nach Friedrichstadt zu fahren, um sich das Hochzeitspaar aus der Nähe anzugucken. Hätte er bloß nicht so viel von dem bevorstehenden Ereignis berichtet! Anfangs vermutete er, sie würde ihn nur zum Spaß ein wenig herausfordern. Amüsiert hatte er sich auf das Geplänkel eingelassen. Doch eines Morgens, während sie einmal wieder sein geliebtes Rührei mit Speck zubereitete, machte sie bei dem Thema ernst.

„Torge Trulsen!" Sofort saß er kerzengrade vor seinem Kaffeepott. „Ich verlange wirklich nicht viel von dir, sondern lasse dir im Gegenteil große Freiheiten. Denk an deine ausführlichen Ermittlungen im Fall Schwertfeger im letzten September – oder wenn du einmal wieder mit deinen Kumpels im *Lütt Matten* versackst. Habe ich mich jemals beschwert?"

Da Torge nicht davon ausging, dass sie eine Antwort erwartete, saß er nur da und fragte sich, wohin der ungewohnte Ausbruch seiner Frau führen würde.

„Diesen einen Wunsch kannst du mir ja wohl erfüllen. Es ist doch eine freundliche Geste, das Brautpaar zu begrüßen, wenn sie das Trauzimmer verlassen. Wir gratulieren ihnen kurz, um unsere Verbundenheit zu bekunden. Was ist daran so schlimm?", fragte sie mit einem Gesichtsausdruck.

Torge verzichtete lieber darauf, seine Sicht der Dinge zu äußern. Wenn seine friedliche Annegret in solch einer Stimmung war, hielt er lieber die Klappe, so viel war ihm in über fünfundzwanzig Jahren Ehe klargeworden.

Bereits von der Autorin erschienen

Mord im Watt vor St. Peter-Ording
Der erste Fall für Torge Trulsen und Charlotte Wiesinger

Todesfalle Hochzeit in St. Peter-Ording
Der zweite Fall für Torge Trulsen und Charlotte Wiesinger

Das 13. Kind aus St. Peter-Ording
Der dritte Fall für Torge Trulsen und Charlotte Wiesinger

Doppelmord hinterm Deich bei St. Peter-Ording
Der vierte Fall für Torge Trulsen und Charlotte Wiesinger

Tatort Weiße Düne in St. Peter-Ording
Der fünfte Fall für Torge Trulsen und Charlotte Wiesinger

Nachts im Pfahlbau in St. Peter-Ording
Der sechste Fall für Torge Trulsen und Charlotte Wiesinger

Über die Autorin

Stefanie Schreiber ist Fach- und Krimiautorin.

Ihre kleine Reetkate steht bei St. Peter-Ording und liegt ihr genauso am Herzen wie das Schreiben ihrer Regional-Krimis. Die Verbundenheit sowohl mit dem Landstrich als auch mit der Mentalität der Küstenbewohner lässt sie in ihre Romane einfließen.

Inspiriert durch ihr Journalismus-Studium veröffentlicht sie seit 2014 erfolgreich Praxis-Ratgeber zum Thema Vermögensaufbau mit Ferienimmobilien. 2019 erschien ihr Krimi-Debut.

www.StPeterOrding-Krimi.de